배신 기사의 유쾌한 신의 1

초판 1쇄 발행 2023년 6월 20일

지은이 ㅣ 가언
발행인 ㅣ 최원영
편집장 ㅣ 이호준
편집 ㅣ 유석희 송영규 강진경
편집디자인 ㅣ 한방울
영업 ㅣ 김민원

펴낸곳 ㅣ ㈜ 디앤씨미디어
등록 ㅣ 2002년 4월 25일 제20-260호
주소 ㅣ 서울시 구로구 디지털로 26길 111 JnK디지털타워 503호
전화 ㅣ 02-333-2513(대표)
팩시밀리 ㅣ 02-333-2514
E-mail ㅣ seed_dnc@dncmedia.co.kr
블로그 ㅣ blog.naver.com/gnpdl7

ISBN 979-11-6145-507-5 04810
ISBN 979-11-6145-506-8 (SET)

※ 저자와 협의하여 인지는 붙이지 않습니다.
※ 이 책은 ㈜ 디앤씨미디어(시드북스)가 저작권자와의 계약에 따라 발행한 것으로 본사와 저자의 허락 없이는 어떠한 형태나 수단으로도 내용을 이용할 수 없습니다.

배신 기사의 유쾌한 신의

가언 판타지 장편소설

SEEDBOOKS FANTASY NOVEL

1장. 인생 최악의 무대 · 7

2장. 배신자와 기사와 사기꾼은 한 끗 차이 · 53

3장. 그것참 유감이네 · 103

4장. 인생은 민첩하고 착하게 · 177

5장. 칸이라는 영웅 · 263

1장. 인생 최악의 무대

인생 최악의 무대

 라이오스는 괴로운 신음을 흘렸다.
 뚝, 뚝.
 검을 타고 흘러내리는 뜨거운 핏방울이 깨끗한 대리석에 원을 그렸다.
 침통한 표정을 한 아서가 입을 열었다.
 "……너무 책임감 느끼지 마십시오. 아렌트 폰 에크하르트는 기사단과 황제 폐하를 배신한 대역 죄인입니다."
 "그래, 그렇지. 하지만……."
 그제야 라이오스가 아렌트의 시신에서 천천히 시선을 뗐다.
 "이 자리는…… 황제 폐하를 지키는 이 자리는, 때로 이렇게까지 무겁구나."
 잠시 후, 그는 복잡한 심경이 고스란히 드러나는 한마

디를 토해 냈다.

라이오스도 잘 알았다. 기사로서 이런 약한 모습을 보여서는 안 된다고.

하지만 오늘만큼은 다른 단장들 역시 그를 책망하지 않았다. 그의 심정이 어떨지 충분히 짐작했기에.』

이수현은 무기력하게 휴대폰 화면을 터치했다. 그의 눈동자가 흰 화면에 뜬 검은 글씨들을 끊임없이 읽어 내렸다.

몇 번이고 읽은 대목이었다. 이쯤 되면 대사를 다 외워도 이상하지 않을 것 같았다.

"배신자 하나 죽이는데 뭔 놈의 청승이야."

작은 투덜거림이 입 밖으로 흘러나왔다.

그는 한참이나 손바닥만 한 휴대폰 화면의 글씨들에 집중했다.

그렇게 얼마의 시간이 지났을까…… 곧 쯧, 혀를 차며 휴대폰을 툭 내려놓았다.

다음 화 대신에 달갑잖은 공지가 떠 있었다.

작가의 사정으로 휴재합니다.

이 공지가 걸린 게 벌써 몇 달 전인지.

사정이 있다는 작가는 좀처럼 돌아올 생각을 하지 않았다. 하지만 공지에는 원성 어린 댓글조차도 하나 없었다.

그만큼 인기 없는 소설이라는 거였다.

사실 이해는 할 수 있었다.

뭔가 시원시원한 맛도 없고…… 이야기를 끌어 나가는 주인공은 지나치게 올곧다. 삽질도 지나치게 많이 한다.

빈말로라도 요즘 사람들이 좋아할 만한 소설이라는 말은 할 수 없었다.

이수현 역시 이 소설이 무료가 아니었다면 굳이 몇 번이고 되짚어 가며 읽지는 않았을 테고.

애초에 돈을 받고 쓰는 게 아닐 테니, 작가가 질리거나 생업에 바빠지면 언제든 연재가 끊겨도 이상하지 않은 상황이었다. 그래서 이수현은 다음 편을 보는 것을 반쯤 포기한 상태였다.

이수현은 고개를 들었다.

청소를 위해 밝혀 둔 최소한의 조명 외에는 모조리 꺼진 극장.

텅 빈 무대가 눈에 들어왔다.

불 꺼진 무대 특유의 냉기가 서늘하게 느껴졌다.

그가 걸터앉은 곳은 오늘 연극에 소품으로 쓰였던 작은 계단이었다.

이수현은 힐끗 옆을 곁눈질했다. 밀대 하나가 계단에 비스듬히 기댄 채 조용히 자리를 지켰다.

결국 그는 어쩔 도리 없이 비척비척 몸을 일으킬 수밖에 없었다.

"내 팔자야······."

짧은 탄식이 텅 빈 무대를 작게 울렸다. 그리고 이수현은 잠시 멈췄던 밀대질을 계속하기 시작했다.

"개자식들. 나 혼자 이걸 어떻게 하라고."

낡아 빠진 조명이 몇 차례 위태롭게 깜빡였다.

오늘자 연극이 끝난 지 벌써 몇 시간이나 지난 뒤였다.

조촐한 객석을 채웠던 관객들도 모조리 빠져나가고, 극단 동료들도 이미 퇴근한 지 오래였다. 남은 것은 가위바위보에 져서 혼자 뒷정리를 떠맡은 이수현뿐이었다.

끼이익.

어디에선가 듣기 싫은 쇳소리가 났다.

이수현이 쯧, 혀를 찼다.

이 소담한 무대는 어디 하나 낡지 않은 곳이 없었다.

오래전부터 방치되던 극장을 인수한 뒤 단원들끼리 쓸고 닦고 광내며 지금까지 유지했지만 거기에도 한계가 있었다. 자금 문제 탓에 제대로 된 정비를 하지 못한 탓이었다.

"내가 무슨 부귀영화를 누리려고……."

입으로는 투덜거리지만 그의 손은 착실히 움직였다. 축축한 밀대가 몇 번이고 같은 자리를 문질렀지만 그렇다고 해서 빛바랜 무대가 제 색깔을 찾는 일은 없었다.

이수현은 문득 고개를 들어 다시 객석 쪽을 보았다.

그의 눈빛에 약간의 이채가 서렸다.

마침 그는 무대의 정중앙에 서 있었다. 그 덕에 텅 빈 객석 전체가 한눈에 들어왔다. 모두가 무대를 편히 볼 수 있도록 동그랗게 배치된 의자는 모두 이수현을 향해 있었다.

희뿌연 불빛이 마치 한밤중의 달빛처럼 무대 위에 선 이수현을 굽어보았다.

이수현은 밀대를 한 손으로 잡은 채, 짝다리를 짚고, 허리를 펴 객석을 마주 보았다.

"……."

이 소극장은 극단에 소속된 이들의 손으로 간신히 굴러갔다. 번듯한 후원자는커녕, 사실상 이 자리에 관객을 채워 넣는 것조차 힘겨운 처지였다.

단원들이 다 같이 발버둥 쳐 봤자, 관객의 수는 매년 줄어만 간다.

어쩌면 당연한 일이었다.

휴대폰 하나로 모든 엔터테인먼트를 즐길 수 있는 시대였다. 그런 와중에 별 볼 일 없는 극단이 운영하는 극장을 찾는 사람이 많을 리 없었다.

이제는 이 극장을 유지하는 게 최선이었다. 하지만 그것도 얼마 지나지 않아 한계가 찾아올 게 뻔했다.

이수현은 밀대에 기대서며 한숨을 푹 내쉬었다.

"에휴."

그런 처지에 당연히 공연으로 벌이를 기대하는 건 어렵다. 그 덕분에 단원들은 각자 생업에도 매달려야 했다.

이수현 역시 마찬가지였다. 소극장 청소를 끝낸 뒤에는 당장 아르바이트 현장으로 뛰어가야 한다.

그의 사정을 아는 사람들은 모두, 정신 차리고 제대로 된 취업 자리나 알아보라며 한마디씩 하고는 했다.

지금까지는 못 들은 척 귀를 틀어막고 있었지만…….

"끙."

이수현은 짧게 신음을 흘리며 뒷머리를 벅벅 긁었다.

솔직히 농담으로라도 이 극단의 미래가 밝다고 말할 수 없었다.

이 낡아 빠진 극장을 포기하고 다른 돈벌이에 집중하면 분명 개개인의 사정은 훨씬 나아질 터였다. 지금은 각자 사비로 극단의 적자를 메워야 하는 처지니까.

"사느냐, 죽느냐. 그것이 문제로다…… 인가."

경우는 좀 다르지만, 현실의 죽음은 이보다 훨씬 경박하다.

정극의 주인공처럼 처절하지 않아도 얼마든지 뒈질 수 있다. 돈이 없으면 사회적으로 사망하는 거나 마찬가지니까.

"쯧."

원수가 따로 있나.

하루하루 비어 가는 통장이 원수고, 그런 상황에서 꾸준히 적자를 내며 사람을 괴롭히는 이 극장이 원수지.

그러면서도 모두들 주먹구구식으로나마 버티고 있다.

이런 상황에서도 극장을 떠나지 못하는 건, 이 낡아 빠진 무대에서 도대체 뭘 기대하는 건지.

"기대라……."

이 구질구질한 곳에는 그런 거창한 단어도 안 어울렸다.

어쩌면 미련이라고 말해야 하는지도 몰랐다.

원수 같은 이 장소랑 작별한다면, 그래도 밥 몇 끼 정도는 편하게 먹을 수 있을 것 같은데. 하지만 그렇게 투덜거리면서도 이수현 역시 이곳을 떠나지 못하는 미련한 인간 중 하나였다.

그래, 미련…….

이 돈도 안 되는 무대를 떠나지 못하는 건, 끝끝내 버리지 못하는 미련과…… 한 줌의 희망 때문인지도 몰랐다.

이수현의 발이 무대 위로 미끄러졌다.

지금까지 청소에 집중하며 힘없던 발걸음과는 또 조금 달랐다.

"죽는 건 그저 잠자는 것일 뿐, 죽음이야말로 우리가 제일 바라는 끝이 아닌가!"

제법 또렷한 목소리가 텅 빈 무대를 채웠다.

이수현은 다시 밀대질을 시작했다. 그러면서도 그의 입은 멈추지 않았다.

"그 미지의 세계에 대한 불안 때문에, 우리는 이 고통을 참고 견디는 것이다."

점점 커진 목소리가 한 바퀴 돌아 다시 그의 귀를 파고들었다.

어느새 그는 가슴과 팔을 쫙 편 채 텅 빈 객석을 마주하고 있었다. 위태롭게 흔들리는 조명이 그의 어깨 위로 쏟아졌다.

인생 최악의 무대 〈15〉

잠깐의 침묵 후, 이수현은 괜히 머쓱해져 팔을 거뒀다.

객석에 몇 명이라도 있었더라면 예의상 박수라도 몇 차례 들려왔을 텐데, 세상은 그저 고요하기만 했다.

그래도 기분이 조금 나아지는 것 같았다.

이수현은 아까보다는 가벼워진 움직임으로 다시 청소를 재개했다.

아니, 재개하려 했다.

우지끈.

머리 바로 위에서 불길한 소리가 들려왔다.

이수현은 반사적으로 고개를 들었다.

"응?"

아까부터 자꾸 깜빡이던 조명이 위태롭게 흔들리는 게 눈에 들어왔다. 그의 뇌리에 위기감이라는 것이 한 박자 늦게 작동했을 때는, 이미 늦은 뒤였다.

뚜둑.

머리 바로 위에서 철근이 끊어졌다.

이수현의 눈이 크게 떠졌다.

미처 피할 새도 없었다.

천장과의 연결 고리를 잃은 커다란 조명이 중력의 이끌림에 속절없이 떨어졌다.

다름 아닌 이수현의 머리 위로.

"어……?"

희뿌연 조명은 이수현 코앞까지 다가왔을 때까지도 여전히 빛을 잃지 않았다.

마치 추락하는 달 같은 꼴이라고, 그는 한순간 멍청한 생각을 떠올리고 말았다.

 영원 같은 몇 초가 지나갔다.

 그리고.

 콰아아앙!

 조명과 무대가 격돌했다.

 찢어지는 폭음이 소극장을 쩌렁쩌렁 울렸다.

 후둑, 후두둑.

 조명과 함께 떨어진 전선과 파편들이 쏟아지는 작은 소음이 한동안 이어졌다.

 하지만 그뿐이었다.

 약간의 시간이 흐른 뒤…… 자욱하게 피어오른 먼지마저 가라앉았다.

 작은 극장에 남은 것은 그저, 침묵뿐이었다.

* * *

 "훈련 무단결석에 황궁 무단이탈. 그밖에 황제 폐하 아래서 일하는 우리 기사단의 명예를 실추시키는 온갖 염문까지."

 멍한 정신에 문득, 선명한 목소리가 파고들었다.

 채 상황 파악도 하지 못한 이수현은 멍청히 눈을 깜빡였다.

 "어린 나이니 아직은 그럴 수 있다고 지금껏 숱하게 넘어갔었다. 하지만 지금은 아니다. 변명할 게 있다면 어디 해 봐라!"

"엥? 예? 변명이요?"

얼떨결에 그렇게 되물은 순간, 서슬 퍼런 검이 눈앞으로 날아들었다. 반사적으로 몸이 뒤로 넘어가며 우당탕, 소리와 함께 주저앉은 것과 동시에 경박한 비명이 튀어나왔다.

"히이이익! 아니, 왜! 내가 뭘 어쨌다고!"

"일어서라. 입이 있다면 대답해라. 그 시간에 시내에서 뭘 하고 있던 거냐. 그것도 폐하께서 은밀히 감시를 명령하신 대상자와 밀회를 해?"

서늘한 검날이 목 가까이에 바짝 다가왔다.

이수현은 아연해지고 말았다.

이게 도대체 무슨 상황이야?

웬 남자가 검자루를 꼬나 쥐고 그를 노려보고 있었다. 어디 가서 흔히 볼 수 있는 외모도 아니다.

짙은 푸른색의 서양식 제복과 잘 다져진 어깨, 그리고 그 위에 얹힌 지나치게 잘생긴 얼굴은 누가 봐도 평범하지는 않았다.

이수현은 무심코 주변을 둘러보았다. 그리고 한 번 더 기겁할 수밖에 없었다.

그를 포위하며 에워싼 기사들 모두가 그를 향해 검을 겨누고 있었다. 조금만 잘못 움직였다가는 금방이라도 몸에 구멍이 숭숭 날 것 같았다.

다음 순간, 눈앞의 남자가 다시 호통을 쳤다.

"아렌트 폰 에크하르트! 네가 그러고도 기사인가!"

"아렌트?"

그의 머릿속에 불꽃이 번쩍인 것도 그 순간이었다.

아렌트 폰 에크하르트.

낯설지 않은 이름이었다. 그러니까, 분명히⋯⋯ 소설의 등장인물이었다.

그렇다면 저 남자는.

이수현이 저도 모르게 중얼거렸다.

"라이오스 단장?"

그 와중에 입 밖으로 튀어나온 목소리도 낯설게 들렸다.

이게 무슨 일이야. 머릿속이 새하얘졌다.

"어⋯⋯?"

잠깐, 잠깐만.

식은땀이 줄줄 흐르기 시작했다.

라이오스는 온기라고는 전혀 느껴지지 않는 눈으로 그를 쏘아보았다.

문득 강렬한 기시감이 느껴졌다.

잘 생각해 보니 낯선 상황이 아니었다. 이수현은 이 광경을 알고 있었다.

분명히 이건 어디에선가 '읽어 본' 적 있는 장면이었다.

『착잡한 마음을 애써 억누르며, 라이오스는 아렌트를 가만히 응시했다. 아렌트는 궁지에 몰린 야생 동물 같은 눈으로 라이오스를 쏘아볼 뿐, 입을 꾹 다문 채였다.
 라이오스는 그의 앳된 얼굴에서 자신을 향한 비틀린 증오심을 알아보았다. 그 증오심이 아렌트를 여기까지 몰아붙인 가장 큰 원인일 것이다.』

 이수현은 재차 주변을 둘러보았다. 연무장에서 마주 본 라이오스와 아렌트, 그리고 그 주변을 둘러싼 채 웅성대는 기사들이 보였다.
 틀림없었다.
 아렌트 폰 에크하르트의 배신이 발각된 직후의 장면이었다. 이 자리에서 그는 체포되고, 얼마 지나지 않아 처형된다.
 라이오스의 싸늘한 목소리가 재차 들려왔다.
 "3일 뒤 네 처우를 결정하겠다. 이놈을 지하 감옥에 가둬라."
 미처 변명할 틈도 없이 라이오스는 몸을 홱 돌려 그 자리를 벗어나 버렸다. 그러자 기다렸다는 듯이 다른 기사들이 우르르 달려와 그의 양팔을 붙잡고 억지로 일으켰다.
 이수현은 그들이 끄는 대로 질질 끌려갈 뿐이었다.
 이건 억울했다. 하지만 억울하다고 지금 입 밖으로 낼 수도 없었다.
 '미친……'
 뭐가 어떻게 된 건지는 모르겠지만, 딱 하나만은 확실했다.

지금 그는 망했다고.

* * *

또옥, 똑.

습기 때문에 천장에 고여 있던 물방울이 바닥으로 떨어지며 스산한 소리를 냈다. 햇빛 한 점 들지 않는 공간은 약간의 온기조차 거부했다.

이 제국에서 죄를 지은 자에게는 그조차도 사치라는 듯이.

지하 감옥은 황궁 가장 깊은 곳에 있다. 이곳은 대대로 대역죄를 저지른 자들이 갇혀, 마지막 재판만을 기다리는 장소였다.

그 마지막 재판이 열리는 재판정은 죄인이 자신의 두 다리로 버티고 설 수 있는 최후의 땅이 된다.

재판은 그저 인도주의적 관점에서의 마지막 허울일 뿐이었다.

여기에 하옥된 자들은 대부분 사형 선고를 받게 된다. 집행은 즉시 이뤄지니, 재판에 나서는 날이 곧 목숨이 다하는 날이나 다름없었다.

죄수들은 이곳에 들어선 순간부터 자신의 목숨이 경각에 달해 있음을 자연스레 깨닫는다. 그러니 대부분 자신은 억울하다며 발광하거나, 제 처지를 억울히 여겨 대성통곡을 터뜨리고는 했다.

하지만.

'조용하군.'

간수는 힐끔, 창살 안을 곁눈질했다.

사람 하나가 겨우 몸을 눕힐 정도로 좁은 감옥 안. 한 청년이 몸을 웅크린 채 꼼짝도 않고 있었다.

벌써 이틀째였다.

그가 누구인지는 간수 역시 잘 알고 있었다.

습하고 어두운 지하 감옥 안에서도 빛을 잃어버리지 않은 새하얀 은발을 가진 자는 이 황궁에서 딱 한 명밖에 없었다.

그는 바로 세 개의 기사단으로 이루어진 황제의 친위 기사단, 그중에서도 제3기사단의 견습 기사로 있던 아렌트 폰 에크하르트였다.

황제를 지키는 가장 영광스러운 기사단.

황궁에서 지내는 사람이라면 절대 그들을 모를 수가 없었다. 기사 한 명 한 명이 모두 칭송과 함께 사람들의 입에 오르내렸다.

하지만 저 아렌트 폰 에크하르트는 조금 다른 쪽으로 유명했다.

아렌트 폰 에크하르트가 누구인가.

좋은 집안에서 태어난 데다, 누구라도 돌아볼 만한 고운 외모에, 뛰어난 검술 재능까지 가진 촉망받는 인재였다.

모두의 관심 속에서 그는 막 20살이 되던 해에 견습 신분으로서 황실 기사단에 입단했다.

기사단이 창설된 이후 최연소 기록이었다.

분명히 영광스러운 일이었다. 그 덕에 자신이 세상에서 제일 잘난 사람이라고 여기게 된 모양이었다.

아렌트는 그 높은 콧대를 주체하지 못하고 이런저런 사고를 쳐 대기 시작했다.

허가 없이 황궁을 나가 술 먹고 주먹다짐을 벌이는 것은 일상이었고, 같은 기사들에게 패악을 부리며, 심지어는 단장의 말에도 불복종했다.

그리고 그 결과가 바로 이거였다.

그의 죄목은 거의 반역에 가까웠다.

기사단 내부 정보를 첩자에게 팔아넘겼으니까. 기사단장과 기사들이 일찍 알아차리지 못했더라면 황실까지 위험해질 뻔한 일이었다.

'하늘 높은 줄 모르고 나대더니.'

간수는 혀를 차고 싶은 것을 눌러 담으며 아렌트에게서 눈을 뗐다.

분명 이건 자업자득이었다. 하지만 조롱할 생각은 없었다. 어차피 곧 죽을 자였으니까.

아렌트는 고개를 푹 숙인 채 여전히 미동도 없었다.

새파란 나이에 죽음을 앞둔 청년은 무슨 생각을 하는지, 신에게 속죄의 기도라도 하는 건지.

생전에 어떤 쓰레기 같은 삶을 살았다 할지라도, 어차피 이제 몇 시간 남지 않은 목숨이었다.

간수는 그를 위해 함께 침묵해 주기로 했다.

그러나 아렌트의 상황은 간수가 생각했던 것과는 조금 달랐다.

달달달달.

그의 다리가 아래위로 마구 떨렸다. 푹 숙인 고개 아래에서는 식은땀이 흐르는 중이었다.

아렌트의 머릿속을 지배한 생각은 딱 하나였다.

'왜 꿈이 아니지?'

분명히 꿈이라고 생각했다.

꿈이 아닐 리 없는 상황이었다.

혼자 남아 극장을 정리하고 있었다. 그리고 무대를 밀대로 닦아 내다가, 제 머리 위로 내리꽂히는 조명을 멍하니 쳐다보던 게 마지막 기억이었다.

그리고 눈을 뜨니 서슬 퍼런 칼에 둘러싸여 있었다.

처음에는 조명이 추락한 순간부터 꿈이라고 생각했다. 아니면 조명에 맞은 탓에 기절해서 몸뚱이는 병원 침대에 있고, 자신은 지금 환각 비슷한 것에 시달리는 중이라거나.

하지만 아무리 시간을 죽여 봤자 잠에서 깨어나는 일은 없었다.

아렌트는, 아니, 아렌트의 껍데기를 쓴 이수현의 동공이 연신 흔들렸다.

"그러니까 내가 아렌트 폰 에크하르트란 말이지……."

이미 상황은 대충 파악한 뒤였다. 하지만 그의 상식으로 도무지 이해할 수 없다는 게 문제였다.

성검의 푸른 기사.

최근 이수현이 푹 빠졌던 소설의 제목이었다.

주인공은 바로 그를 이 감옥에 처넣으라 명령한 기사단장, 라이오스 드 윈프리드였다.

라이오스는 힘겨운 어린 시절에 혹독한 성장 과정을 거친 뒤 황궁에 들어왔으며, 그동안의 경험을 바탕으로 검사로서의 실력을 증명해 냈다.

그 결과 그는 젊은 나이에 황제 직속 제3기사단 단장 자리에 앉게 되었다.

1부는 라이오스의 성장, 2부는 기사단장이 되기까지의 과정. 3부부터가 바로 황궁을 둘러싸고 벌어지는 본격적인 이야기였다.

그리고 그 3부의 화려한 시작을 알린 게 바로 아렌트의 배신이었다.

제국 내에 수상한 기류가 감돌자 황제는 자신의 기사들에게 조사를 명령했다. 라이오스는 곧장 수사에 착수했고, 그 결과 걸려든 게 바로 아렌트였다.

재판이 끝난 뒤 아렌트는 라이오스의 검에 처형된다. 그리고 라이오스는 본격적으로 제국을 위협하는 적들과 맞선다는 것이 소설의 전반적인 흐름이었다.

지금 이수현은 그 소설 한복판에 내던져졌다. 조만간 목과 몸뚱이가 분리될 처지에 놓인 배신자 역할로.

이수현은 다시 다리를 덜덜 떨기 시작했다.

백번 양보해서 진짜 이게 현실이라고 친다면, 자신은 그 빌어먹을 조명 때문에 죽어 버렸고, 모종의 이유로 진짜 아렌트가 되었다고 한대도.

'왜 하필! 이 시점! 이 자식인데!'

달달달달.

다리가 하도 아래위로 떨리는 나머지 그의 손목에 채워진 쇠사슬 수갑까지 쩔그럭거리는 소리를 내기 시작했다.

역시나 꿈이겠지.

하지만 꿈이나 환각이 아니라면?

문제는 심각했다.

왜냐. 자신이 저지르지도 않은 죄 때문에 모가지가 날아가게 생겼으니까.

점검 시기를 놓친 탓에 무대 위에서 낡아 빠진 조명에 뒤통수가 깨진 것도 억울해 죽을 지경이었다. 하지만 목이랑 몸뚱이가 영영 작별하는 꼴은 더더욱 사양이었다.

무슨 수를 내지 않으면 진짜 죽게 생겼다. 그러니 방법을 찾아야 했다.

감옥에서 이틀 동안 썩으며 간신히 내린 결론이었다.

아무도 도와주지 않는다는 건 이미 소설로 읽어 알고 있었다. 그러니 자력으로 어떻게든 이 상황을 벗어나야 했다.

그나마 불행 중 다행인 건, 딱 한 번의 기회가 더 남아 있다는 거였다.

"재판……."

그리고 또 한 가지 더.

어쩌면 그에게 제법 유용한 무기가 되어 줄 수 있는 것.

'성검의 푸른 기사'를 몇 번이고 읽은 덕에 대부분의 내용은 고스란히 머릿속에 남아 있었다.

어떻게든 그걸 잘 써먹어야 했다.

모든 상황을 받아들인 그의 뇌가 천천히 움직이기 시작했다.

마구 진동하던 다리가 천천히 잠잠해졌다. 침착함을 되찾은 그의 숨소리 역시 차분해졌다.

'죽는다는 건 곧, 퇴장이라는 뜻이지.'

죽음 뒤에는 기회가 없다.

그를 위한 자리도 없다.

물론 그렇지 않은 죽음도 있겠지만, 적어도 아렌트의 죽음은 그랬다.

그렇다면 할 수 있는 건 딱 하나뿐이었다.

이야기를 비트는 한이 있더라도 앞으로의 흐름에 자신의…… 아니, 아렌트의 역할을 만들어 내는 것.

일단은 목을 사수하는 게 우선이었다.

가라앉아 있던 이수현의, 아렌트의 황금색 눈동자에 오기가 차오르기 시작했다.

그 모습은 마치, 무대에 오르기 전 이수현의 모습과 다를 바가 없었다.

* * *

그리고 또 한참의 시간이 지나고 간수가 슬슬 지루함을 느낄 때쯤, 지하 감옥의 입구에서부터 발소리가 울려 퍼지기 시작했다.

간수가 퍼뜩 정신을 차리고 자세를 바로 했다.

라이오스를 선두로 한 제3기사단의 기사들이 지하 감옥의 계단을 내려오고 있었다. 그들이 가까이 다가오자 간수가 곧바로 고개를 푹 숙여 예를 취했다.

"라이오스 드 윈프리드 기사단장님을 뵙습니다."

"시간이 됐다."

라이오스가 차갑게 말했다.

그의 시선은 줄곧 감옥 안에 조용히 앉은 아렌트에게 닿아 있었다. 지금 이 순간에도 아렌트는 고개를 숙인 채 꼼짝도 하지 않았다.

그를 가만히 응시하던 라이오스가 다시 입을 열었다.

"갈 시간이다."

그제야 아렌트가 천천히 고개를 들었다.

앞을 밝히려는 최소한의 촛불 외에 주변은 어둑한 그림자로 가려져 있었다. 그런 어둠 가운데에서 그의 황금색 눈동자가 스산하게 반짝였다.

그 모습을 보던 기사들은 일순간 할 말을 잃어버리고 말았다.

아렌트는 천천히 몸을 일으켜 그들을 똑바로 마주 보았다.

기사들을 훑어본 아렌트의 시선이 라이오스에게 정확히 꽂혀 들었다.

잠시 후, 그의 입꼬리가 비릿한 웃음기를 담아냈다. 며칠간 물 한 모금 담지 않아 말라비틀어진 입술이 열렸다.

"좋아요. 가 보죠."

"……."

라이오스의 얼굴이 딱딱하게 굳었다. 그의 뒤에 선 다른 기사들의 표정 역시 일그러졌다.

아렌트가 입 밖으로 낸 건 짧은 한마디였지만 그걸로도 충분했다. 대역죄를 저질렀다가 들켜 감옥에 갇힌 형편이면서도 아렌트는 전혀 달라지지 않았다.

슬쩍 눈치를 보던 간수가 열쇠를 꺼내 감옥의 문을 열었다.

굳이 끌어낼 필요도 없이, 아렌트는 휘적휘적 걸음을 옮겨 그들에게 가까이 다가갔다.

그가 멈춰 선 곳은 바로 라이오스의 코앞이었다.

아렌트는 읽어 내기 힘든 무심한 표정으로 자신의 상관을 가만히 올려다보았다.

"그렇지 않아도…… 긴밀히 드릴 말씀이 있었거든요."

라이오스의 얼굴이 딱딱하게 굳었다.

"……여전히 후회는 없는 모양이군."

"글쎄요, 후회를 논하게 되는 게 어느 쪽일지는 두고 보면 알 수 있지 않겠습니까?"

얼핏 태연하게도 들리는 목소리였다. 하지만 라이오스는 그 속에 파고든 한기를 모르지 않았다. 거기에 자리 잡은 것은 라이오스를 향한 불신과 증오였다.

그 불손한 말에 라이오스 뒤에 서 있던 기사 하나가 으르렁거렸다.

"곧 죽을 놈이 말이 많구나."

"……."

아렌트는 그 말에 대꾸하지 않았다.

더 발끈해 앞으로 나서려는 기사를 저지한 라이오스는 천천히 눈을 감았다가 떴다.

'변하지 않는군.'

그래도 한 번쯤은 용서를 빌지도 모른다고 생각했다.

어린 치기에 잘못 생각했다고.

그렇다면 극형만은 피하도록 도와줄 수 있었을지도 모르는데.

라이오스는 조금 착잡해져 아렌트를 내려다보았다.

'내가 부족한 탓이지.'

자신이 잘만 이끌었다면 저 재능 많은 아이가 엇나갈 일도 없었을 터였다.

심란함을 속으로 삼키며, 라이오스는 아렌트의 팔뚝을 조금 거칠게 잡아끌었다. 지금은 감정을 내비칠 때가 아니었다.

그들은 아렌트를 포위하고 감옥 밖을 향해 걸음을 옮기기 시작했다. 우르르, 천둥 같은 발소리가 다시금 지하 감옥을 가득 채웠다.

기사들은 혹시라도 아렌트가 라이오스에게 덤벼들기라도 할까 봐 눈을 사납게 치뜨고 그를 노려보았다.

그런 기사들이 알 리가 없었다.

지금 자신들에게 둘러싸인 아렌트가 속으로는 어떤 심

정일지를.

'와…… 이건 진짜 못 해 먹겠네. 목숨 걸고 하는 메소드 연기라니.'

속으로 욕을 퍼부으면서도 라이오스가 연행하는 대로 순순히 움직였다.

움직이지 않으면 기사들이 당장이라도 그를 꼬치구이로 만들어 버릴 것 같았으니까. 목숨이 경각에 달했다는 감각이 지나치게 생생히 느껴졌다.

하지만 이제부터 시작이었다.

다시 얼굴에 철판을 깔고 자기 세뇌를 시작했다.

아니, 역할에 몰입하기 시작했다.

재능을 타고난 금수저, 태생부터가 고위 귀족, 기사단을 배신했다는 혐의를 받고 있음.

원작대로라면 배신행위를 했음에도 자신은 틀리지 않았다고 철석같이 믿는 정신 나간 놈이지만…… 캐릭터 해석이란 연기하는 배우에 따라 달라질 수 있는 거니까.

잠깐 주춤했던 아렌트의 걸음걸이가 다시 중심을 되찾았다.

기사들은 서슴없이 걸음을 옮겼다.

배신자의 마지막 무대가 될 재판정을 향해서.

* * *

원형 경기장 같은 형태의 이 재판정은 은밀한 처형장의

역할을 겸했다. 높은 직위의 귀족, 나라를 뒤흔든 반역자, 정치범…… 그런 숱한 이들의 목숨이 이 자리에서 사라졌다.

공개적으로 처형대에 올릴 수 없는 죄인들의 무덤이 바로 이 재판정이었다.

그 죽음을 정당하다 판결한 자들은 모두 높은 자리에 앉아 원형 재판정 가운데에 선 죄인의 죽음을 지켜보았다.

제국에 위협이 되는 자들의 죽음을 제 눈에 직접 새겨야 안심이 된다는 듯이.

칼날 같은 냉기가 조금 어두운 내부를 채웠다.

자리에 앉은 이들의 눈은 모두 재판정 가운데에 꼿꼿이 선 어린 기사에게 닿아 있었다. 안하무인으로 유명한 그 청년은 그 자리에 끌려온 뒤부터 고개를 푹 숙인 채 꼼짝도 하지 않았다.

누구라도 먼저 입을 떼기를 기다리는 것처럼 재판정 내부에는 묵직한 침묵만이 감돌았다.

라이오스가 차갑게 명령했다.

"고개를 들어라."

아렌트의 어깨가 움찔 떨렸다. 그리고 잠깐의 시간이 흐른 뒤, 그 명령에 순순히 응하기라도 하는 것처럼 아렌트는 천천히 고개를 들었다.

그제야 흰 얼굴과 황금색 눈동자가 불빛 아래에 드러났다.

아렌트의 눈동자가 소리 없이 구르며 재판정을 채운 사

람들을 하나하나 훑어보았다. 그가 선 자리에서는 역광 때문에 사람들의 얼굴이 제대로 보이지 않았다.

그나마 알아볼 수 있는 것은 계단식 좌석의 가장 아래쪽, 아렌트와 가장 가까운 자리에 앉은 기사들뿐이었다.

그중 역시나 눈에 띄는 것은 세 명의 단장이었다.

아렌트의 시선이 한순간 제3기사단장, 라이오스에게 닿았다가 떨어졌다. 다음으로 시선이 간 곳은 정면보다 조금 위, 재판관이 있는 곳이었다.

기사들과 다른 귀족들이 차지한 자리와는 달리, 높은 단상이 자리한 법대에 한 풍채 좋은 노인이 이쪽을 차갑게 내려다보고 있었다.

이수현…… 아니, 아렌트는 그가 누구인지 잘 알았다.

황제 대신 이 중요한 재판을 주관할 '대공작' 란슬롯.

비밀스럽게 진행되는 이 재판에서 마지막 사형 선고를 내릴 수 있는 만큼, 황제에게서 큰 신임을 받는 이였다.

소설 내에서 자주 등장한 인물은 아니었다. 하지만 적어도 지금 상황에서 그는 제법 중요한 배역이었다.

멍하니 있는 관객들을 이 판 안으로 끌고 오려면 필수적인 인물이니까.

등장인물들을 모두 확인한 아렌트가 가볍게 묵례하며 먼저 입을 열었다.

"제3기사단의 아렌트 폰 에크하르트가 귀인 여러분을 뵙습니다."

흠 잡을 곳이라고는 하나도 없는 음성이 무정한 재판정

을 낭랑하게 채웠다. 굳은 표정으로 자리를 지키는 이들의 얼굴을 일그러지게 만드는 데에는 그 한마디만으로도 충분했다.

무대의 침묵을 깨는 건 원래 배우의 역할이었다. 목숨이 경각에 달해 있다고 생각하니 지금도 입이 바짝 말라 왔다.

하지만 이미 시작된 이상, 아렌트는 망설이지 않기로 했다.

지금 자신이 상대하는 것은 멋진 무대에 감탄할 줄도 모르는, 그런 멋대가리 없는 관객들과 다름없었다. 자신은 저들을 어떻게든 원하는 종막까지 끌고 가야 할 운 없는 배우고.

"허……."

란슬롯 공작이 어이없다는 웃음을 터뜨렸다.

"오만하다는 말은 익히 들어 알고 있었네만…… 이건 정말 기가 막히는군. 이 자리에 섰다는 게 어떤 의미인지 정녕 모르는 건가?"

"아니요, 이 재판정이 어디인지는 저 역시 잘 알고 있습니다. 제가 머저리도 아니고. 이 자리에 서서 살아 나간 자가 없다는 것도 잘 압니다."

아렌트의 또렷하면서도 날 선 음성이 날아들었다. 그러자 차분함을 유지하던 란슬롯 공작의 음성에 미미한 노기가 스며들기 시작했다.

"그렇다면 경의 죄가 얼마나 무거운지 아직도 제대로

깨닫지 못한 건가?"

"뭘 모르시는 건 공작님이십니다. 죄의 무거움을 따지기 전에 우선 죄의 유무부터 따져 봐야 하는 일 아닙니까? 재판의 의미는 바로 거기에 있을 텐데요."

그의 말이 품은 뜻은 명확했다.

하지만 란슬롯 공작은, 그리고 그를 비롯한 다른 이들은 한 번쯤 자신의 귀를 의심할 수밖에 없었다.

적어도 이 재판정에서 나올 수 있는 말은 아니었으니까.

싸늘한 침묵이 감돌았다.

한참 만에 인상을 구긴 란슬롯 공작이 확인하듯 물었다.

"지금 이 자리에서 무죄를 주장하겠다는 건가."

"그렇습니다, 공작님."

어렴풋한 빛 아래 드러난 황금색 눈동자가 선명한 독기를 품었다.

란슬롯 공작은 이번에야말로 잠시 할 말을 잃어버린 모양이었다.

아렌트는 라이오스를 힐끗 보았다.

라이오스 역시 당혹스럽다는 얼굴로 아렌트에게서 시선을 떼지 못하고 있었다.

란슬롯 공작이 그와 합을 맞출 상대라면, 지금 가장 중요한 관객은 바로 라이오스였다. 당장 판결을 내리는 사람은 란슬롯 공작이라도 실질적인 생사여탈권을 쥔 사람은 아렌트의 단장인 라이오스니까.

다시 정면으로 시선을 옮긴 아렌트는 날 선 목소리로

란슬롯 공작을 향해 쏘아붙였다.

"제가 황제 폐하를 음해하려는 세력과 내통했다고 하셨습니까?"

"그렇다. 거기에 뭔가 덧붙일 말이 있는가?"

란슬롯 공작은 다시 침착함을 되찾고 대꾸했다.

아렌트는 자신을 내려다보는 인간 모두를 사납게 쏘아보았다.

"제가 한 건 내통이 아닙니다. 거래지."

"……그건 무슨 뜻이지?"

그렇게 물은 사람은 란슬롯 공작이 아닌 라이오스였다.

아렌트는 그를 노려보며 말을 이었다.

"말 그대로입니다. 뭔가를 주는 대신, 받은 것이 있다는 거죠."

라이오스의 낯이 순식간에 딱딱하게 굳었다.

그가 사납게 으르렁거렸다.

"적에게 정보를 넘기고 금전이라도 받아 챙긴 건가?"

"이런, 이런. 단장님, 지금 농담하시는 겁니까?"

아렌트는 삐딱하게 입술을 비틀어 올렸다.

"저는 그렇게 멋대가리 없는 사람이 아닙니다. 설마 제가, 이 아렌트가 고작 몇 푼의 돈 때문에 목숨을 걸었다고 생각하십니까? 진심으로?"

그 음성에는 독기가 가득했다.

어쩌면 비웃음이 섞여 있는지도 몰랐다. 그 표독스러움에 질리기라도 한 듯 좌중에는 침묵이 감돌았다.

아렌트가 또박또박 말을 이었다.

"거래라는 건 서로 수지 타산이 맞을 때나 성립되는 겁니다. 고작 돈 때문에 추적당할 위험까지 감수할 만큼 저는 비루하지 않습니다. 혹시나 해서 미리 말씀드리지만 제 사사로운 원한 때문도 아닙니다."

아렌트의 시선이 라이오스에게 닿았다.

"아시겠지만, 저는 누군가의 손을 빌리는 것을 좋아하지 않습니다. 뭐든 제 손으로 하는 편이 좋다고 생각해서요."

"……."

"예를 들어 단장님의 목에 칼을 겨누거나…… 이 제국을 향해 반역의 기치를 들어야 할지라도, 저는 이 두 손으로 직접 하는 게 좋다는 겁니다."

마치 천장에서 얼음물이라도 쏟아진 것 같은 분위기였다.

누군가는 말도 안 나온다는 듯이 탄식을 터뜨리고, 또 누군가는 당장이라도 그를 잡아먹을 듯이 쏘아보았다.

"저런 건방진 놈……."

"뚫린 입이라고 잘도 지껄이는구나."

어딘가에서 으득, 하고 이 악무는 소리가 들려왔다.

아렌트는 그 분노가 누구에게서 비롯되었는지 굳이 확인하려 하지 않았다.

지금 나온 한마디가 특별한 의미 없이 다가올 정도로 이 재판정은 어느새 아렌트를 향한 적대감만으로 가득 차 있었다.

'반응이 제법 뜨거운데.'

아렌트는 저도 모르게 마른침을 삼켰다.

그래도 기분은 괜찮았다. 관객들이 어떤 식으로든 반응을 해 준다는 건, 아예 무관심한 것보단 백배 나았으니까.

그리고, 지금 이 순간에도 라이오스는 침착함을 유지 중이었다.

바로 그게 중요했다.

란슬롯 공작이 헛기침을 터뜨리고 일갈했다.

"정숙!"

그 한마디가 신호라도 된 듯, 잠깐 혼란스럽던 재판정이 다시 잠잠해졌다.

란슬롯 공작이 다시 입을 열었다.

"계속하게."

"공작님!"

분노를 터뜨리던 귀족 중 하나가 그를 날카롭게 불렀다. 하지만 란슬롯 공작은 한쪽 손을 들어 보이는 것으로 재차 원성을 잠재웠다.

"더 말해 보게."

소설에서 묘사된 바로, 란슬롯 공작은 엄격할지언정 말이 안 통하는 이는 아니었다. 지금 란슬롯 공작은 아렌트가 무슨 말을 하려는지 대충 감을 잡은 모양이었다.

아렌트의 입매가 휘어져 곡선을 그렸다.

이번에는 만들어 낸 게 아니라 진심에서 우러나온 거였다.

"정보. 황제 폐하를 음해하려는 놈들에 대한 것입니다."
"......!"

이번에는 다른 종류의 술렁임이 싸늘하던 재판정을 채웠다.

아렌트는 잠시 그 목소리들을 감상이라도 하듯 천천히 눈을 감았다가 떴다.

란슬롯 공작의 한쪽 눈썹이 일그러진 채였다. 라이오스의 얼굴은 그 이상 딱딱할 수 없을 정도로 굳어 있었다.

여기에서 억울하다고 읍소하는 건 도움이 안 된다. 당장 사형은 피하더라도 이용 가치가 없어지면 이후에도 얼마든지 살해당할 수 있다.

최악의 경우엔 팔다리가 잘린 뒤 감옥에 갇혀 썩게 될 수도 있고.

그렇기에 지금 해야 하는 건 최대한의 자기방어였다. 머리털 하나 상하지 않고 이 자리를 제 발로 걸어 나갈 수 있도록.

아렌트는 노골적으로 비난하는 기색을 띠며 말을 쏟아냈다.

"죽일 놈이라며 다짜고짜 체포하기 전에, 제게 조용히 언질이라도 주셨다면 상황은 달라졌을 겁니다. 놈들 세력의 핵심까지 파고들 수 있었을지도 모르는데, 고작 접촉 한 번 했다고 나를 죽이려 들다니."

아렌트의 황금색 눈동자가 분노로 번뜩였다.

"꼬리를 잡으셨죠. 그렇다면 거기에 만족할 게 아니라

길게 늘어진 꼬리를 따라가서 머리를 벨 생각을 떠올리셨어야 합니다. 겁쟁이인 여러분께 제가 너무 많은 것을 바랐습니까?"

"허어……."

누군가가 길게 탄식을 터뜨렸다. 기가 막혀서 말도 나오지 않는다는 모양새였다.

란슬롯 공작은 심란한 눈으로 아렌트를 내려다보았다.

감옥에 처박혔다가 끌려 나온 만큼 볼품없는 꼴이었다.

단정하던 견습 기사의 제복은 잔뜩 흐트러진 채였고, 새하얀 은발은 지저분한 것이 붙어 엉망이었다. 중죄를 저지르고 사형을 기다리는 이에 걸맞은 모습이었다.

하지만 독 오른 살쾡이처럼 이쪽을 노려보는 눈동자는, 지켜보는 이들로 하여금 아렌트에게서 눈을 뗄 수 없게 만들었다.

또렷한 음성과 표정, 몸짓…… 모두 시선을 잡아끌고 있었다.

'저건 의도된 것인가?'

안하무인격인 거친 언동과 도발적인 말투는 좋게 봐주기 힘들었다.

하지만 그조차도 여기 있는 인사들로 하여금 제 말에 귀를 기울이도록 하려는, 심히 의도된 연출이라면?

공작의 눈이 가늘어졌다.

의도하지 않은 것이든, 의도한 것이든 그냥 넘어갈 일은 아니었다. 이 자리에 모인 이들이 자신의 말을 귀담아

듣게 만들었다는 것만으로도, 저 죄인은 제 말의 설득력을 높이고 있었다.

사람들은 다시금 웅성이고 있었다.

다시 한번 좌중을 진정시킨 란슬롯 공작이 차분히 물었다.

"지금 와서 거짓을 고하는 건 아니겠지."

"그럴 리가요. 믿어 달라 엎드려 비는 짓은 하지 않겠습니다. 피차 모양도 깨지고. 하지만 딱 하나는 장담할 수 있습니다."

그는 결박당한 손을 들어 올려 검지로 톡톡, 제 머리를 두드려 보였다.

"이걸 잃어버리게 된다면, 여러분께도 제법 뼈아픈 손실이 될 겁니다."

"……."

재판정 안에 재차 진득한 침묵이 흘렀다.

누군가는 그의 언동에 분노했고, 또 누군가는 방금까지 아렌트가 내어놓은 말들을 곱씹으며 생각에 잠겼다.

아렌트는 가만히 서서 얼마간 그들을 기다려 주었다.

그 무겁고도 소란한 고요를 깬 것은 다름 아닌 라이오스였다.

"우리가 여기서 널 살려 준다면, 너는 네 목숨의 가치를 증명할 수 있나?"

"증명해야죠. 멍청한 당신들은 미처 못 알아보는 모양이니까."

아렌트는 마치 그 물음을 기다렸다는 듯 씨익, 웃었다.

라이오스의 눈동자가 한층 더 냉기를 품었다.

아렌트는 그를 향해 쐐기를 박듯이 덧붙였다.

"제 머리 안에 든 정보는 분명히 가치 있을 겁니다. 기사 하나를 단죄해서 본보기 삼는 것보다는 훨씬 더."

아렌트의 선언을 마지막으로 재판정에는 지독한 침묵이 자리했다. 마치 그 독기에 전염이라도 당한 것처럼, 재판을 지켜보던 이들은 그 누구도 섣불리 입을 열지 못했다.

그 상황을 수습한 것은 다름 아닌 란슬롯 공작이었다.

죄의 유무를 운운할 때가 아님을 깨달은 것이다.

"……우선 죄인을 다시 지하 감옥에 가두도록 해라. 논의는 이후에 다시 진행하지."

"예!"

우렁차게 대답한 병사들이 우르르 달려가 아렌트의 양팔을 붙잡았다. 아렌트는 마치 제 할 몫을 다했다는 듯 병사의 손에 순순히 끌려갔다.

그의 모습이 완전히 사라진 뒤에야 재판정 곳곳에서 짧은 한숨들이 들려왔다.

"망나니 같은 놈이라고는 들었지만……."

"저렇게까지 앞뒤가 없을 줄이야."

유난히도 뚜렷한 탄식 이후에 슬슬 웅성거림이 커졌다.

란슬롯 공작은 라이오스를 향해 시선을 옮겼다.

"라이오스 단장, 경의 생각은 어떠한가."

"……."

라이오스는 고민에 빠진 듯 쉽게 대답하지 못했다.

그의 푸른색 눈동자는 여전히 차분했지만, 은연중에 비치는 심란함까지는 어떻게 하지 못한 상태였다.

뜸을 들이는 대신 다른 쪽에서 대답이 들려왔다. 아까부터 유난히도 노기를 감추지 못하던 나이 지긋한 귀족이었다.

"저런 건방진 녀석을 처분하는 데에 다른 논의가 필요합니까? 사형대에 올려야 합니다. 황실 내부의 정보를 외부의 첩자에게 넘겼다는 것부터가 중죄입니다!"

"하지만 그의 말을 무시할 수 없다는 것 역시 사실이지."

란슬롯 공작은 조용하지만 단호하게 그의 입을 막아 버렸다.

공작의 말에 호응하듯 또 다른 이가 입을 열었다. 이번에는 젊은 여성의 음성이었다.

"건방지다는 말에는 동의하지만…… 저자의 말대로입니다. 이렇게 된 이상 여러 변수를 생각해야만 하죠."

내부에 있는 모든 사람의 시선이 그쪽으로 모였다.

운을 뗀 사람은 바로 제2기사단의 단장, 다이아나 드 바라크였다.

"다이아나 경."

"이런저런 것을 빼고서 당장 확실한 것만 봐야 합니다."

란슬롯 공작의 부름에 다이아나는 빙그레 미소 지었다.

인생 최악의 무대 〈43〉

"아렌트 폰 에크하르트 경이 스스로 입을 열겠다 말하고 있어요. 그의 말대로 저희가 너무 성급했던 걸지도 모르죠. 일단 말 정도는 들어 볼 수 있을 겁니다. 어차피 저희가 손해 볼 일은 없으니까요."

"나 역시 그 말에 동의하네."

그녀의 곁에 앉은 중년 남성이 운을 뗐다.

멋을 부려 기른 수염을 쓸어내리며 짐짓 심각한 표정을 지어 보이는 그는 바로 제1기사단장, 켄드릭 폰 레안드로스였다.

"일이 이렇게 될 줄은 정말 상상도 못 했군. 우리가 그렇게 움직일 수밖에 없었던 이유는, 저자에게 얻어 낼 게 없을 거라 여겼기 때문인데…… 일단은 그 전제부터 뒤집힌 셈이지."

"아, 아렌트 폰 에크하르트가 거짓을 말했을 가능성도 있잖습니까."

두 기사단장이 모두 그렇게 말하자 다급해진 누군가가 물었다.

켄드릭은 무겁게 고개를 내저었다.

"망나니라고 해도 귀족 가문에서 나름의 교육을 받은 놈이다. 약간의 검증만 거치면 바로 탄로 날 거짓말을 이런 자리에서, 심지어 그렇게까지 자극적인 방식으로 토로하겠나?"

피식, 웃음을 터뜨리는 그는 퍽이나 즐거워 보이는 눈치였다.

"이거, 한 방 먹었군. 저 어린애한테."
"그건 무슨 뜻입니까?"
"생각해 보게. 그 녀석의 배신이 진짜였던 건지, 그것부터 다시 고려해야 하는 꼴이 될지도 몰라."

켄드릭이 껄껄 웃음을 터뜨렸다. 그의 말에 다른 이들은 아연실색하고 말았다.

다이아나가 덧붙이듯 설명해 주었다.

"아직 우리 쪽에는 아무런 문제도 생기지 않았어요. 그걸로 미뤄 보아…… 어쩌면 아렌트 폰 에크하르트가 그쪽에 넘긴 정보는 별게 아닐지도 모릅니다. 아니면 가짜 정보를 넘겨줬을지도 모르죠."

여기까지 이야기가 나왔다면 다른 이들 역시 자연스레 또 다른 가능성을 유추해 낼 수 있었다.

란슬롯 공작이 천천히 고개를 끄덕였다.

"만에 하나, 그놈들의 정체를 캐내려 일부러 잠입을 시도했다…… 라는 식으로도 해석할 수 있겠군."
"그, 그건 너무 비약이 아닙니까?"
"물론 그건 사실이 아닐 가능성이 더 크지. 하지만 무시할 수도 없어. 지금까지는 죄가 명확하다고 생각해 에크하르트 백작가에서도 잠자코 있었지만."

누군가의 의문에 란슬롯 공작이 그렇게 답해 주었다.

만약 그 점을 들어 에크하르트 백작가가 이 사안에 끼어들기라도 하게 된다면 일은 더욱 복잡해질 터였다.

곱게 기른 막내아들이 불명예스럽게 처형당하는 걸 가

만히 두고 볼 부모는 없을 테니까. 그게 아무리 가문의 이름에 먹칠을 해 댄 놈이라고 해도.

또 어디선가 더듬더듬 반박이 튀어나왔다.

"만일 그렇다 하더라도…… 명을 받지 않은 일을 멋대로 벌여 황궁에 혼란을 일으킨 것은 충분히 중죄가 아닙니까."

"글쎄, 그 말도 틀리진 않았으나 지하 감옥에 처박혀 사형당할 만한 죄는 아니지."

수염 난 턱을 쓸어내리며 켄드릭이 대꾸했다.

"물론 이런 가능성은 모조리 무시하고서…… 저 녀석을 감옥에 처박아 두고 고문으로 입을 열게 만들 수도 있지만, 내 생각에 그리 순순히 따라 주지는 않을 것 같단 말이지."

켄드릭의 목소리에는 여전히 웃음기가 서려 있었다.

방금 본 아렌트의 눈빛을 상기해 본다면, 그런 상황에서는 차라리 죽는 쪽을 선택할지도 몰랐다.

그의 말을 이어받아 다이아나가 가볍게 덧붙였다.

"그리고 저놈의 말이 모두 사실이라 친다면…… 우리는 잃은 것보다 얻어 낼 수 있는 게 더 많다는 셈이죠."

아렌트는 아직 정체조차 파악하지 못한 그들과의 유일한 연결 고리였다.

그녀는 힐끗 시선을 들어 라이오스를 보았다.

"꼬맹이 하나 잡아다 죽이는 건 지금이 아니라도 얼마든지 할 수 있는 일입니다. 그렇지 않나, 라이오스 경?"

두 기사단장이 그렇게 말했고, 란슬롯 공작이 그런 그들을 비호하는 뉘앙스를 풍겼다. 그러니 더 이상 이견이 나올 곳은 없다고 해도 무방할 터였다.

라이오스는 여전히 심란한 기색을 고스란히 띤 채였다. 잠깐의 뜸을 더 들인 뒤 그가 천천히 고개를 들었다.

"제3기사단장, 라이오스 드 윈프리드가 공작님께 청합니다. 아렌트 폰 에크하르트를 임시 석방해 주십시오."

유난히도 선명한 목소리가 재판정을 가득 울렸다.

"그를 잘 이끌지 못하고, 일탈하게 만든 데에는 단장으로서의 제 자질이 부족해서일 터."

가만히 듣던 이들의 얼굴에는 미묘한 균열이 피어났다. 하지만 라이오스는 확고하게 이야기를 끝마쳤다.

"이후 문제가 발생할 시 책임은 제가 지겠습니다."

그럴 줄 알았다는 듯 다이아나가 어깨를 으쓱했다.

켄드릭 역시 픽 웃음을 터뜨렸다.

라이오스의 곁을 지키는 제3기사단의 기사들은 제법 불만이 많아 보였지만 그들 역시 이견을 표하지 않았다.

* * *

재판이 끝나고 몇 시간 뒤, 아렌트는 임시 석방되어 기사단 생활관의 방으로 돌아올 수 있었다.

그의 의도가 잘 들어 먹혔다는 증거였다. 덕분에 정말 오랜만에 제대로 된 침대에서 숙면을 취했다.

잠에서 깬 아렌트는 멍청히 허공을 보았다.

누렇게 뜬 원룸의 벽지 대신, 화려하게 꾸며진 천장이 눈에 들어왔다.

"자고 일어나면 원래 살던 곳에 돌아와 있다…… 라는 걸 조금 기대했는데."

그런 기적 같은 일은 일어나지 않는다는 거지.

부스스 몸을 일으킨 아렌트는 앓는 소리를 내며 얼굴을 쓸어내렸다.

"……진짜 죽는 줄 알았네."

눈총으로 사람이 죽을 수 있다면 이미 그 재판정에서 다섯 번은 더 죽었을지도 몰랐다.

당장 자신을 때려죽이고 싶어 하는 사람들 앞에서 속을 긁어 대는 말만 쏴 댔으니 이상한 일도 아니었지만.

'특히 그 3기사단.'

라이오스 뒤에 자리 잡은 그들은 당장이라도 뛰쳐나와서 이쪽의 목을 따 버리고 싶다는 기색을 전혀 숨기지 못했다.

그래도 결과가 썩 나쁘지는 않으니 다행스러운 일이었다. 당장 목이 달아나는 사태만은 면했으니까.

아렌트는 한숨을 푹 내쉬며 자리를 훌훌 털고 몸을 일으켰다.

사실 아렌트의 배신행위는 미수에 그쳤다고 봐도 무방했다.

그쪽 조직 역시 바보는 아니다. 무턱대고 접근해 오는

황실 소속 기사는 일단 의심해야 할 인물이었다.

 아렌트 역시 그 사실을 잘 알았고, 그래서 성급하게 구는 대신 차근차근 그들과의 신뢰 관계를 쌓는 데에 집중했다.

 아렌트의 꼬리가 잡힌 건 바로 그 단계가 거의 끝물에 이르렀을 때였다. 그러니 아직 진짜 중요하다 할 수 있는 황실의 정보는 저쪽으로 넘어가지 않은 상황이었다.

 준 게 없으니 받은 것도 없다.

 그래서 아렌트 역시 저쪽에 대해서는 전혀 모르는 상태였다.

 그러니 아렌트로서는 처형대에 오르는 것 외에는 별 뾰족한 수가 없었을 것이다. 기사의 신분으로 배신을 시도했다는 것만으로도 충분히 중죄였다.

 하지만 이수현은 달랐다. 소설을 몇 번이나 되짚어 읽은 덕에 이후의 흐름은 대강 머릿속에 남아 있었으니까.

 그래서 도박을 걸었다.

 자신의 목을 판돈으로 걸어서.

 "다신 그런 짓 안 해."

 지금 생각해도 등골이 오싹했다.

 셔츠 단추를 채우던 아렌트는 도리질을 쳐 상념을 떨쳐냈다.

 다른 귀족들의 반발이 조금 거세지더라도 어느 정도는 감당할 자신이 있었다.

 라이오스 단장이 거기에 있었으니까.

인생 최악의 무대 〈49〉

소설 속에서 라이오스의 성격을 서술한 걸 요약하자면 이렇다.

대쪽 같은 심성과 강인함, 적에게는 한없이 무자비해질 수 있는 결단력. 어릴 적에 가족을 잃은 트라우마 때문에 동료들을 필요 이상으로 아낌.

특히 마지막 대목이 중요했다. 거기가 바로 아렌트가 믿는 구석이었으니까.

라이오스는 제 부하였던 아렌트를 죽이고 싶어 하지 않았다. 그러니 제대로 된 근거만 생긴다면 라이오스가 자신을 변호해 줄 거라 여겼다.

그 계산은 어느 정도 잘 맞아떨어졌다. 지금 당장 목이 붙어 있다는 게 바로 그 증거였다.

제복을 갖춰 입은 아렌트는 인상을 구긴 채 물끄러미 거울 너머 자신의 모습을 바라보았다.

지금까지 의식하지 않던 외견은 소설에 묘사된 아렌트 폰 에크하르트, 그 자체의 모습을 한 채였다.

어제 이 방으로 오자마자 온몸에 들러붙은 먼지를 떼어 낸 보람이 있는 모양이었다. 흰 얼굴에서 반질반질 윤기가 나는 것을 보니.

어깨까지 닿는 새하얀 은발은 결 좋게 찰랑거렸고, 황금색 눈동자는 평소 제 외모를 가꾸는 데 최선을 다하는 아렌트가 자랑스러워할 만도 했다.

"진짜 꼴값을 떨었구나."

하지만 그렇다고 해서 지금 그의 눈에 좋게 보일 리가

없었다.

 제복 옷매무새를 정리한 아렌트의 시선이 제 손목 쪽에 닿았다. 감옥에 갇히기 전까지는 없던 새하얀 은팔찌 하나가 채워져 있었다.

 란슬롯 공작과 기사단장들이 그에게 건네준, 달갑잖은 선물이었다.

 "개 목줄도 아니고."

 표정이 순식간에 떨떠름해졌다.

 아니, 차라리 목줄인 편이 나을 것 같았다. 이건 도주 위험이 있는 범죄자에게 사용하는 처형 도구로, 작동 권한은 라이오스에게 있었다.

 라이오스가 손가락만 한 번 까닥하면 곧장 이 팔찌에 걸려 있던 전기 충격 마법이 발동된다. 그러면 아렌트는 찍소리도 못 하고 통구이가 되어 이 세상에서 하직할 터였다.

 혹시라도 팔찌를 풀거나 파괴할 기미가 보이면 그때도 바로 마법이 발동하게 세팅되어 있으니, 당분간은 죄 많은 견습 기사로서 꼼짝없이 고분고분하게 굴어야 할 판이었다.

 "이게 뭐 하는 짓거리야. 내가 배신 때린 것도 아닌데."

 짜증스럽게 투덜거린 아렌트는 옷소매를 내려 팔찌를 가려 버렸다.

 일단 당장은 아렌트 폰 에크하르트로 살아가는 수밖에 없었다. 기사단에 적당히 머물면서 원래 세계로 돌아갈 방법을 찾아야만 했다.

'오긴 왔으니 돌아갈 방법도 있겠지.'

떨어지는 조명에 맞았으니 사실 그쪽 몸뚱이도 무사하지 않을지 모르지만, 그건 그때 가서 생각하기로 했다. 일단 돌아가는 대로 그 건에 대해서 단장한테 한차례 욕을 퍼부어 줘야 속이 풀릴 것 같았다.

한숨을 푹 내쉬며 새삼스럽게 거울 속 자신을 마주 보았다.

'지지리도 싫어하던 놈이었는데.'

이런 식으로 마주하게 될 줄은 상상도 하지 못한 얼굴이었다.

이수현은 떨떠름한 눈으로 조금 전까지 연기한 거울 속의 자신, 아렌트를 마주 보았다.

그래도 이렇게 된 이상 싫든 좋든 공생해야 하는 입장이었다.

"당분간 잘 부탁한다, 이 배신자 자식아."

2장. 배신자와 기사와 사기꾼은 한 끗 차이

배신자와 기사와 사기꾼은 한 끗 차이

 칼리온 제국은 언제나 크고 작은 분란이 끊이지 않던 나라였다.

 제국은 오랜 시간 동안 대륙의 지배자로서 군림해 왔다. 하지만 국가의 외부적 강함이 국내 평화의 척도가 되는 것은 아니었다.

 지나치게 넓은 영토에 단 하나뿐인 황제의 손길이 모두 닿기란 어려운 일이었다.

 당연하게도 귀족들의 권한이 커질 수밖에 없는 상황이었고, 그렇게 성장한 귀족들은 또 자신의 밥그릇을 두고 경쟁했다.

 그 결과 제국 이곳저곳에서 영지전이 벌어지고, 국경 근처에서는 크고 작은 분란이 생겼다. 현 황제가 즉위한 뒤에는 당장 내전이 일어난다 하더라도 전혀 이상하지 않은 상황까지 치달은 판이었다.

 엉망진창이 되기 직전의 제국을 정리한 것은 황태자에 책봉된 제1황자였다. 성년이 되자마자 황태자 자리에 오른 그는, 고작 몇 년 만에 귀족들을 장악하는 데에 성공했다.

 자칫 황제와 황태자의 권력 분쟁으로도 번질 수 있는 일이었지만, 현 황제는 그리 욕심이 많은 사람이 아니었다.

 늙어 가는 황제는, 자신의 후계가 유능함을 보이는 상황을 아주 기꺼워했다.

 황태자 역시 그런 황제를 극진히 모시니, 자연스레 권력은 황제와 황태자에게 집중되며 제국에는 전에 없는 평화가 찾아왔다.

 하지만 그 평화는 10년 만에 금이 가기 시작했다.

 어느 날, 정체불명의 전서구가 황태자에게 도착한 것이다.

 전서구가 전해 준 쪽지에는 날짜와 시간, 그리고 한 장소만이 적혀 있었다.

 심상치 않음을 느낀 황제와 황태자는 자신들이 가장 신뢰하는 기사들을 그 장소에 매복시켰다.

 그리고 그날 그 시간, 쪽지에 적혀 있던 장소에 한 사람이 나타났다. 기사단은 그 사람을 은밀히 추적했고, 그 결과 정체불명의 집단이 밀회를 가지는 현장을 확인할 수 있었다.

 기사단은 그들 중 몇몇을 비밀리에 잡아들였다.

심문을 해 볼 셈이었지만 그 시도는 실패로 돌아갔다. 체포한 참고인들이 죄다 자결해 버린 탓이었다. 게다가 자신들이 추적당한다는 사실을 깨달은 조직이 움직임에 더욱 신중을 기하기 시작해, 꼬리를 잡기는 더욱 어려워졌다.

익명의 제보자가 누구인지 그 정체조차 감을 잡지 못한 채 시간만 그저 속절없이 흘러가던 상황이었다.

아무것도 해결되는 일 하나 없이 지지부진하던 상황에…….

'저 녀석이 돌을 던졌군.'

라이오스는 착잡한 눈으로 아렌트를 보았다.

지하 감옥에 처박히면서 엉망이 되었던 모습은 온데간데없고, 평소처럼 곱상하고 말간 낯으로 돌아와 있었다.

읽어 내기 어려운 황금색 눈동자는 차가운 냉기만 품었을 뿐, 그저 무심했다.

분명히 처음은 기사단 내의 배신자를 단죄할 목적으로 시작되었던 건데.

지금도 재판 때와 그리 다르지 않은 상황이었다.

아렌트는 관내에 마련된 회의실 한가운데에 서 있었다. 그의 등 뒤에 놓인 문은 3기사단의 기사들이 막고 선 채였고.

라이오스를 비롯한 기사단장들은 자리에 착석해 아렌트를 마주 보고 있었다.

그들의 뒤 역시 기사들이 정자세로 도열했다.

즉, 현재 아렌트는 기사들에게 빽빽이 포위당한 것과

마찬가지인 상태였다.

'보통이라면 압박감을 느낄 테지만.'

아렌트에게 그런 기색은 전혀 보이지 않았다.

자신을 둘러싼 이들을 향한 적대감도 굳이 숨기지 않은 채 뻐딱하게 선 자세에서는 여유까지 느껴질 지경이었다.

제1기사단장, 켄드릭 폰 레안드로스 역시 비슷하게 생각하는 듯했다.

한참 동안 아렌트를 주시하던 켄드릭이 픽, 바람 빠지는 소리를 내며 입꼬리를 올렸다.

"그래, 경은 경이 한 말을 지킬 수 있는가? 우리는 경에게 멍청하다는 폭언까지 듣고도 경의 알량한 목숨을 붙여 이 자리까지 세웠네만. 그만큼의 값을 하지 못하면 곤란한데."

"부디 제가 그러길 바라셔야죠."

아렌트 역시 지지 않고 싸늘한 미소를 머금었다.

"그래야 지금껏 저지른 멍청한 일들 중 하나라도 만회할 수 있을 게 아닙니까."

동시에 켄드릭의 수염이 텁수룩한 얼굴이 미미하게 경련을 일으켰다. 그의 뒤에 서 있던 1기사단의 기사들이 금방이라도 검을 뽑아낼 것처럼 손을 움찔댔다.

"저 건방진 놈이······!"

"됐다."

손을 한 번 슥, 드는 것으로 그들을 진정시킨 켄드릭이 어이없이 웃었다.

"정말…… 재판 때도 느꼈지만, 자네는 과할 정도로 당돌하군."

"칭찬 감사합니다."

아렌트는 도리어 가슴을 펴며 뻔뻔하게 대꾸했다.

그러자 가만히 상황을 살피던 다이아나가 어깨를 으쓱하며 두 사람의 대화를 끊어 냈다.

"켄드릭 경, 괜한 농담 따먹기는 안 하시는 게 좋겠습니다. 보아하니 말려들기만 할 것 같은데."

"끄응, 나이가 들었나. 버르장머리 없는 젊은이 하나 상대하는 것도 버거워졌어."

앓는 소리를 낸 켄드릭이 제 머리를 벅벅 긁었다.

아렌트는 눈동자만을 굴려 제 눈앞에 놓인 사람들을 훑어보았다. 약이 잔뜩 오른 기사들이 모두 당장이라도 그를 찢어 죽일 듯이 노려보고 있었다.

'일단 시선은 모았고.'

앞뒤 옆으로 검을 찬 기사를 세워 놓은 게, 조금이라도 애먼 짓을 했다간 바로 목을 날려 버리겠다는 의사를 표명한 것 같았다.

그리고, 바로 앞의 상석에 앉은 세 명의 단장들.

아렌트를 응시하는 그들은 제각기 다른 표정을 한 채였다.

켄드릭은 천연덕스러운 얼굴 아래에 은근한 호기심을, 다이아나는 무심한 시선 속에 신중한 경계를, 그리고 마지막으로…… 라이오스는 차가운 무표정에 착잡함을 드리웠다.

이제부터는 저들의 기대에 부응해 줄 차례였다.

우선은 모두의 마음을 사로잡을 첫 대사부터.

아렌트가 예고 없이 툭 내뱉었다.

"놈들은 금고를 노리고 있습니다."

세 단장의 눈이 동시에 휘둥그레졌다.

그가 꺼내 든 화제가 그들의 귀에 성공적으로 꽂혀 들었다는 의미였다.

가장 먼저 표정을 갈무리한 라이오스가 확인하듯 물었다.

"……이스트 상단의 금고 말인가."

"이 황도에 그것 말고 금고라 불릴 만한 게 더 있나요?"

이스트 상단은 제국에서 다섯 손가락 안에 꼽히는 상단으로, 황도와 그 외 대도시에서 벌인 독특한 사업을 통해 큰 수익을 올리는 중이었다.

그게 바로 '이스트 금고'였다.

금고는 지니고 다니기 힘든 보석이나 귀중품, 금화, 가보 등등을 맡아 주며 보관료를 받는 형태로 운영되었다.

보물들을 모아 두는 만큼 도둑이나 강도의 표적이 되기 십상이었지만, 이스트 금고는 그럴 때마다 훌륭히 고객들의 자산을 지켜 냈다.

막대한 자금을 들여 최고급 용병들을 고용한 덕이었다.

덕분에 금고의 신용도는 하늘 끝까지 치솟았고, 이스트 상단은 금고와 함께 전에 없던 호황을 누리는 중이었다.

잠시 얼빠진 채 눈만 끔뻑이던 켄드릭이 인상을 찌푸렸다.

"갑자기 금고라고? 지금껏 잠잠했지 않나."

"누가 잠잠했는데요? 하하…… 설마 그놈들이?"

아렌트가 노골적인 비웃음을 터뜨렸다.

기분이 상한 기사 하나가 뭐라 쏘아붙이려는 찰나, 아렌트가 먼저 선수를 쳤다.

"혹시 황도의 보석상이 불에 탄 사건을 기억하십니까?"

"뭐?"

"세드릭가의 저택이 정체불명의 괴한에게 탈탈 털렸던 것과…… 아, 그래. 노부인의 유산이 사기꾼에게 고스란히 넘어갔던 일도 있죠."

아렌트가 손가락까지 꼽아 가며 말을 이었다.

뜬금없는 이야기의 연속에 기사들의 표정이 아리송해져 갔다.

다이아나가 턱을 괴며 입을 열었다.

"기억하지. 하지만 그 건들과 지금 일에 무슨 공통점이 있던가? 심지어 그 범인들은 모두 체포되었는데."

"그랬죠. 하지만 그놈들이 빼돌린 재물은요?"

곧장 돌아온 날카로운 질문에 다이아나는 잠시 입을 다물었다.

잠깐의 뜸 뒤, 다이아나가 선선히 대답했다.

"……회수하지 못했지."

"그놈들 입장에서는 나쁘지 않았을 겁니다. 나름대로

잘난 대의를 위해 한목숨 바친 것일 테니."

팔짱을 낀 채 삐딱한 자세로 말하는 아렌트는 늘 그랬듯, 방만하기 짝이 없는 태도였다. 하지만 어째서인지 그의 목소리만큼은 이상할 정도로 선명하게 울려 퍼졌다.

이 공간에 있는 모두가 저절로 귀를 기울일 정도로.

"일단 도망쳤다가 저들의 근거지에 보물을 바친 뒤 체포당해 목숨을 끊은 거겠죠. 놈들이 원하는 건 자금입니다. 통치에 불만을 품은 놈들이 한데 모여 제국을 뒤집겠다며 꿍꿍이를 꾸미는 거죠. 그러니 지금 시점에서 그놈들의 정체는……."

아렌트가 자연스럽게 뜸을 들였다.

듣는 자들은 저도 모르게 몸을 긴장시켰다.

어느 순간부터 회의실 안의 모두는 그의 입이 떨어지기만을 기다리고 있었다.

"과격파 반군 정도로 정의하면 되겠네요."

회의실 안의 공기가 싸늘하게 가라앉았다.

턱을 쓸어내리던 켄드릭이 물었다.

"그래서, 결행일은?"

"바로 내일입니다."

아렌트가 한 치의 거리낌도 없이 대꾸했다.

숨소리조차 나지 않는 공간에 켄드릭의 탄식 같은 한숨이 터져 나왔다.

"허어……."

원래는 귀족들의 금은보화가 모인 금고가 싹싹 털리

고, 황도 외곽의 마을 하나가 완전히 초토화된 뒤에야 알 수 있을 사실이었다.

그리고 이후에 기사들은 점거한 마을을 기지로 삼은 그 자들과 전쟁에 가까운 전투를 치러야 했다.

그 과정에서 나온 인명 피해 역시 상당했다.

'지금은 아니겠지만.'

이후의 상황을 이미 아는 그가 있으니까.

보고를 끝낸 아렌트는 팔짱을 낀 채 그들의 대꾸를 기다렸다. 어디 할 말 있으면 해 보라는 것처럼.

그를 가만히 지켜보던 다이아나는 작게 혀를 찼다.

'분명히 아렌트 폰 에크하르트가 죄인이고, 이쪽이 추궁하는 입장일 텐데.'

아렌트는 순식간에 회의실의 분위기를 장악해 버렸다.

물론 그렇다고 해도 아렌트를 향한 눈길들이 호의적이라고는 절대로 말할 수 없다.

하지만······.

'아무도 반박을 할 수가 없는 상황이지.'

그녀의 눈이 가느다랗게 떠졌다.

아렌트의 빈정거리는 말과 몸짓 하나하나가 모두 시선을 잡아끌었다.

자신이 옳다는 확신에 가득 찬 목소리는 그의 말을 차마 의심하지 못하게 했고, 차가우면서도 냉정한 빛을 발하는 눈동자는 금방이라도 사람들을 삼켜 버릴 것 같았다.

'재판 때와 같은 상황인가.'

그때는 단지 죽음을 앞둔 자의 마지막 발악이라고 생각했다. 하지만 아무래도 그것만은 아닌 모양이었다.

다이아나가 헛웃음을 터뜨렸다.

"……정말 어이가 없군. 도대체 무슨 짓을 한 거지? 적들이 그런 정보를 순순히 넘겨줬을 리는 없을 테고."

"주머니에 금화 찔러 넣어 주면서 뜻을 같이하는 척 좀 했습니다. 나 역시 황제 폐하께 유감이 지극히 많으니, 좀 끼워 달라고요."

다이아나의 얼굴이 미미하게 굳어졌다.

"폐하를 욕보이는 말을 감히 그 입에 담았다고?"

"왜요? 뭐 다른 방법은 있었습니까? 솔직히 말해서, 제가 아니었으면 앞으로 민간인이 몇이나 죽어 나갔을지 누가 압니까? 뒤늦게 대처하다가 기사단 안에서도 피해자가 나왔겠죠."

방금까지의 침묵과는 살짝 다른 의미로 기사들의 입이 쩍, 벌어졌다.

아렌트가 뻔뻔하게 쐐기를 박았다.

"큰일을 하려면 사람이 좀 치사할 줄도 알아야 합니다. 필요하면 적 발바닥을 핥는 척이라도 해야지."

"……그게 기사란 놈이 할 소리냐?"

"뭐 어때요. 배신자라고 그렇게 욕하더니, 저한테 기사도까지 바라시는 겁니까?"

켄드릭이 어이없이 묻는 말에 아렌트가 어깨를 으쓱했다.

말문이 막힌 듯 입을 벙긋거리던 켄드릭이 이내 허허

허…… 웃으며 고개를 내저었다.

"일단은…… 그래, 경의 말은 알겠다. 더 말을 섞으면 내 복장만 터질 것 같으니 다시 원제로 돌아가지."

짙은 녹빛을 띤 켄드릭의 눈동자가 다시 진지하게 가라앉았다.

"쉽게 뚫을 수 있는 곳이 아니다. 그런데도 거길 노리는 거라면, 그놈들한테는 금고를 뚫을 만한 전력이 있다는 뜻이겠군. 우리도 쉽게 상대할 수는 없을 거야. 당장 내일이라고 하니 진압 작전을 준비할 시간도 부족해."

"뭘 그리 복잡하게 생각하십니까?"

아렌트가 삐딱한 미소를 지었다.

"우선은 정석대로 가시죠. 놈들이 어디로 쳐들어올지 아니까, 먼저 가서 기다리는 겁니다."

"호오, 그런 다음에는?"

켄드릭이 자연스레 물었다. 아렌트가 무언가 답을 내어 줄 것이라는 확신을 담은 것처럼.

아렌트 역시 그것을 쉽게 알아차렸다.

그의 휘어진 입술이 조금 더 개구쟁이 같은 곡선을 드리웠다.

"좋은 방법이 있습니다."

* * *

모든 이들이 바쁘게 움직이는 황도는 깊은 밤이 되어도

좀처럼 불이 꺼지는 일이 없었다.

그중에서도 가장 늦게까지 어둠을 밝히는 곳을 꼽자면, 역시 이스트 상단에서 운영하는 이스트 금고였다.

제국의 모든 보화가 모여 있다는 농담까지 오가는 이스트 금고는 주야장천 바쁘게 돌아갔다. 다른 사람들이 모두 휴식을 취하는 시간에도 금고는 절대로 불이 꺼지지 않았다.

낮 동안 일하는 직원들은 상냥한 미소를 머금고 귀족들과 자산가들을 상대했고, 밤에는 배치된 인원들이 눈에 불을 켜고 삼엄한 경비를 펼쳐 고객들의 소중한 자산을 지켰다.

밤하늘에는 별과 달이 있고, 도심에는 금고가 있으니, 이스트 금고는 어느새 제국이 품은 부의 상징처럼 여겨지게 되었다.

접객용으로 마련된 로비의 대리석 바닥은 마치 잘 언 빙판처럼 매끄러웠고, 그 위에 깔린 두터운 카펫은 누가 뭐래도 최고급품이었다.

벽에는 제국에서 가장 몸값이 비싸다는 화가가 심혈을 기울여 그려 낸 그림이 떡하니 자리를 차지했고, 천장에 매달린 샹들리에는 보석으로 치장되어 환히 불을 밝혔다.

접수대를 지키는 직원들은 찾아올 이가 거의 없는 밤인데도 이스트 금고 소속임을 드러내는 제복을 말끔히 차려입은 채였다.

단정하게 선 자세에 틈은 전혀 없었다.

일정 거리를 두고 정렬한 용병들은 눈을 시퍼렇게 뜨고 자신들의 임무에 충실했다.

늘 그랬듯 모든 것이 완벽했다. 이스트 금고의 평판에 흠을 낼 만한 것은 아무것도 없었다.

이날 밤도 그저 고요하기만 했다.

인근의 가게들도 모두 장사를 접은 시간. 금고 안은 쥐새끼 하나 없이 조용했다.

그때.

퍽, 쿵.

바깥에서부터 들려온 둔탁한 소음 하나가 침묵을 깼다.

"……응? 무슨 소리지?"

"바람 소리 아닐까요?"

직원 하나가 민감하게 반응하자 옆의 다른 직원이 심드렁히 대꾸했다.

그것으로 대화가 끊기고, 다시금 침묵이 흘렀다.

그렇게 몇 분이 지났을까.

퍽, 쿵.

또다시 무언가가 넘어지는 소리가 들렸다.

창문 밖은 어둠이 짙게 깔려 있을 뿐, 아무것도 보이지 않았다.

직원 하나가 불안한 목소리로 재차 물었다.

"진짜 바람 소리 맞습니까?"

"뭐어……."

이번만큼은 다른 직원 역시 확신할 수 없었는지 그렇게 대충 얼버무릴 뿐이었다.

직원들과 용병들의 시선이 자연스레 문 쪽을 향했다.

늦은 밤 특유의 진득한 침묵이 자리했다. 아무리 둔한 사람이라고 해도 누구나 감각을 곤두세울 수밖에 없는 그런 침묵.

바로 그때.

콰아아앙!

문짝이 커다란 폭음을 내며 거칠게 열렸다.

"뭐, 뭐야?!"

"소란 떨지 마라. 살고 싶으면 다 입 닥쳐. 소리 지르면 죽인다."

허공에서 음산한 목소리가 흘러나왔다. 그와 동시에 분명히 방금까지는 보이지 않던 한 무리의 침입자들이 홀연히 모습을 드러냈다.

"뭐, 뭐야!"

용병들은 반사적으로 제 검을 틀어쥐었지만, 이미 때는 늦은 뒤였다. 적들의 검은 이미 그들의 목덜미에 닿아 있었다.

"투명화 스크롤을……."

사태 파악은 빨랐다.

누군가가 신음처럼 중얼거렸다.

평범한 도적들이 쉽게 구할 수 있는 물건이 아니었다.

그것도 이만한 인수가 모두 하나씩 사용할 만큼의 스크롤이라니.

 이들이 어중이떠중이 도적들과 차원이 다르다는 뜻이었다.

 순식간에 상황 파악을 해 낸 이들의 얼굴이 딱딱하게 굳었다.

 내부는 순식간에 침입자들에게 제압당했다.

 우두머리로 보이는 자가 명령했다.

 "금고를 열어 보화들을 모조리 꺼내 와라. 허튼짓하면 가만두지 않겠다."

 직원들의 얼굴이 창백해졌다.

 용병들은 모두 움직임을 봉인당한 상태였다. 한 걸음만 움직인다면 바로 적들의 검에 목이 꿰뚫릴 게 뻔했다.

 "무기를 버려라."

 이를 악문 용병들이 손에서 검을 놓았다.

 떨그렁, 하는 쇳소리와 함께 무기들이 모두 바닥으로 떨어지자 침입자들이 그것을 깔끔하게 수거했다. 그 후 용병들과 직원들을 양손을 들고 벽 한쪽에 일렬로 서게 했다.

 그런 상황이 되자 직원들은 모두 한 사람의 눈치를 보기 시작했다. 그가 바로 이곳에서 가장 지위가 높은 직원이란 것을 우두머리는 쉽게 짐작했다.

 "거기, 너."

 "……."

젊은 직원은 얼굴을 딱딱하게 굳혔다.

잠깐 망설이는 것도 잠시, 그는 앞으로 성큼 나섰다.

"내가 책임자다."

"좋아, 제법 강단은 있어 뵈는군. 네가 금고 안까지 안내해라. 반항한다면 이자들의 목숨은 없다."

"……다른 사람들을 풀어 준다면 그렇게 하지."

직원은 모자를 푹 눌러 쓰고 그렇게 말했다.

그러자 우두머리가 얼굴을 가린 복면 안에서 비웃음을 터뜨렸다.

"지금 협상이 통하는 상황이라고 생각하나?"

"……."

직원의 눈이 내부의 상황을 다시 훑었다.

다른 직원들은 거의 울기 직전이었다. 제압당한 용병들이 저들을 밀쳐 내고 싸우는 것도 불가능해 보였다.

직원은 결국 낮게 한숨을 푹, 내쉬었다.

"따라와라."

우두머리가 고갯짓하자 부하들이 나섰다. 복면인 다섯 명이 곧장 직원을 둘러쌌다.

우두머리가 다시 명령했다.

"안에 있는 걸 모두 밖으로 날라라."

"……."

직원은 굳은 얼굴로 고개를 끄덕이고 몸을 돌려 안쪽으로 걸어 들어갔다.

우두머리가 짧게 쯧, 혀를 찼다.

"너무 쉽군."
"그래도 방심하면 안 됩니다."
"알고 있다."

이것은 대업을 이루기 위한 초석이었다. 끝날 때까지는 끝난 것이 아니니, 마음을 가볍게 먹었다가 일을 그르치는 것은 금물이었다.

그는 무심한 시선으로 겁에 질린 이들을 찬찬히 훑어보았다.

"너무 억울해하지 마라. 더 좋은 세상을 만들기 위해 사용할 거니까. 썩어 빠진 귀족들의 곳간을 금은보화로 채워 봤자 아무런 의미도 없을 테지."

게다가……

그는 검을 쥔 손에 꽉 힘을 주었다.

'그 물건도 여기에 있다.'

그것만 손에 넣는다면 이제 그들을 막을 수 있는 존재는 아무것도 없을 것이다.

바로 그때, 안쪽에서 누군가가 외쳤다.

"이쪽으로 몇 명 더 와 주실 수 있습니까? 손이 모자랍니다!"

"뭐?"

우두머리의 미간이 찌푸려졌다.

하지만 그것도 잠시, 그는 남은 이들을 향해 눈짓했다. 그러자 눈치 빠른 몇몇이 안쪽으로 들어갔다.

부담을 감수하는 일이었지만 그래도 많은 인원수를 대

동한 것이 정답이었던 듯했다. 용병의 숫자도 상정했던 것보다 많았고, 무장 수준 역시 제법이었으니까.

'머릿수로 밀어붙이지 않았으면 이렇게 쉽게 제압할 수는 없었겠지.'

그때.

쿠우웅!

안에서 들려온 소음이 그의 신경을 거슬렀다.

얼굴을 와락 찌푸린 그가 외쳤다.

"무슨 일이냐!"

"잠깐만 와 주셔야겠습니다! 문제가 생겼습니다! 사람도 몇 명 더 필요합니다!"

안에서 곧장 대답이 돌아왔다. 아까 인원 증원을 부탁했던 이와 같은 목소리였다.

우두머리는 울컥 짜증을 터뜨렸다.

"이 머저리 같은 놈들. 물건 옮기는 것조차 제대로 못한단 말이냐!"

"죄, 죄송합니다!"

다급한 음성이 다시금 들려왔다. 뭔가 문제가 생긴 것은 분명해 보였다.

그는 별수 없이 다른 이들을 향해 손짓했다. 몇 명이 앞으로 나섰다.

"너희들은 여기에서 이놈들을 감시해."

"예!"

우렁찬 대답이 돌아왔다.

그는 무의식중에 로비를 지키는 부하들의 머릿수를 세어 보았다.

처음 데리고 온 이들 중 절반 정도가 남아 있었다. 벽 쪽에 모여 선 용병들과 엇비슷한 숫자였다.

고개를 끄덕인 그는 한심한 부하들이 기다리는 금고 안쪽으로 걸음을 옮겼다.

걱정할 것은 없었다. 어차피 고급 용병들 따위로는 절대로 상대할 수 없는 이들이었으니까. 게다가 그 용병들은 모두 무기를 빼앗긴 상태였다.

그의 계산은 틀리지 않았다.

하지만 딱 하나, 그가 예상하지 못한 게 있었다.

지금 칼끝에서 위협받는 이들이 '고급 용병' 따위가 아니라면?

대장을 비롯한 한 무리의 사내들이 접수대 안쪽으로 들어갔다. 그들의 모습이 완전히 보이지 않게 되자마자 고개를 푹 숙이고 있던 용병들이 히죽 미소 지었다.

"어?"

잠깐 한눈을 팔던 그들이 한 박자 늦게 위화감을 알아차렸다. 그들이 인질들을 향해 고개를 돌렸을 때는, 이미 단단하게 여문 주먹이 복면 쓴 면상에 처박히고 있었다.

* * *

"이게, 무슨……."

바쁘게 움직이던 다리가 뻣뻣하게 굳었다.

금고 안쪽으로 들어가자마자 그들이 목도한 것은 바닥에 쭉 뻗은 동료들이었다.

일격에 쓰러진 듯, 신음조차 내지 못하고 복도 이곳저곳에 널려 있었다.

우두머리의 시선이 자연스럽게 안쪽으로 닿았다. 직원 복장을 한 은발의 청년이 그를 향해 손을 살살 흔들었다.

"에이, 대장. 너무 늦으셨네."

그의 손에는 아까까지 눌러 쓰고 있던 모자가 달랑달랑 걸려 있었다.

우두머리가 저도 모르게 얼빠진 소리를 냈다.

"뭐……?"

"부른다고 이렇게 달려와 주시니, 내가 몸 둘 바를 모르겠네요."

청년의 양쪽으로 황실 소속 기사단 제복 차림을 한 기사들이 사납게 눈을 번뜩였다. 금고로 통하는 복도를 가득 채울 정도로 많은 수였다.

얼빠진 채로 있던 우두머리는 그제야 상황을 파악했다.

그의 입 사이에서 으득, 이빨이 갈리는 소리가 새어 나왔다.

"이 새끼가……!"

처음에 부하들을 안쪽으로 안내한 직원, 그리고 그를 이쪽으로 유도한 부하의 목소리.

그건 모두 같은 사람이었다.
그때 바깥에서 비명 소리가 터져 나오기 시작했다.
쿵, 뻐어억!
누군가가 흠씬 두들겨 맞는 소리는 덤이었다.
잔뜩 일그러졌던 우두머리의 얼굴이 차차 창백해져 갔다.
"으아아악! 이놈들 용병이 아니잖아!"
"젠장, 함정이다!"
부하들이 바깥에서 악을 쓰는 소리가 들려왔다.
아렌트 옆에 서 있던 라이오스가 날카롭게 외쳤다.
"적들을 제압하라!"
그것을 신호로 기사들이 일제히 검을 뽑아 들고 복면을 쓴 자들을 향해 달려들기 시작했다.
퍼뜩 정신을 차린 침입자들 역시 그에 응수했다.
우두머리가 악을 썼다.
"황제의 개들 주제에 더러운 수를 쓰는구나! 모두 처죽여 버려! 길을 뚫어라!"
"죽어라!"
순식간에 난전이 벌어졌다. 그리고 아렌트는 느긋하게 팔짱을 낀 채 라이오스 곁에서 그 광경을 지켜보았다.
"이렇게 간단한걸."
"……."
라이오스의 시선이 아렌트를 향했다.
적들은 착실하게 제압당하는 중이었다.

당연한 일이었다. 매복해 있던 머릿수도, 개개인의 실력도 기사들 쪽이 압도적으로 우위였으니까.
 적들 역시 제법 많은 수인 데다 꽤 강한 축이었지만, 그렇다고 이만한 수의 기사들을 원만히 상대해 낼 만큼은 아니었다.
 분전하는 두 세력을 심드렁히 구경하던 아렌트가 고개를 들었다. 라이오스가 자신을 바라본다는 것을 알아차린 것이다.
 "왜 보십니까?"
 "……이대로라면 부상자 하나 없이 제압 가능하겠군."
 "그렇겠네요."
 아렌트가 삐딱하게 대꾸했다.
 그건 좋은 일이었다. 물론 방식이야 조금…… 조금 문제가 있었지만.
 "놈들의 의심을 사지 않을 필요가 있다 해도, 민간인을 끌어들이는 건 위험한 일이었다."
 "뭐 어때요. 죽는 것도 아니고, 지들 재산을 지키는 일인데. 게다가 어차피 금고가 곧이곧대로 털렸으면 살아남지도 못할 사람들이었어요."
 "……"
 "그리고 협조해 준 민간인 몇 명도 못 지켜 내면 그거야말로 기사 자격 박탈감 아닙니까? 그 정도야 선배들이 어련히 알아서 하시겠죠."
 뻔뻔하게 덧붙인 아렌트의 말에 라이오스가 앓는 소리

를 냈다.

 아까 저들의 수장이 외친 말이 떠올랐다.

 황제의 개들 주제에 더러운 수를 쓰는구나…… 라고 했던가.

 칼 든 강도 놈들에 비해서 더러울 것까지는 없었겠지만, 치사하다는 부분에서는 차마 부정을 하지 못하는 라이오스였다.

 금고의 로비보다 내부가 더 넓다는 것을 이용한 작전이었다.

 말로 옮기면 간단했다.

 금고 전체를 함정으로 이용해서 적들을 모두 일망타진하는 것.

 용병들은 모두 기사들로 바꿔치기 해 뒀다. 하지만 직원들은 아렌트를 제외하고는 모두 진짜였다.

 이유는 간단했다.

"용병을 흉내 내는 것까진 괜찮겠지만, 선배들이 직원 행세까지 하면 백발백중 들킵니다. 도둑놈들 앞에서 겁먹고 벌벌 떨 자신이 있으시다면야…… 뭐, 굳이 말리진 않겠습니다만."

 틀린 말은 아니었기에 그들은 납득할 수밖에 없었다.

 일단 적들이 아무 의심 없이 금고 안으로 들어와야 작전이고 뭐고 시작을 할 거 아닌가.

 아렌트가 기사들 앞에서 늘어놓던 말을 떠올린 라이오

스가 살짝 얼굴을 굳혔다.

'반대로 말하자면.'

많은 인원으로 구성된 적들을 로비와 금고, 양쪽으로 분리시키는 일을 아주 손쉽게 성공해 낸 사람이 바로 아렌트라는 얘기가 된다.

'이 녀석은 얼마나 말도 안 되는 짓을 한 건지.'

라이오스는 다시 작전 회의 때 아렌트가 한 말을 떠올렸다.

"당황해서 외치는 목소리는 얼핏 들어선 누가 누군지 구분하기 힘들거든요. 어렵잖게 속일 수 있을 겁니다."

그렇다 하더라도 이게 가능한 일이던가?

모자를 눌러 쓴 채 직원 행세를 하고, 그 이후에는 실감난 외침으로 적들을 이쪽으로 이끌던 아렌트는 마치 얼굴을 여러 개 두고 갈아 끼우는 것처럼 보였다.

금고 안은 완전히 난장판이었다.

용병 행세를 하며 검을 바닥에 내던져 버린 기사들은 맨손으로 적들을 마구 두들겨 패고 있었다.

그 여파로 번쩍번쩍하던 금고 내부는 엉망이 되어 갔다.

조각상은 넘어져 깨지고, 카펫도 엉망으로 짓밟혔다.

와장창!

기사에게 내던져서 벽에 처박힌 복면인의 몸뚱이가 유리 공예 장식품 하나를 작살냈다.

모든 물건을 최상품으로 사용하는 이스트 금고이니, 그 피해액을 추산해도 한두 푼은 아닐 터였다.
　'원래는 우리 측에서 최소한이라도 변상해야 할 문제인데.'
　진압 과정에서 피해를 입힌 것이니까.
　아렌트를 바라보는 라이오스의 시선이 떨떠름했다.
　제 선배들이 도적들을 제압하는 모습을 지켜보는 옆모습은 무슨 생각을 하는지 모르게 무표정했다.
　'뱀 같은 녀석.'
　라이오스는 금고 안쪽으로 고개를 돌렸다.
　전투의 여파가 닿지 않은 그곳에서 상황을 지켜보러 온 켄드릭과 다이아나가 이쪽을 향해 어처구니없다는 눈길을 보냈다.
　그리고 또 한 사람.
　풍채가 좋은 중년의 남성이 두 사람 뒤에 몸을 숨기고 있었다.
　켄드릭과 다이아나의 어깨너머로 고개를 쭉 내민 그는 아렌트가 희대의 영웅이라도 되는 양, 선망에 가득 찬 얼굴로 빤히 바라보았다.
　바로 이스트 금고의 점장이었다.

* * *

　이 작전에는 한 가지 난관이 있었다.

가장 중요하면서도, 어떻게 생각하면 이 말도 안 되는 작전을 성공시키는 것보다 더 어려운 일.

그게 바로, 이스트 금고의 점장을 설득하는 일이었다.

적어도 단장들은 그렇게 생각했다.

하지만…… 설마, 이렇게까지 일이 잘 풀릴 줄은.

"도움이 될 수 있어서 영광입니다."

이스트 금고의 점장, 노이만 덴 이스트가 아렌트 앞에서 인자한 미소를 지었다. 아렌트 역시 빙그레, 입술을 휘며 고개를 끄덕였다.

"협조해 주셔서 정말 감사합니다. 덕분에 악적들을 모두 생포할 수 있었습니다."

"……."

시선을 주고받는 두 사람 사이에는 일종의 유대감마저 오갔다. 뒤에 물러서 있던 때부터 아렌트에게서 시선을 떼지 못하던 점장이었다.

점장의 눈빛은 무언가 선망과도 닮아 있었지만, 보는 사람 입장에선 꿀이 잔뜩 든 단지를 발견한 곰의 것과 비슷하게 보였다.

켄드릭이 떨떠름하게 중얼거렸다.

"왜일까. 난 내가 그리 속 좁은 사람이 아니라고 생각했네만…… 어쩐지 저 모습은 굉장히 보기 아니꼽군."

"우연이군요. 마침 같은 생각을 하던 차였습니다, 켄드릭 경."

다이아나 역시 작게 동의했다.

라이오스는 이마를 짚은 채 한숨만 푹푹 내쉴 뿐이었다.
노이만 덴 이스트 점장은 상단주의 동생으로, 이스트 상단의 주 사업체인 금고를 운용하는 능력만 보아도 알 수 있듯, 결코 호락호락한 사람이 아니었다.
고객에게는 상냥하게, 접객은 최고로.
그리고 손님의 귀한 물건을 대리로 맡는 만큼 손해를 입을 만한 모험은 절대로 하지 않는 게 바로 그였다.
역시나 무장 집단이 금고를 노린다는 말에는 놀란 듯했지만, 금고 안에서 전투를 벌이겠다는 라이오스의 말에 점장은 곧장 난색을 표했더랬다.

……
…

"그건 조금 곤란합니다. 건물이 파손될지도 모르고…… 그리고 아시겠지만 이곳에는 돈으로도 환산할 수 없는 보물들이 모여 있습니다. 기사님들을 믿지 않는다는 건 아닙니다만, 그래도 모험을 할 수는 없으니까요."
그 단호한 거절에 기사들은 다소 난색을 표할 수밖에 없었다.
황제의 친위 기사단이 등장하면 일단 고개를 조아리는 게 정상이었으나, 그들의 상대는 보통 인물이 아니었다.
아마 황궁에서 귀족들의 신뢰를 가장 많이 받는 사람을 꼽자면 바로 이 사람일 터였다. 황태자의 활약으로 제국이 평화로워진 상황이라고 하지만, 그래도 귀족들의 권한은 결코 무시할 수 없었다.

그들의 비호를 받는 이스트 금고의 점장에게 불만이라도 산다면 장기적으로 골치 아픈 상황에 처할 확률이 높았다.

바로 그때.

잠자코 있던 아렌트가 불쑥 입을 열었다.

"그럼 뭐, 때려치우죠. 어차피 우리가 손해 보는 것도 아니고."

"예?"

얼떨떨한 눈으로 자신을 보는 점장에게 아렌트가 빙그레 미소를 지어 보였다.

"보아하니 방비에 제법 자신이 있으신 모양인데, 오늘 쳐들어올 놈들은 점장님께서 돈으로 고용할 수 있는 사람들로는 상대도 하지 못할 겁니다."

"그 말씀은…… 아예 철수하겠다는 뜻입니까?"

노골적으로 빈정거리는 말에 점장의 인상 역시 살며시 구겨졌다.

아렌트는 천연덕스럽게 말을 이었다.

"아, 물론 도적놈들은 잡아야 합니다. 하지만 희생을 감수하는 것은 저희도 곤란하니까요. 목숨을 걸고서 모험을 할 수는 없지 않겠습니까?"

노이만 점장의 얼굴이 딱딱하게 굳어졌다. 자신이 한 말을 최악의 형태로 고스란히 돌려받았으니 이상한 일도 아니었다.

그 주둥이를 틀어막을 타이밍도 놓쳐 버린 단장들은 그저 제각기 이마를 짚은 채 한숨을 푹푹 내쉴 뿐이었다.

아렌트가 계속해서 주절거렸다.

"뭐. 처발리기야 하겠습니까마는, 그래도 목숨 정도는 걸어야겠죠. 하지만…… 저희가 점장님의 재산을 지키기 위해서 그렇게까지 해야겠습니까?"

"그건 기사도에 어긋나는 일입니다."

"기사는 사람 아닙니까?"

"……."

점장은 그만 입을 다물고 말았다.

어처구니가 없어진 탓이었다.

노이만 점장의 눈이 단장들 쪽을 향했다. 하지만 그들도 뭐라 할 말이 없었다. 힐책 섞인 점장의 눈에 불경하다고 따질 수도 없었고.

그들의 죄는 딱 하나. 아렌트가 제멋대로 떠들게 내버려 뒀다는 거였다.

어색한 침묵이 감돌자 아렌트가 다시 은근슬쩍 운을 띄웠다.

"그럼 서로 입장 전달은 된 것 같네요, 점장님."

"입장…… 말씀이십니까?"

"네. 점장님은 고객들의 재산을 걸고 모험을 하는 건 곤란하시고, 우리는 전투에 유리한 상황을 포기하기 힘들어요."

아렌트는 어깨를 으쓱였다.

"하지만 점장님은 도적들에게서 금고를 지켜야 할 필요가 있고, 저희는 도적들을 두고 도망칠 수 없어요. 점장님이 말씀하신 것처럼 우리는 기사니까요. 그렇다면……."

아렌트의 황금색 눈동자가 반짝 빛났다.

"타협점을 찾는 건 어떠십니까?"

적어도 그 순간만큼은 아렌트는 기사도 아니고 배신자도 아니었다.

반짝거리는 그 두 눈은 철저히 이윤을 쫓는 상인의 것이었다.

"설마, 거래를 제안하시는 겁니까?"

"역시 이스트 금고를 이끄시는 분. 이해력이 빠르시네요."

노이만 점장은 기사가 제게 거래를 걸어오는 이 상황을 어떻게 해석해야 할지 한동안 갈피를 잡지 못하는 눈치였다.

하지만 그 역시 본질은 장사치.

그는 싸늘하던 얼굴을 풀고 아렌트와의 대화에 응했다.

"어디 한번 들어 보겠습니다."

그것으로 대화의 물꼬가 터졌다.

아렌트는 씨익 미소 지으며 제 손가락을 뿅, 세워 보였다.

"이스트 상단에서 독립을 준비 중이시죠? 저희가 그걸 조금 도와 드리는 건 어떻겠습니까?"

……
…

그 한마디에 노이만 점장의 안색이 순식간에 달라졌다.
아까의 상황을 떠올린 다이아나가 어이없이 중얼거렸다.
"저놈은…… 그런 속사정을 어떻게 알고 있었을까요?"
"글쎄, 그건 모르겠지만."
마찬가지로 힘 빠진 웃음을 짓던 켄드릭의 시선이 라이오스에게 닿았다.
"아주 대단해. 인재라는 말밖에 안 나오는군. 아마 작정하고 사기를 친다면 어지간한 사기꾼은 흉내도 못 낼 거물이 되지 않을까?"
"정말 요물이 따로 없어. 앞으로가 걱정인걸. 다루기 제법 힘들겠어."
다이아나까지 그렇게 말하자 라이오스는 뭐라 말할 수 없이 미묘한 표정을 지었다.
그 심정이 충분히 이해가 되어 켄드릭은 두어 번 라이오스의 어깨를 두드려 주었다.

*　*　*

'호락호락한 사람이 아니군.'

사람 좋은 미소를 지으며 노이만 점장은 그렇게 생각했다.

이미 그건 알고 있었지만, 저 눈동자를 마주할 때마다 새삼스럽게 되뇌게 되었다.

그의 앞에 선 것은 젊다 못해 어리다고 말해도 전혀 이상하지 않은 견습 기사였다.

스물은 되었을까? 빙그레 웃는 고운 얼굴은 어디 가서 찾아보기도 힘든 미인이었다.

노이만은 천천히 기억을 되짚었다.

티끌 하나 없는 은발과 스스로 빛나는 별 같은 황금색 눈동자를 가진 이는 별로 없을 터였다. 그리고 그가 스스로를 소개한 이름, '아렌트 폰 에크하르트'라면.

"아까부터 대강 짐작은 했습니다만, 경이 바로 소문의 견습 기사인 모양이군요."

"소문이요?"

그가 넌지시 꺼낸 말에 아렌트가 반응했다.

노이만은 고개를 끄덕여 주었다.

"황도의 유력자들 중에서는 모르는 사람이 없을 겁니다. 반역죄로 체포당했다가 무려 그 재판정에서도 살아남으셨다고요."

"아……."

아렌트는 조금 떨떠름하게 고개를 끄덕였다.

그렇게나 요란을 떨었으니 조용히 넘어가지는 않을 거라 예상했다. 하지만 황궁 밖까지 소문이 퍼졌을 줄은.

"그런데도 용케 제 말을 들어주셨네요."

"그게 사실이라면 경께서는 그 자리에 있던 완고한 귀족과 재판관 모두를 설득해 냈다는 뜻이겠지요. 원래 헛소문쯤으로 치부하고 있었지만⋯⋯ 아까 직접 대화해 보니 충분히 가능하겠다는 생각이 들더군요."

노이만 점장이 부드러운 어조로 말을 이었다.

"사람을 귀 기울이게 하는 능력은 아주 특별한 겁니다. 그리고 아무래도 경은 그 능력이 아주 출중하신 모양입니다."

그렇게 말하는 점장의 눈이 은근한 빛을 머금었다.

"하하. 원래 결정권은 단장님들께 있는 것이겠지만 그분들도 속수무책이시더군요. 그렇게 사람을 도발해 놓고 거래를 제안하셨으니, 기사단의 체면을 봐서라도 거절하기 어려우셨겠죠. 눈부신 언변이었습니다."

아렌트는 굳이 대꾸하지 않았다. 하지만 노이만에게는 그 침묵만으로도 충분한 모양인지 만족스럽게 고개를 끄덕였다.

"제 속사정을 어찌 아셨냐고 묻지 않겠습니다. 경께서 말씀하신 대로 저는 상단주와 경쟁하는 입장이죠. 그렇다고 해서 이스트 상단을 통째로 넘겨받겠다며 탐내는 것은 결코 아닙니다. 오롯이 홀로 서고 싶을 뿐입니다."

아렌트는 황실 기사단의 생활 물품을 거래할 수 있는 권리를 주겠다고 약속했다.

그 말에 다른 단장들은 어리둥절해했지만 노이만 점장은 절로 그의 말에 귀를 기울일 수밖에 없었다.

배신자와 기사와 사기꾼은 한 끗 차이 〈87〉

황실 기사단 생활관에서 소비되는 물품은 그 양만 해도 엄청났다. 기사단의 식사를 만들 때 사용하는 식재료부터 온갖 생활 용품까지.

 황실 기사단의 재정은 기사단장들과 간부들이 자율적으로 관리해 왔다.

 지금까지는 편의상 황궁에 물건을 대는 여러 상단들을 통해 물건들을 공급받아 왔지만, 단장들의 재량으로 거래처를 바꾸는 것은 전혀 문제 될 일이 없었다.

 "그래서 아주 탁월했던 겁니다. 아렌트 경이 제게 내건 조건은요."

 홀로서기를 원하는 노이만 점장에게 그 이상의 조건은 없었다.

 "상단주에게 언젠가는 금고를 반납하고 독립하겠다 언질도 주었고, 지금까지 조용히 새로운 상단 사업을 준비해 왔습니다. 지금껏 거래를 트자며 찾아온 사람들은 꽤 됩니다만, 그 점을 정확히 짚어 낸 사람은 없었지요."

 대부분 사람들은 노이만 점장이 이스트 상단의 사업을 확장하는 것 정도로 여겼을 뿐이었다.

 "황궁은 가장 큰 시장 중 하나입니다. 그러니 잘만 하면 기사단 생활관을 시작으로 점차 그 영향력을 키워 갈 수 있겠죠. 새로 출범할 상단에는 더할 나위 없을 기회지요."

 "아하, 그러니까…… 저를 황궁과 상단 사이의 연결 고리로 사용하시겠다는 말씀이세요? 너무 과한 모험을 하시는 것 같은데."

"어차피 이스트 상단을 떠난 제게 남을 것은 그리 많지 않습니다. 이득이 보장된 모험은 충분히 가치가 있지요."

노이만 점장이 이번 건에 이렇게까지 협력해 준 것은, 단지 기사단에 독점으로 물건을 공급할 수 있게 해 주는 조건 때문만은 아니라는 뜻이었다.

아렌트는 픽, 웃음을 터뜨렸다.

소설에서 받았던 인상과 비슷하게 노이만 점장은 제법 재미있는 사람이었다.

이스트 상단에서 꾸준히 독립을 시도하던 그는 결국, 상단주의 눈 밖에 나고 말았다. 설상가상으로 습격 때문에 금고를 잃어버리게 되어 이스트 상단에서 내쳐진다.

자칫 절망할 수도 있는 상황이었지만, 그는 다시 한번 상단을 세워 재기를 노렸다.

모든 걸 잃은 노이만 점장은 라이오스에게 찾아와 무릎을 꿇었다.

그 내용이 바로 기사단의 생활관과 거래를 할 수 있게 도와 달라는 거였다. 그리고 그의 몰락에 책임감을 느낀 라이오스가 협력해 주며 노이만은 다시 한번 일어설 수 있었다.

그리고 본격적인 전투가 벌어지자 물심양면으로 기사단을 지원해 주었다.

야망이 있고, 장사꾼 기질이 넘치지만, 그래도 한 번 입은 은혜와 맺게 된 연은 함부로 내치지 않는다.

그게 바로 눈앞에 있는 이 사람이었다.

아렌트가 천연덕스럽게 말했다.

"저는 한낱 견습 기사일 뿐인데요? 게다가 아직 배신자라고 불리는 몸인걸요."

"이미 능력은 충분히 보았습니다. 그러니 괜찮지 않겠습니까."

"그럼 망해도 제 책임은 아닌 걸로 해요."

"그러지 않을 거라 생각합니다."

완고한 노인네.

아렌트는 조금 질린 눈으로 보다 어깨를 으쓱해 버렸다. 그리고 점장을 향해 손가락을 까닥거렸다. 더 가까이 다가와 보라는 뜻이었다.

노이만 점장은 젊은 기사가 시키는 대로 슬금슬금 다가갔다.

"왜 그러십니까?"

"제법 멀리까지 보신 모양인데…… 고작 금고 빌려주신 걸로 너무 싸게 후려치시는 것 아닙니까?"

"경이라면 그리 말씀하실 거라 생각했습니다. 이번 일에 협조해 드리는 것만으로는 값이 마땅찮으실 테고."

결과적으로 노이만 점장은 가장 큰 거래처를 튼 데다 별다른 피해 없이 금고를 지켜 낸 것과 마찬가지였다. 그러니 기사단 입장에서…… 아니, 아렌트 입장에서는 수지 타산이 맞지 않는 일이었다.

노이만 점장이 본 아렌트는 그 점을 그냥 넘길 사람이

아니었다.
"뭔가 따로 원하시는 게 있지요?"
노이만 점장이 의미 있는 미소를 지으며 속삭였다.
아렌트가 조금 질색하는 표정을 지었다.
"뭐야. 알고 계셨습니까?"
"허허, 그러니 장사꾼 아니겠습니까. 아마 단장님들은 모르는 내용일 테고요."
"뭐어…… 그렇다면 이야기가 빠르죠. 조금 여쭤볼 게 있는데."
아렌트는 주변을 휘이, 둘러보았다.
기사들은 상황을 수습하느라 정신없었다. 단장들 역시 이런저런 지시 사항을 전달하느라 당장 아렌트와 점장에게는 관심을 기울이지 않고 있었다.
지금이 기회였다.
"혹시, 금고 안에 수상한 물건은 없습니까?"
"수상한 물건이라니요?"
뜬금없는 말에 점장이 눈을 동그랗게 떴다.
아렌트가 좀 더 덧붙여 설명했다.
"예를 들어…… 보관료도 내지 않고 주인이 찾아가지 않은 지 오래되었다거나, 아니면 이게 도대체 뭐에 쓰는 물건인지 알아볼 수 없다거나, 이런 거요."
"으음……."
점장은 잠깐 생각에 빠졌다. 아렌트는 참을성 있게 그의 대답을 기다렸다.

그리고 잠시 후, 점장의 고개가 끄덕여졌다.
"……있습니다. 맡기신 분이 찾아가지 않은 물건들이요."
역시나.
아렌트의 입꼬리가 슬쩍 말려 올라갔다. 노이만 점장이 덧붙였다.
"하지만 정체불명의 물건 같은 건 아닙니다. 사연이 있으니까요."
점장은 잠깐 주변의 눈치를 한 번 더 살핀 뒤, 목소리를 더욱 죽였다.
"찾아가지 못할 수밖에요. 물건을 맡겨 주신 분은 변고를 당해 돌아가셨으니……."
"돌아가셨다고요?"
아렌트가 되묻자 노이만 점장은 다소 침울하게 눈을 내리깔았다.
"몇 년도 더 된 일입니다. 아마 아실 거라고 생각합니다만…… 포르타 남작님께서 돌아가신 일 말입니다."
"아뇨, 저는 모르는 일입니다."
"그렇습니까? 하긴, 아렌트 경께서는 아직 젊으시니까요."
쉽게 납득한 노이만 점장이 고개를 끄덕였다.
"원래는 황도에서 사업을 하던 분이셨는데, 연세가 드셔서는 얼마 안 되는 가솔들을 데리고 조용한 산으로 들어가셨지요."
"그때 금고에 물건을 맡기셨고요?"

"예, 그렇습니다. 산에서 편안하게 여생을 보내려던 계획이라고 하셨는데…… 그만 여행길에 사고를 당하셨다고 합니다."

그 사고로 남작 일가족이 모두 사망했다.

"그 물건을 찾는 사람은 없었고요?"

"네, 슬하에 자녀도 두지 않으시고 부인과 하녀 몇을 데리고 사셨을 뿐이니까요. 남작 부인 측 가족들은 그냥 알아서 처분해 달라는 말씀만 하시더군요."

아렌트는 머리를 굴리며 고개를 끄덕였다.

시나리오는 분명해졌다. 겉으로야 진중하기 짝이 없는 표정을 짓고 있었지만, 지금 아렌트는 머릿속으로 머리를 팽팽 굴리고 있었다.

'딱 맞아떨어지는 것 같은데.'

놈들의 목적은 단지 금은보화만은 아니었다.

아렌트의 눈에 이채가 서렸다. 어쩌면 그 물건들이 정말로 여기에 있을지도 몰랐다.

"혹시 그거, 보여 주실 수 있으십니까?"

"어려운 일은 아닙니다만…… 이유를 여쭤볼 수 있을까요?"

"에이, 저희가 이제 보통 사이도 아니잖아요. 게다가 어차피 주인도 없는 물건들일 테고."

아렌트가 익살스럽게 눈썹을 휘며 노이만 점장의 옆구리를 콕콕 찔렀다. 두툼한 뱃살에 아렌트의 흰 손가락이 푹푹 들어갔다.

그 뻔뻔한 태도에 점장은 잠시 어이없다는 얼굴을 했지만, 이내 선뜻 고개를 끄덕였다.
"뭐, 그건 그렇지요. 안내해 드리겠습니다."
그들은 약속이나 한 듯 빠르게 눈으로 주위를 눈치를 살폈다. 정신없는 와중에 담소를 나누는 두 사람에게 집중하는 이는 아무도 없었다.
아렌트와 노이만 점장은 어수선한 틈을 타서 슬그머니 자리를 빠져나갔다.
점장은 아렌트를 금고 깊은 곳으로 데려갔다.
환히 밝혀진 복도를 따라 번호가 달린 철문이 줄지어 늘어서 있었다.
아렌트가 주변을 두리번거렸다. 조각이나 장식품, 샹들리에로 꾸며져 있던 바깥과는 달리 그저 바닥에 짙은 색의 카펫만 깔려 있을 뿐이었다.
"누군가가 숨어들면 문제가 생기니까요. 그래서 이곳에는 몸을 가릴 만한 건 배치하지 않습니다."
아렌트의 의문을 알아차린 노이만 점장이 대꾸해 주었다. 벽도 쉽게 파괴되지 않도록 단단하게 만들었는지 바깥의 소리도 어느 순간부터 들리지 않게 되었다.
그들의 발걸음이 멈춘 곳은 그중에서도 안쪽의 방이었다.
점장은 주머니를 뒤져 열쇠를 꺼내 잠금장치에 끼웠다.
철커덕.
열쇠가 구멍에 꽂히며 다소 투박한 소리가 난 직후, 문의 가장자리가 한순간 번쩍이며 빛을 품었다.

"오……."

"생체 인식 잠금 마법입니다. 마탑에 특별히 의뢰해서 제작했지요. 저나 인증받은 직원만이 다룰 수 있습니다."

노이만 점장이 설명을 덧붙여 주었다.

잠시 기다리자 철컥, 철컹! 하는 쇳소리가 몇 차례 울린 뒤 두꺼운 문이 소리 없이 열렸다.

아렌트와 노이만 점장이 발을 들이자 어두웠던 내부가 자동으로 환하게 밝아졌다. 그러자 깨끗한 대리석 바닥과 정면, 그리고 넓은 방 안을 가득 채운 진열장들이 눈에 들어왔다.

꼭 박물관에라도 들어온 것 같은 광경이었다.

이름도 알 수 없는 보석이나 눈이 휘둥그레질 정도의 액세서리. 혹은 척 봐도 값비싸 보이는 예장용 검 등등, 하나하나 시선을 사로잡지 않는 게 없었다.

점장의 뒤를 따라 안으로 들어가면서도 아렌트는 물건들에서 눈을 떼지 못했다.

"여기는 3등급 금고입니다. 독립된 금고 하나를 배정해 드리는 것보다 싼 가격으로 물건을 맡아 드리는 곳이죠. 물론 방비는 철저히 합니다."

"아까 말씀하신 그 남작님의 물건도 여기에 있어요?"

"네, 유족분들은 알아서 정리해도 좋다고 하셨지만, 아무래도 그러기는 쉽지 않아서요."

투명한 유리창 안에서 온갖 보물들이 빛을 받아 반짝였다.

진열장들 사이로 한참을 들어간 그들은 마침내 제일 안쪽에서 걸음을 멈췄다.

"이쪽입니다."

앞장선 점장이 직접 진열대의 유리창을 열어 주고 옆으로 비켜섰다.

아렌트는 마른침을 꿀꺽 삼키며 진열장으로 다가갔다.

포르타 남작이라는 사람의 물건들이 빨간 벨벳 천 위에 소중하게 진열되어 있었다.

척 봐도 오래돼 보이는 보석함과 반지와 귀걸이 같은 액세서리 몇 개. 그리고…… 검은색 가죽 장갑을 발견한 아렌트의 눈에 이채가 서렸다.

"왜 그러십니까?"

"혹시 점장님은 이게 뭔지 알고 계세요?"

"그냥 질 좋은 장갑 정도라고 생각했습니다. 포르타 남작님도 그렇게 말씀하셨고요. 저도 이걸 굳이 왜 맡기셨는지는 조금 의문이었죠. 뭐, 그 무렵에는 금고를 연 지 얼마 되지 않아서 호기심에 물건을 위탁하러 오시는 분들도 계셨거든요. 그와 비슷한 경우라고 생각했습니다."

처분하기 곤란했던 건 바로 그런 이유에서였다.

판매해서 값이 나갈 것 같지도 않지만, 그렇다고 해서 폐기하는 것도 썩 내키지 않은 일이었다.

고인의 물건이니까.

아렌트는 짧게 신음을 흘렸다.

'저 사람 눈에는 그냥 평범한 물건처럼 보이는 모양인데.'

아렌트는 다시 진열대 쪽으로 시선을 옮겼다.

조금 오래된 것 말고는 딱히 별난 점이 없는 가죽 장갑과 마찬가지로 골동품 같은 액세서리 몇 점.

시각적으로는 분명 그랬다.

하지만 아렌트는 이것들이 절대 평범한 물건이라고 말하지는 못할 것 같았다. 지금 느껴지는 이걸 뭐라고 칭해야 하는지 잠깐 갈피를 잡지 못할 정도니까.

하지만 곧 한 가지 단어를 떠올렸다.

'마력이구나.'

미약하지만 분명히 마력이었다.

노이만 점장은 평생 검을 잡아 본 적 없는 사람이다.

일반인은 평생 한 번 볼까 말까 한 마법사는 더더욱 아니었다. 그러니 그의 눈에는 이 물건들이 그저 골동품 비슷한 걸로 보일 수밖에.

반면 아렌트는 꼴에 촉망받던 기사라고 몸이 먼저 마력을 감지한 모양이었다.

뭐, 설령 뭔가 궁금하다 할지라도 고객이 맡긴 소중한 물건을 함부로 건드리거나 감정을 맡기거나 하는 시도조차 못 했겠지만.

"만져 봐도 되나요?"

"네, 괜찮습니다."

점장이 선뜻 응했다.

아렌트는 잠깐 망설이다 조심스러운 손길로 장갑을 집어 들었다.

그 순간, 아렌트는 확신할 수 있었다.

소설 속에서 묘사된 것과 동일한 생김새, 크기…… 손끝에 느껴지는 시원한 감각까지.

'이거다.'

놈들이 금고를 습격한 진정한 목적.

그리고 놈들의 손에 넘어간 이후에는 기사단에 악몽을 선사해 준 물건이었다.

놈들이 본격적으로 활동을 시작한 것은 금고를 터는 데 성공한 이후였다.

도시 하나를 점령한 그들은 자신들을 '반군'이라고 칭했다. 이후 불특정 다수를 향한 공격이 이어졌고, 제국은 내전의 상황까지 몰리게 된다.

제국 곳곳에서 전투가 이어지자 반군 쪽에서는 비장의 무기를 꺼내 들었다.

그중 하나가 바로 이것.

'서리 어린 손길'이라 불리는 아티팩트였다.

손짓 한 번에 숙련된 기사 열댓 명을 동사시키고, 반군에게 저항하는 마을 전체를 얼려 버리는 물건.

결코 평범한 장갑 따위가 아니었다.

이런 걸 주워 모은 포르타 남작은 도대체 뭐 하는…… 아니, 뭘 하던 인간인지.

아렌트는 조금 떨떠름한 눈으로 다른 물건들도 훑어보았다.

귀걸이며 팔찌, 목걸이 같은 액세서리들에서도 흐릿하

게나마 마력이 느껴졌다. 이 장갑 이외에도 여기에 있는 물건 대부분이 아티팩트라는 뜻이었다.

우연히 이런 물건이 모였을 리는 없고, 아마 포르타 남작이 개인적으로 수집한 것일 터였다.

아티팩트가 바깥으로 새어 나갔을 때의 파장을 잘 알고 있으니, 노이만 점장에게도 그냥 골동품 정도라고 말한 뒤에 금고에 맡겨 버렸겠지.

일단 개인용 금고에 들어가기만 하면, 본인이 다시 꺼내 가기 전까진 누구도 접근할 수 없으니까.

"아렌트 경? 왜 그러십니까?"

"아…… 아니에요, 아무것도."

그가 한참이나 그러고 서 있자 노이만 점장이 의아한 목소리를 냈다.

퍼뜩 정신을 차린 아렌트가 고개를 내저으며 장갑을 내려놓았다.

"점장님, 혹시 이거."

"위험한 물건입니까?"

슬슬 밑밥을 깔려고 하던 아렌트가 선수를 빼앗기고 멈칫했다.

"네?"

"저도 그 정도 눈치는 있습니다. 그게 아무것도 아니면 아렌트 경께서 따로 보자고 하실 리도 없고, 무엇보다 처분하지 못한 데에는 다른 이유도 있습니다."

노이만 점장이 아렌트를 보며 빙그레 미소 지었다.

"포르타 남작님의 사고는 석연찮은 부분이 제법 있었으니까요. 어디 가서 함부로 말할 거리가 아니라 잠자코 있었을 뿐입니다."

진짜 만만하게 볼 사람이 아니네.

아렌트는 조금 질린 얼굴을 해 보였다.

"제법 괜찮은 판단이셨네요. 이건……."

"안 듣겠습니다. 저는 그냥 적당한 골동품 정도로 알고 있겠습니다."

노이만 남작은 아렌트의 입을 막아 버렸다.

아렌트는 어깨를 으쓱했다.

"뭐, 그러시다면야."

"그리고 유족분들이 알아서 처리해 달라고 했으니, 이걸 경께 양도하는 것도 아마 문제는 없겠지요."

"……솔직히 말하시죠. 오늘처럼 귀찮은 일이 벌어지는 게 싫으신 거 아닙니까?"

"겸사겸사…… 라고 말할 수 있지 않을까요?"

노이만 점장이 허허, 사람 좋은 웃음을 터뜨렸다.

예상하기 어려운 일은 아니었다. 습격이 있었고, 아렌트가 뜬금없이 이 물건을 찾아낸 데다가…… 이 물건들의 주인은 이미 예전에 사고사 했으니까.

노이만 점장도 아둔한 사람이 아니니 놈들의 목적이 이거였다는 사실을 어렴풋이 짐작해 낸 것이다. 조금 더 나아가 포르타 남작이 사망했다는 그 마차 사고부터도 그 놈들의 짓이었을지도 모르고.

아렌트로서도 나쁜 일은 아니었다. 어차피 그의 목적 역시 이걸 손에 넣는 거였으니까.

아렌트는 장갑을 다시 달랑, 들어 올렸다.

"그렇게 할게요. 일단 오늘은 이것만 슬쩍해 가고 다른 건 다음에 와서 회수해 가겠습니다. 부하가 금고 안쪽에서 보물 상자를 들고 나타나면 단장님들이 가만있지 않을 테니까요."

"조속히 빠른 시일 내에 부탁드립니다. 한 번 더 습격당하는 건 사양이니까요."

"우리 단장님도 바보는 아니니까, 당분간은 이쪽 근처의 경비를 단단히 해 주실 겁니다. 너무 걱정하지 마세요."

아렌트는 어깨를 으쓱해 보였다.

일단 오늘 그놈들을 죄다 생포한 것 자체만으로 큰 소득이었다. 오늘 잡아들인 자들을 살살 구슬려 입을 열게 만들면, 적들에 대한 중요한 정보를 좀 더 알아낼 수 있을지도 몰랐다.

게다가 이스트 금고의 점장과도 안면을 텄고, 이 뒤에 골칫거리가 될 무기 중 하나를 빼돌리는 데에도 성공했다.

'하지만 그것도 일이 잘 풀렸을 때의 일이지.'

노이만 점장과 함께 로비로 향하는 아렌트의 눈이 일순 차갑게 식었다.

예상하는 게 옳다면, 아마 일이 그리 순조롭게 돌아가지는 않을 터였다.

3장. 그것참 유감이네

그것참 유감이네

딱 하루 뒤.

아렌트는 자신의 예상이 빗나가지 않았음을 확인할 수 있었다.

"평범한 강도…… 그런 식으로 말했다고요. 놈들이."

"그래."

라이오스가 덤덤하게 고개를 끄덕였다.

"별다른 목적은 없고, 단지 금고의 재물이 탐나서 강도단을 꾸렸다고 이야기하더군."

"신빙성은요?"

"없다고 판단했다."

아렌트의 물음에 라이오스가 한 치의 망설임도 없이 대답했다.

"말을 횡설수설하고 상태가 온전치 않아. 체포 과정에

서 크게 외상을 입은 자도 없고, 자결용으로 입에 물고 있던 독도 모두 빼앗았다. 밤새도록 자리도 비우지 않고 지키게 시켰어."

거기까지 말한 라이오스가 짧게 한숨을 내쉬었다.

"……고작 몇 시간 만에 침입자 전원의 상태가 그렇게 변했다. 결국 얻어 낼 수 있는 건 아무것도 없다는 뜻이지."

"뭐어, 그랬겠죠."

아렌트가 건성으로 고개를 끄덕였다.

그러자 라이오스의 눈빛이 살짝 변했다.

"뭔가 알고 있나?"

"대충은요. 그렇게 될 거라고도 예상은 했어요. 확신이 없어서 미처 말은 못 했지만."

그는 굳이 부정하지 않았다.

라이오스가 짧게 명령했다.

"말해."

"사실 손쓸 수도 없었을 걸요. 막을 수 있는 문제가 아니라서."

아렌트는 습관처럼 어깨를 으쓱였다.

"혹시 단장님은 기억 조작 마법을 아십니까?"

"그건……."

갑작스럽게 튀어나온 물음에 라이오스가 미간을 찌푸렸다.

잠깐의 뜸 뒤, 라이오스가 다시 입을 열었다.

"고대 마법을 말하는 건가. 지금은 금지되어 완전히 없어졌다고 아는데."

"보통 아티팩트라고 하죠? 고대부터 사람들 손을 타고 전해 내려오는 유물 같은 게 있는데."

아렌트는 잠깐 말을 고르듯 눈동자를 데굴, 굴렸다. 그리고 다시 고개를 들어 라이오스를 보았다.

"유감스럽게도 그중 몇 개가 저쪽 손에 있거든요."

그래, 지금 아렌트가 주머니에 대충 쑤셔 넣은 그 장갑처럼.

조금 더 인상을 구긴 라이오스는 아렌트의 이야기에서 한 가지 사실을 도출해 냈다.

"네가 말한 그 아티팩트 중 하나에 기억 조작 마법이 새겨져 있다고?"

"네, 그것도 굉장히 강력한 마법이요. 현재의 대마법사들은 아마 흉내도 못 낼걸요."

아렌트가 손을 휘휘 내저어 보였다.

그건 일종의 자연재해였다. 막을 방법이 아예 없지는 않겠지만, 적어도 당장은 무리였다.

"미리 알았다 하더라도 소용없었을 겁니다. 애초에 생포되면 반나절 안에 발동하도록 되어 있었을 테니까요."

"……."

라이오스의 얼굴이 딱딱하게 굳어졌다.

아렌트는 무심한 얼굴로 그를 마주 보았다.

"왜요? 배신자 놈 말이라서 안 믿겨요? 그러면 어쩔 수 없고."

사실 라이오스가 그렇게 나와도 이상할 일은 아니었다.

놈들은 체포당할 때의 충격으로 착란을 일으켰을 뿐이며, 애초에 아렌트가 말한 반란 분자는 존재하지도 않았고, 어쩌다 도둑놈들과 얽혔을 뿐인 아렌트가 자신의 목숨을 건지려 거짓말을 늘어놓았다…….

조금 억지스럽지만 그렇게 우긴다면 충분히 가능할 일이었다. 하지만 본인이 직접 저렇게 물어 오는 건 다른 문제였다.

'떠보는 건지, 아니면 그냥 성격이 나쁜 건지.'

솔직히 후자 같다.

착잡한 눈으로 아렌트를 응시하던 라이오스가 이내 천천히 한숨을 터뜨렸다.

"아니, 믿는다. 직접 눈으로 본 게 있으니까. 그만한 수의 인원에게 모두 투명화 스크롤을 돌릴 수 있을 정도의 조직이라면 당연히 보통 놈들은 아니겠지. 이건 나만이 아니라 켄드릭 경과 다이아나 경 역시 동의한 일이다."

"그러셔야죠. 내가 한 개고생이 얼만데."

"……양심이라는 게 있나, 너는?"

"건재한데요?"

아렌트의 뻔뻔한 대꾸에 라이오스는 잠깐 할 말을 잃어버리고 입을 몇 차례 뻥긋댔다.

아렌트는 뭐 어쩌라고, 하는 따스한 의미를 담아 제 단장을 마주 보아 주었다.

더 이상 왈가왈부해 봤자 힘이 빠지는 것은 라이오스 쪽일 터였다.

라이오스는 그냥 화제를 돌려 버렸다.

"……어쨌든 이스트 금고를 사수한 것은 네 공이 크다. 그러니 다시 감옥으로 돌아가는 일은 없을 거다."

"이 빌어먹을 물건은 당분간 더 제 소유고요?"

아렌트는 입을 비죽이며 팔을 들어 보였다. 손목에서 은빛의 팔찌가 반짝였다. 라이오스는 침묵하는 것으로 긍정을 표했다.

아렌트는 다시 소매를 내리며 아무렇지도 않게 대꾸했다.

"뭐, 상관없습니다. 이거라도 있어야죠. 제 멱을 직접 따겠다고 달려들 사람들이 제법 많은 것 같은데, 단장님께 즉결 처분 권한이 있으니 다들 참는 눈치고."

아이러니하게도 이 흉물은 처형 도구임과 동시에 일종의 방패 역할을 겸하는 것이다. 그리고 그 사실은 라이오스 역시 잘 알고 있었다.

라이오스가 팔찌에서 시선을 돌리며 운을 뗐다.

"이제 네 목숨의 가치는 입증되었다고 말해도 괜찮겠지. 그러니 이제는 칼리온 제국의 기사로서, 황제 폐하의 검으로서 최소한의 신의를 보여라."

"신의 같은 건 잘 모릅니다. 그래도 이 한 목숨은 소중하니까 일단은 최선을 다해 보죠, 뭐."

아렌트의 뻬딱한 대답에 라이오스는 도대체 몇 번째일

그것참 유감이네 〈109〉

지 모를 한숨을 푹 내쉬었다. 그러고는 허리춤에 차고 있던 검을 끌러 아렌트를 향해 휙 던져 주었다.

아렌트는 반사적으로 그것을 턱, 잡아챘다.

이게 뭐냐고 눈으로 묻는 그에게, 라이오스가 간단히 답을 내주었다.

"네 거다. 가져가라."

"네?"

그 말에 아렌트는 새삼스럽게 제 손에 쥐여진 검을 보았다.

그러고 보니 라이오스가 며칠간 제 분신처럼 차고 다니던 검과 다른 물건이었다.

체포당할 때 압수되었던 아렌트의 검이었다.

아렌트는 눈을 몇 차례 깜빡이다가 다시 라이오스를 한 번, 그리고 검을 한 번 보았다. 그러고는 이내 피식, 웃으며 그것을 능숙하게 허리춤에 갈무리했다.

"감사."

"이제 나가 봐. 네게 걸렸던 대부분의 제한은 없어졌다. 단, 혼자 황궁 밖으로 나가는 것은 여전히 금지다."

"별로 기대도 안 했어요. 그러면 이만 가 보겠습니다."

아렌트는 대강 고개를 숙이는 것으로 인사를 건네고는 휙, 돌아서서 집무실을 나가 버렸다.

쿵, 매정하게 닫히는 문소리에 라이오스가 고개를 내저었다.

"변하는 게 없군."

어조 사이사이에 섞인 미묘한 적대감과 하늘 높은 줄 모르고 솟은 콧대란.

그간 많은 일을 겪으면서도 아렌트 폰 에크하르트라는 사람은 결코 변하지 않을 모양이었다.

'변하지 않더라도…….'

적어도 사람들과 거리를 두지만 않으면 좋을 텐데.

라이오스는 착잡한 눈으로 아렌트가 나간 문 쪽을 응시했다.

* * *

예상이 맞아떨어졌지만, 그렇다고 그게 썩 즐겁지는 않았다.

침대에 올라앉은 아렌트는 제 앞에 늘어놓은 물건들을 가만히 쏘아 보았다.

검과 가죽 장갑.

어쩌면 지금 아렌트라는 견습 기사가 가진 전 재산이라고 말해도 괜찮을 물건이었다.

아렌트는 팔짱을 척, 끼고 생각에 잠겨 들었다.

"……역시 나머지는 거의 다 그쪽 손에 넘어갔단 말이지."

기억을 파괴하는 아티팩트, 므네모시네의 숨결.

일단 그게 놈들의 손에 있는 건 확실했다. 그렇다면 다른 아티팩트들도 다 저쪽이 가지고 있다고 여기는 게 옳

그것참 유감이네 〈111〉

을 것 같았다.

'그래도 한두 개쯤은 같은 데에 모여 있을 거라고 생각했는데…….'

포르타 남작의 물건들 중에 '서리 어린 손길'과 동급인 것은 보이지 않았다. 다른 물건들도 대부분 아티팩트였지만, 그래도 이 살벌한 것들과는 비교조차 안 됐다.

"끙, 이거라도 건진 걸 다행이라고 해야 하나."

앓는 소리를 낸 아렌트는 장갑을 집어 들었다. 장갑과 닿은 살에서부터 마치 얼음을 쥔 것 같은 냉기가 서서히 스미기 시작했다.

'이게 잘하는 짓인지는 모르겠지만.'

일단 살아야 하니까.

아까 라이오스에게 건넨 말은 농담이 아니었다. 당장 이쪽의 목숨을 위협하는 건 단지 적만은 아니었으니까.

천천히 심호흡하고 장갑을 손에 끼웠다.

그 순간 등골을 타고 오싹한 냉기가 흘렀다. 저도 모르게 신음을 흘리며 몸을 부르르 떤 아렌트는 다시 눈을 떴다.

"어?"

아렌트의 눈이 커지며 저도 모르게 손을 쫙 펼쳤다.

육안으로 봤을 때는 좀 커 보였는데, 어느새 장갑은 처음부터 그를 위해 맞춘 것처럼 꼭 들어맞는 모양으로 변해 있었다.

너덜거리던 가죽 역시 매끈매끈한 새것이 되어 광이 날

정도였다. 어느 순간부터 흉흉할 정도로 흘러나오던 마력도 느껴지지 않았다. 착용과 동시에 체내에 흡수라도 된 모양이었다.

"와…… 신기하네. 누가 판타지 세계 아니랄까 봐."

아렌트는 얼떨떨하게 중얼거리며 몇 차례나 주먹을 쥐었다 펴길 반복했다. 처음 느꼈던 거부감 드는 냉기는 어느새 사라지고 없었다.

아렌트는 정면으로 손을 뻗은 채 다시 눈을 감고 정신을 집중했다.

마력.

일단은 그 추상적인 개념을 체득할 필요가 있었다.

이 세계에서는 마력 민감도가 많은 것을 좌우했다. 마력을 다룰 줄 알면 평민도 신분 상승이 가능할 정도니까.

황실의 기사인 만큼 아렌트 역시 그 재능은 있었다. 금고에서 아티팩트를 쉽게 알아봤던 만큼이나 그 능력은 몸에 완벽히 녹아 있을 터.

'아렌트 폰 에크하르트라는 역할을 완벽히 수행하려면.'

그리고 이 개판에서 몸을 지켜 내려면 그것을 완벽히 자신의 것으로 만들어야 했다.

아티팩트에서 느꼈던 이질감. 그것과 비슷한 게 분명 신체에도 존재할 것이다.

아렌트는 천천히 감각을 곤두세웠다.

의식이 분명한 의지를 가지자 신체가 자연스럽게 그에

응하며 감각이 서서히 더 개방되기 시작했다. 그러자 주변을 감싼 공기에 섞인 다른 무언가가 예민해진 신경에 감지되었다.

아렌트는 눈을 감은 채로 그 '느낌'을 시각적 감각으로 받아들이려 애썼다.

닫힌 눈꺼풀 뒤로 알 수 없는 빛이 일렁였다.

이거다.

아렌트는 조금 더 그쪽으로 정신을 집중했다.

마력은 언뜻언뜻 그 존재감을 드러냈다.

아렌트는 자신의 의식을 몸 쪽으로 옮겨 호흡과 함께 마력을 체내로 유도해 나갔다.

잠시 후, 이산화탄소와 함께 빠져나가는 대신, 밖에서 흘러든 마력이 아렌트 체내에 머무는 마력과 합류했다.

아렌트는 눈을 반짝 떴다.

한 번 의식하기 시작한 마력은 의지대로 물 흐르듯 움직였다. 곧이어 까만 장갑에 새하얀 서리가 얼어붙었다.

그대로 손을 들어 침대 맡에 둔 도자기 컵을 움켜쥐었다.

"……!"

도자기로 만들어진 표면이 눈 깜짝할 새 새하얗게 얼어붙었다. 급격한 냉기를 이기지 못한 도자기의 표면이 미미하게 진동했다.

그리고 잠시 후.

쨍그랑!

얼어붙은 컵은 그대로 깨져 얼음 조각이 되어 버렸다.
우수수, 제 손아귀에서 쏟아지는 파편들을 아렌트는 멍하니 보았다.
"와······."
희게 얼어붙은 조각조각들이 처참한 모양새로 바닥을 뒹굴었다.
그 파괴의 흔적과 자신의 손을 몇 번이나 번갈아 보던 아렌트는 그대로 스르륵, 뒤로 넘어가 침대에 풀썩 엎어졌다.
"허어어어억!"
천장을 향한 입에서 커다란 호흡이 터져 나왔다.
그의 황금색 눈동자가 마구 흔들렸다.
뭐? 한 번에 마을을 얼려? 사람을 동사시켜?
"······싸우기 전에 내가 먼저 죽겠는데?"
잠깐, 아주 잠깐 운용한 것뿐인데 식은땀이 쏟아졌다. 운동장을 전속력으로 몇 바퀴나 돈 것처럼 숨이 턱까지 차올랐다.
물론 파괴력은 굉장하다.
고작 손을 댄 것 정도로 컵 하나를 깨 버릴 정도라면, 도자기보다 부드러운 표면과 충분한 수분을 가진 인간의 신체 정도야 얼마든지 파괴할 수 있을 터.
하지만 문제는 체력과 마력이었다. 그 잠깐 사이에 체내의 마력이 반쯤은 동난 것 같았다. 한참이 지난 뒤에야 간신히 숨을 고를 수 있었다.

물론 처음부터 엄청난 효과를 바랐던 것은 아니었다. 애초에 원래 '서리 어린 손길'을 사용했던 반군은 아렌트보다 훨씬 강한 인물이었다.

결국 사용하는 사람의 역량에 따라서 결과가 달라진다는 거였다.

특히 마력의 양.

"하아아아……."

깊이 한숨을 내쉬는 것으로 호흡을 정리한 아렌트는, 드러누운 채 제 옆에 아무렇게나 내던져진 검을 곁눈질했다.

"결국 이쪽이군."

무얼 해야 이걸 제대로 활용할 수 있을지는 명확했다.

마력 증진과 체력 보강.

그렇다면 검에 매달리는 게 그 두 가지를 달성하는 데 아주 적합하고, 빠른 방법이라고 할 수 있었다.

처음 마력을 감지하고 축적하는 것이 가장 기초적인 단계였다. 마법이든 검이든 자신의 적성에 맞는 길을 골라 수련에 매진하는 건 그다음이었다.

그 수련 과정에서 마력이 체내에 점점 더 쌓이게 된다.

기사인 아렌트는 이미 검사로서의 신체 조건이 완벽히 갖춰진 상태였다. 그러니 마력 증진을 꾀하려면 하던 대로 검을 연마하는 게 당연한 일이었다.

물론 그가 검에 대해 뭘 아는 건 아니었다. 하지만 마력을 움직이는 것도 어렵지 않게 해냈으니, 몸에 익은 검술을 끌어내는 것 역시 가능할지도 몰랐다.

검에 매달려 마력을 증진시킨다…… 라고 말하면 굉장히 우스운 일이긴 했다. 그래도 기사라는 역할을 완벽히 수행하려면 필수적으로 검을 익혀야 하긴 했다.

이런 흉흉한 상황에서 몸을 지킬 수단은 하나라도 더 있으면 좋은 거니까.

"그래, 뭐…… 이것도 해 봐야 아는 거지."

고민은 길지 않았다.

아렌트는 검을 챙겨 몸을 벌떡 일으켰다. 그러고는 한 손에는 검, 그리고 나머지 한 손에는 외투를 집어 들고 방 밖으로 나섰다.

쿵.

문이 닫히고 방 안에는 정적만이 한가득 남았다.

* * *

연무장에 도착한 아렌트는 일단 검부터 뽑아 보았다.

스릉, 차가운 쇳소리를 내며 검이 부드럽게 뽑혀 나왔다.

"이걸…… 한 손으로 잡나? 아닌가? 양손인가?"

검자루를 손 안에서 이리저리 굴려 보던 몸뚱이는 이내 몸이 퍽 익숙하다 느끼는 자세를 찾을 수 있었다.

아렌트는 한 손으로 검을 감싸 쥐고 앞세운 다음, 몸은 살짝 뒤로 빼서 안정적으로 균형을 잡았다.

여기까지는 그리 어렵지 않았기에 바로 다음 단계에 돌입했다.

보통 검을 쥔 채 취하는 움직임이라면…….

잠깐 고민하던 아렌트는 검을 양손으로 고쳐 잡았다. 그러고는 검을 위에서 아래로 크게 베어 보았다.

부웅!

검 끝이 제법 살벌한 소리를 내며 공기를 갈랐다.

"오."

그럭저럭 할 만은 한 것 같았다.

거기에 이어서 한 손으로 검을 쥐고 가로로 공기를 갈라 보았다. 그다음은 사선으로 베기.

달빛을 받은 검날이 허공에 깨끗한 선을 그렸다.

일련의 움직임을 끝낸 아렌트는 천천히 자세를 풀었다.

"……생각보다 괜찮은데?"

몸은 검을 마치 자신의 일부처럼 인식하고 있었다.

막 움직여도 균형이 잡혔고, 이 기다랗고 무거운 물건을 잡고 휘둘러도 팔목이 아프다거나 불편하다는 느낌은 전혀 들지 않았다.

입가에 미소가 피어났다.

다시 검을 쥐고 기본 동작들을 반복했다. 수도 없이 반복해 왔을 일인 만큼, 몸은 익숙하게 제 길을 찾아갔다.

몇 차례씩 반복하면 할수록 점점 검로가 안정되었다.

아렌트의 눈동자는 어느 순간부터 제 검 끝에 닿은 채

떨어질 줄을 몰랐다. 검날이 그리는 궤적을 눈으로 쫓으며 자신과 검의 움직임에 점점 집중했다.

모두가 잠든 밤, 방해할 사람은 아무도 없었다.

아니, 없는 것 같았다.

"왜 검을 그따위로 휘적거려?"

"와, 씨. 깜짝이야!"

예고 없이 불쑥 튀어나온 목소리에 아렌트는 그 자리에서 펄쩍 뛰어올랐다. 황급히 고개를 돌리자 연무장 입구 쪽에 서 있는 한 사람이 눈에 들어왔다.

아렌트는 벌렁대는 심장을 부여잡고 일단 상대방을 확인했다.

잘 그을린 피부에 개구쟁이 같은 얼굴, 그리고 자유분방하게 자란 옅은 갈색의 머리칼.

그 겉모습으로 아렌트는 그가 누구인지 충분히 알아볼 수 있었다.

아서 노버트.

그는 아렌트가 견습으로 들어오기 전까지 막내 자리를 차지하고 있던, 이 기사단에서 가장 젊은 기사였다.

털털한 성격에, 누구에게나 친근히 대하고, 자유분방하며, 기사단 내의 딱딱한 분위기를 풀어 주는 사람……이라고 했던가.

그래서 그런지 라이오스가 상당히 아끼는 부하 중 한 명이었다. 실제로 유능한 기사이기도 하고.

아렌트는 순식간에 뚱한 표정을 지었다.

"뭡니까?"

"허……."

당황한 듯 잠깐 굳어 있던 아서가 입술을 비틀었다.

"밤에 살금살금 빠져나가기에 따라와 봤더니, 여기에서 뭐 해?"

"왜요? 칼 빼 들고 누구 하나 암살하러 가기라도 할까 봐요?"

아렌트는 팔짱을 끼고 삐딱하게 대꾸했다. 그러자 아서의 인상이 미미하게 구겨졌다.

"그 주둥이는 죽을 지경에서 살아나도 안 고쳐지는 모양이구나."

"죄송하지만 아직 죽을 때는 아니라서요. 사람은 죽을 때가 되어야 변한다잖아요."

"그래…… 명줄은 아직 긴 모양이지."

비아냥을 한껏 담아 돌아온 대꾸에 아서가 픽, 바람 빠지는 소리를 냈다.

"진짜 굉장하던데? 난 이번에야말로 네 목이 바닥에 떨어지는 꼴을 볼 수 있으려나 했거든."

"그렇게 되지 않아서 엄청나게 유감이라는 뜻으로 들립니다만."

"뭐어. 굳이 부정은 안 하지."

아렌트가 떨떠름히 대꾸하자 아서가 입꼬리를 비틀었다.

"그래도 말이야. 너 같은 개자식도 부하라고 그렇게 아끼시는데, 네놈이 그렇게 뒈져 버리면 단장님 속이 썩어 들어가지 않겠어?"

"……."

"그러니까 잘 좀 하자. 응? 내가 직접 네 목을 따서 단장님께 바치기 전에."

분명 달이 밝았지만 아렌트는 이 주변의 어둠이 유난히도 으슥하게 느껴졌다. 아서와 단둘이 있는 이 상황이 별로 달갑지 않아서였다.

아서의 허리춤에 매달린 검집 안에는 진검이 들어 있고, 저 인간은 마음만 먹으면 얼마든지 아렌트의 목을 딸 만한 능력이 있었다.

게다가 제3기사단 전체는, 아렌트의 목과 몸뚱이가 영영 이별하길 바라 마지않는 집단이라는 건 두말하면 잔소리였다.

'그래도……'

아렌트는 눈동자를 데굴, 굴리며 저도 모르게 몸에 들어갔던 힘을 뺐다.

'함부로 움직이지는 않겠지.'

그는 증오를 무력으로 표출할 사람은 아니었다. 아렌트가 가진 아서 노버트라는 인물상은 그랬다.

아렌트는 고개를 삐딱하게 기울였다.

"선배님의 걱정까지 받게 되니 황송해서 견딜 수가 없네요. 하지만……."

곧 아렌트의 고운 미간이 펼쳐지며 비릿한 미소를 그렸다. 반대로 아서의 인상이 서서히 구겨지기 시작했다.

아렌트는 보란 듯이 씨익, 웃으며 흰 손가락으로 제 목을 톡톡, 두드려 보였다.

"제 목 간수는 제가 알아서 합니다. 선배도 선배 목이나 잘 지키는 게 어때요?"

"……하, 이거 진짜 미친놈이네."

아서가 헛웃음을 터뜨렸다.

농담 아닌데.

아렌트는 속으로 그렇게 빈정거렸다.

'처음으로 나온 사상자가 이 녀석이었지.'

본격적인 싸움이 벌어지기 전, 탐색에 나섰던 아서는 적들에게 들켜 사로잡힌다. 기사단을 배신하거나 어떻게든 도망친다면 목숨만은 건질 수도 있었겠지만, 아서는 그러지 않았다.

목숨과 신의.

둘 중 하나를 골라야 하는 상황.

그때 그가 선택한 것은 명예로운 죽음이었다. 다른 자들이 미처 손을 쓰기도 전에 스스로 목숨을 끊어 버린 것이다.

아서를 보는 아렌트의 시선에 약간의 짜증이 어렸다.

제법 좋아하던 캐릭터라 처음 그 장면을 읽었을 때는 휴대폰을 부여잡고 경악을 터뜨렸더랬다. 이후 그의 죽음을 애도하며 '숭고한 희생이었다.' 어쩌고 하는 라이오스에게도 정이 떨어질 뻔했다.

죽음은 곧 영원한 퇴장이다.

명예에 살고 명예에 죽는다니…… 무대 위에서나 멋있지, 그런 방식의 사고는 영 취향이 아니었다.

삐딱하게 선 아렌트는 인상을 구기고 짜증스럽게 툭 내뱉었다.

"그리고, 생활관부터 따라오신 거면 다 보셨을 거 아니에요. 그런데 굳이 물어보십니까?"

"그러니까 물어보는 거잖아, 이 자식아. 평소에는 얼씬도 안 했으면서 이 야밤에 뭐 하냐?"

아서는 터덜터덜 걸어 아렌트 앞까지 다가왔다.

하기사 멀리까지 생각하면 지금 이건 기회일지도 몰랐다. 등장인물에게 죽음은 퇴장이지만, 전체적인 이야기에서 한 사람의 죽음은 커다란 징조이기도 했다.

지금은 민감하게 흐름을 읽어 낼 필요가 있으니 예정된 죽음과 가장 가까운 사람을 관찰하는 것도 필요한 일이었다. 겸사겸사 죽음을 막을 수 있다면 더 좋고.

전력이란 한 사람이라도 더 있는 편이 나으니까.

거기까지 생각이 미치자 저 사람 좋은 아서 노버트를 이 자리에 붙잡아 둘 만한 대사가 퍼뜩 떠올랐다. 거기에 '아렌트 폰 에크하르트' 다움을 듬뿍 얹어, 적당히 싸가지 없고 건방지게.

아렌트는 어깨를 으쓱하며 툭 내뱉었다.

"제 마음입니다. 여하튼, 이왕 오셨으니 좀 도와주시죠."

그의 입에서 튀어나온 말에 아서가 얼빠진 소리를 냈다.

"뭐?"

"싫으면 말고."

아렌트는 다시 검을 빼 들고 하던 것을 계속 이어 갔다. 정말로 아서의 존재 따위에는 전혀 관심도 두지 않는 모습이었다.

하지만 그의 눈만은 짧은 틈을 놓치지 않고 아서를 훑어보았다.

예상했던 대로 아서는 그 자리에 못 박힌 채 서서 멍청히 이쪽을 바라보고 있었다.

'쉽네.'

아렌트는 슬쩍 올라가려는 입꼬리를 숨기며 그에게서 관심을 꺼 버렸다.

'저 녀석도 한편으로는 단순한 놈이니까.'

작은 대사 하나로 시작해서 세상을 구하게 되는 이야기도 많다. 그러니 사소히 던진 한마디로 인식을 바꾸는 것쯤이야 충분히 가능한 일이겠지.

때려죽일 배신자 후배 놈이 의외로 인간 같은 인간이라는 것을 깨닫는다면, 아서는 더 이상 이를 드러내지 못할 게 분명했다.

* * *

아서는 혼이 쏙 빠진 채 아렌트를 보았다.

도와 달라고?

그런 말이 저 주둥이에서 나올 줄은 단 한 번도 상상해 본 적 없었다.

아렌트를 연무장에 데려다 놓는 것은 아서뿐만 아니라 제3기사단에 소속된 기사들 모두 포기한 사항이었다.

견습 기사는 원래 기사들에게 지도받는 입장이었지만, 아렌트는 그 사실이 죽도록 싫었던 모양이었다. 자신을 가르치려 드는 기사들 대부분이 평민 출신이라 더욱 그랬을 터였다.

분명 그랬는데…….

'심경의 변화라도 생긴 건가?'

아서가 살짝 미간을 찌푸렸다.

거의 죽다 살아났으니 그렇게 되는 것도 이상한 일은 아니었다.

'아냐.'

심경의 변화라니…… 그것도 반성하는 놈에게나 가능한 일이지. 아렌트는 재판정에서부터 지금까지 꾸준히, 자신은 잘못이 없다고 외쳐 대는 놈이었다.

라이오스와 다른 단장들은 아렌트를 믿는 눈치였지만 그와 다른 기사들은 아니었다. 설령 아렌트가 당장 어떤 행동을 취할 상황이 아니라고 해도 아서는 마음을 놓을 수 없었다.

그래서 그는 취침 시간이 지나서도 기척을 죽이고 아렌트의 방을 혼자 감시하던 거였다.

아니나 다를까, 아렌트가 한밤중에 생활관을 슬그머니

빠져나가는 것을 목격했다. 분명히 꿍꿍이가 있다고 여긴 아서는 지체 없이 따라나섰다.

하지만 그가 아렌트의 뒤를 밟으며 본 건 뜻밖의 모습이었다.

생활관을 구경이라도 하듯 이곳저곳 기웃대던 꼴이며, 밖으로 나가서는 아무렇게나 터덜터덜 걷나 싶더니, 갑자기 밤하늘을 보고 감탄을 터뜨리질 않나.

그렇게 연무장에 닿은 아렌트는 검을 뽑아 들고 이리저리 몸을 움직이며 골몰해 댔다.

지금도 마찬가지였다.

검을 잘도 움직이던 아렌트는 뭐가 마음에 안 드는 듯 인상을 찌푸리고 고민에 빠져 있었다.

아렌트 폰 에크하르트.

에크하르트 가문의 차남.

18세가 되자마자 기사 시험에 합격해 검의 천재로 불리던 녀석이었다.

출중한 재능에 아름다운 외모까지 더해, 처음 황궁으로 들어왔을 때에는 누구나 그를 향해 호의가 가득한 시선을 보내곤 했다.

그랬던 그가 설마 제3기사단 최고의 골칫덩이로 떠오르게 될 줄은 아무도 예상하지 못한 사태였다.

제3기사단은 다른 기사단에 비해 평민 출신의 기사가 많았다. 당장 아서 역시 그랬고, 단장인 라이오스도 몰락 귀족 출신이었다.

귀족 가문에서 곱게 자란 아렌트는 언제나 그 점을 못마땅해했다.

 처음 입단했을 때는 잠시 눈치를 보는 듯했지만 그것도 잠깐뿐이었다. 아렌트는 눈을 떼면 사고를 쳐 대고, 시내에 나가서는 패악을 부렸다. 걸핏하면 동료들과 주먹다짐을 벌이는 것도 일쑤였다.

 기사단 모두가 망나니 하나를 감당하지 못해 애를 먹던 찰나, 그는 입단한 지 1년도 되지 않아 기사단과 황제를 배신했다는 혐의로 지하 감옥에 처박혔다.

 그리고 폭풍 같던 재판이 끝난 뒤, 아렌트는 그 감옥에서 살아 돌아온 유일한 인간이 되었다.

 결국 재판정의 귀족들은 아렌트의 말에 귀를 기울였다. 얼마 전 이스트 금고에서 있었던 작전에서도 마찬가지였다.

 금고 안에서 숨어 있다가 적들을 기습하라는 황당한 지시에 기사들은 모두 당황했다. 그 작전이 아렌트의 머리통에서 나왔다는 걸 안 순간에는 모두가 경기를 일으킬 지경이었다.

 하지만 결과적으로, 작전은 나쁘지 않았다.

 어째서인지 금고를 내준 노이만 점장 역시 그에게 큰 호의를 보였다는 이야기가 돌고, 그만한 무장 세력을 상대하면서 기사단 측에는 경상자조차 나오지 않았다.

 아렌트를 믿기로 한 단장들의 판단은 틀리지 않은 셈이었다. 그리고 그 사실을 거꾸로 말하자면, 아렌트가 그들을 제 말에 집중하게 만들었다는 뜻이고.

'하지만 그게 가능한가? 저 아렌트가?'

잠깐 그런 의문을 가졌던 아서는 이내 고개를 내저었다.

그런 질문은 무의미했다. 결과가 이미 답을 말해 주고 있으니까.

결국 아서는 한숨을 푹, 내쉬었다.

"그래…… 내가 뭐라고."

라이오스 단장이 저 배신자 놈을 믿기로 했고, 저놈은 이미 결과를 냈다. 그러니 개인적인 호불호를 떠나서 아서가 그를 판단하거나 처단할 권리는 없었다.

만에 하나 아렌트에 대해 그가 모르는 부분이 있고, 그 부분이 더 나아가 라이오스와 이 제국에 도움이 된다면, 아서는 선배로서 저 도와 달라는 말에 응할 의무가 있었다.

저놈이 어떤 변덕을 부렸건 상관없이.

"쯧."

짜증스럽게 혀를 찬 아서가 자연스럽게 제 검을 뽑아냈다. 달빛 아래에 드러난 아서의 검이 서늘한 빛을 품었다.

"검 끝 말고 정면. 아니지, 정확히는 적을 응시하라고. 힘을 실으란 말이야. 그 정도면 생채기밖에 못 내."

"……."

그 말에 아렌트는 의미 없이 휘적이던 검을 내렸다.

씨익, 그의 입가에 만족스러운 곡선이 드리웠다.

"그럼 뭐, 한 수 알려 주시든가요."
"이 싸가지 없는 새끼."
그렇게 말하면서도 아서는 손아귀의 검을 빙글, 한 바퀴 돌리며 다잡았다.
그의 움직임을 하나도 놓치지 않겠다는 듯 아렌트가 눈을 반짝였다.

* * *

제3기사단의 생활관에는 기사들 전용 식당이 있다.
요리사와 시종들이 상주하며 새벽 시간대를 제외하면 자유롭게 이용할 수 있는 곳으로, 특히 점심 식사와 저녁 식사 시간이 되면 끼니를 해결하려는 기사들로 가득 찼다.
오늘도 훈련을 끝내거나 임무를 마치고 돌아온 기사들이 하나둘씩 모여들어 식당의 자리를 채웠다.
평소라면 그렇게 모인 모두가 저마다 식사에 열중하며 휴식 삼아 사담을 나누는 게 일상이겠지만, 지금은 그렇지 못했다.
눈앞에 놓인 먹음직스러운 식사도 마다한 채 기사들은 모두 한곳에서 눈을 떼지 못하고 있었다.
"……저놈들 뭐 하냐?"
"전들 알겠습니까."
황당함을 곁들인 수군거림은 덤이었다.
거기에는 나란히 앉아 사이좋게 식사…… 는 아니고,

그것참 유감이네 〈129〉

고기를 썰며 티격태격 말다툼을 해 대는 이 기사단에서 가장 젊고 어린 두 사람이 있었다.

"너는 선배에 대한 존경이라고는 눈곱만큼도 없냐? 뭘 따박 따박 그렇게 말대꾸야?"

"원래 이런 놈인 거 아시잖아요. 뭘 그리 바라는 게 많으시대."

"기사도를 읊는 건 초저녁에 포기했어. 적어도 인간 된 도리는 해야 할 거 아냐, 이 새꺄!"

"아하, 그러니까 인간이길 포기한 모습을 보고 싶으신 모양이죠? 후배 된 이로서 한번 노력 정도는 해 볼게요."

"너 진짜 죽여 버린다."

"하실 수는 있고?"

"어디 한번 해볼 테냐?"

급기야는 아서가 검을 잡고 벌떡 자리에서 일어났다. 하지만 아렌트는 방금 썬 고기를 입안에 쏙, 넣으며 태연하게 대꾸할 뿐이었다.

"먹을 때는 개도 안 건드린다는 말 모르십니까?"

"너 진짜……!"

다시 바락 외치려던 아서는 문득 다른 기사들의 시선이 자신들에게 모여 있다는 사실을 깨달았다.

그는 이를 으득, 악물며 다시 자리에 앉았다.

"너 진짜 가만 안 둔다."

"식사나 하시죠."

기사들은 도대체 어디부터 지적해야 할지 알 수 없었다.

아서와 아렌트가 함께 있다는 것?

기사들이 다 같이 이용하는 식당은 불결하다며 얼씬도 않던 아렌트가 천연덕스럽게 자리를 차지하고 앉아 제 몫의 식사를 싹싹 비워 대고 있다는 점?

사실 저런 광경을 오늘 처음 보는 것은 아니었다. 최근 며칠 동안 저 두 사람이 함께 있는 게 종종 목격되고는 했다.

아렌트의 말 한마디 한마디에 속이 박박 긁혀 발광을 하면서도 아서는 그를 떼어 내지 않았다.

아렌트 역시 매번 죽여 버린다, 같은 험악한 협박을 들으면서도 줄기차게 그와 함께 연무장을 들락거렸다.

"이게 무슨 난린지……."

누군가가 한탄을 섞어 중얼거렸다.

마치 그것이 신호라도 된 듯 기사들은 고개를 절레절레 내저으면서도 다시 식사에 집중했다.

솔직히 하나부터 열까지 의아하긴 했다.

그렇지만 별로 참견하고 싶은 마음은 들지 않았다. 그랬다가는 지금 아서와 똑같이 뒷목을 잡고 거품을 물게 될 확률이 크니까.

애초에 지하 감옥에 처박혔다가 나온 지 며칠 되지도 않은 놈이 저렇게 활보하고 다닌다는 것부터가 멀쩡한 일은 아니었다.

기사들은 아서가 발광하든 말든 조용히 신경을 꺼 버렸다. 아무래도 그 편이 피차 정신 건강에 이로울 테니까.

* * *

 재수 없이 배신자 놈의 몸에 들러붙었다고는 하지만, 그래도 아렌트는 이 상황에서 딱 하나 마음에 드는 게 있었다.
 바로 생활 환경이 엄청나게 개선되었다는 점이었다.
 원래의 아렌트가 생활관에서 쓰던 방은 고급스럽기 그지없었고, 식당에서는 매 끼니마다 생선이나 고기를 곁들인 훌륭한 식사가 나왔다.
 원룸에서 인스턴트로 연명하고도 죽어라 아르바이트를 해야 했던 때와는 비교도 할 수 없는 식단이었다.
 '검도 슬슬 익숙해지고.'
 아렌트는 검을 가볍게 붕, 휘저었다.
 며칠을 투자하니 검을 다루는 감각은 거의 다 되살아난 것 같았다. 앞으로 조금만 더 있으면 원래 아렌트가 하던 정도는 끌어낼 수 있을 것 같았다.
 검을 손안에서 한 바퀴 빙글 돌린 아렌트가 아서를 똑바로 보았다. 아서는 아니꼽다는 기색을 전혀 숨기지 않은 채로 이쪽을 응시하고 있었다.
 "몸이 좀 풀리는 모양이지?"
 "그렇죠, 뭐."
 아서는 아렌트가 며칠이나 감옥에 처박혀 있던 탓에 근육이 굳었다고 여겼다. 차가운 감옥에 있었으니 그리 이상한 일은 아니었다. 덕분에 엉성했던 검술에 대해 변명거리를 짜낼 필요는 없어진 셈이었다.

아렌트와 아서는 익숙하게 거리를 벌렸다. 아직 식사 시간이 채 끝나지 않은 때라 연무장은 한산했다.

아렌트가 목을 우둑, 우둑, 꺾었다.

"뭘 사람을 구경난 것처럼 쳐다보던데요. 체하는 줄 알았네."

"안 그러겠냐? 나도 지금 내가 왜 이러고 있는지 모르겠는데. 그리고 체하는 줄 알았다니, 거짓말도 입에 침이나 바르고 해. 신경 안 쓰는 거 누가 모를 줄 아냐?"

"나 생각보다 섬세한 사람인데요."

"개소리 하고 있네."

곧장 험한 욕설이 날아들었다.

아렌트는 아랑곳하지 않고 손안에서 돌리던 검을 덥석, 바로 붙잡았다.

"아까 하던 거나 마저 해요. 이제 슬슬 감이 오는 것 같은데."

"상관은 없는데…… 어쩐 일로 수련에 이렇게 열심이냐? 땀나는 걸 세상에서 제일 싫어하던 놈이."

"선배들이 언제 내 목 따겠다고 덤벼들지 모르잖아요. 미리미리 대비해 둬야지."

아서는 노골적으로 황당하다는 표정을 지었다. 아렌트는 뭐 어쩌라고, 라는 표정으로 그를 천연덕스럽게 마주 볼 뿐이었다. 저게 진심인지 농담인지 도무지 구분할 수가 없었다.

아서는 그의 의중을 읽는 걸 포기했다.

애초에 의미 없는 짓처럼 여겨졌고.

"싸가지 없는 새끼……."

대신 이젠 입에 붙어 버린 욕을 짓씹으며 다시 검을 잡을 뿐이었다.

그가 자세를 잡자 아렌트 역시 익숙하게 중심을 잡았다. 처음 검을 맞댔을 때와는 달리 제법 빈틈없는 모습이었다.

원래도 검에는 재능이 넘치던 그였다. 그 재능 덕분에 훈련 시간마다 도망쳐도 한 사람 몫은 어떻게든 해내던 녀석이었고.

거기에 얼마간의 노력까지 더해지니 최근 며칠간은 검을 섞을 때마다 놈의 검 끝이 날카로워지고 있다는 게 느껴질 정도였다.

아서는 자세를 낮췄다.

짙은 빛을 띤 그의 눈동자가 은근한 빛을 냈다. 몇 초가 지나고, 두 사람은 약속이나 한 듯 서로를 향해 지면을 박차며 달려들었다.

아서가 정면으로 내리친 검이 아렌트의 검에 가로막혔다.

카아앙!

찢어지는 쇳소리가 터져 나왔다.

별 저항 없이 튕겨 나온 아서는 몸을 비틀어 곧장 아렌트의 옆구리를 노리고 찔러 들어갔다.

카아앙!

이번 공격도 당연하다는 듯이 막혔다.

아렌트는 순간적인 힘을 발휘해 아서를 밀쳐 냈다.

두 사람 사이에 약간의 거리가 생기고, 아렌트가 아서를 향해 달려들었다.

아렌트가 검을 위에서 아래로 내리쳤다.

생각보다 빠른 반격을 아서는 인상을 조금 찌푸리면서도 막아 냈다.

쿠웅.

둔탁한 충격이 그의 팔을 덮쳤다. 그리고 아서의 신경이 아렌트의 검에 닿은 사이, 살짝 물러난 아렌트가 검을 거두고 발차기를 날렸다.

"어엇?"

식겁한 아서가 반사적으로 팔을 비틀어 검면으로 아렌트를 막아 내자.

쿠우웅!

커다란 울림이 연무장을 흔들고, 두 사람은 한동안 그 자세로 굳어 있었다.

아서는 검을 갈무리하는 것도 잊어버리고 상대를 황당하게 쳐다볼 뿐이었다.

아렌트는 검에 가로막힌 제 다리를 보고는 쯧, 하고 혀를 차며 자세를 바로잡았다.

"안 되네."

"……되겠냐고."

그것참 유감이네 〈135〉

한참을 멍청히 있던 아서가 간신히 그렇게 쏘아붙이자, 아렌트는 툴툴거리면서도 거리를 벌렸다.

아서는 옷매무새를 가다듬는 아렌트를 멍청히 보았다.

'우연인가?'

무의식중에 저렇게 한 거라면 아렌트의 순간적인 눈썰미에 찬사를 보낼 일이고, 일부러 저렇게 한 거면 그 더러운 성질머리에 감탄사를 터뜨릴 일이었다.

그야 방금 아렌트가 보인 움직임은 바로 그 직전에 아서가 했던 것을 조금 비튼 거였으니까.

검을 아래로 늘어뜨린 아서는 아렌트에게 한 발짝 다가섰다.

방금 그 움직임을 어떻게 했는지 따져 묻지 않으면 밤에 잠도 안 올 것 같았으니까.

그때, 단 두 사람뿐이던 연무장에 이질적인 기척이 나타났다.

그들은 동시에 고개를 돌렸다.

잘 차려입은 시종이 저만치 서서 그들을 향해 고개를 숙이고 있었다.

"아서 노버트 경. 라이오스 드 윈프리드 단장님께서 찾으십니다."

"……."

시종은 예를 갖추면서도 연신 아렌트를 향한 곁눈질을 멈추지 못했다. 단장의 신임을 한 몸에 받는 아서와, 공공연한 배신자가 함께 있다는 게 이상한 모양이었다.

시종의 시선을 알아차린 아렌트는 어깨를 으쓱하고는 먼저 검을 갈무리했다.

가 보라는 뜻이었다.

아서는 그를 힐끗 보고는 마찬가지로 검을 집어넣었다.

"너, 나중에 보자."

"그러시든지."

삐딱한 인사를 뒤로하고 아서는 시종을 따라나섰다.

연무장에 혼자 남은 아렌트는 점점 멀어지는 두 사람을 가만히 지켜보았다.

잠시 후, 그의 미간이 살며시 찌푸려졌다.

"······생각보다 이른데?"

* * *

"단장님, 찾으셨다고 들었습니다."

라이오스의 집무실에 들어서자마자 아서가 단정히 상체를 숙였다.

라이오스는 고개를 가볍게 끄덕이는 것으로 그를 맞이했다.

"어서 와라."

아서는 그제야 고개를 들었다.

라이오스는 자신을 쳐다보는 아서의 시선에 가득 담겨 있는 신뢰를 읽어 낼 수 있었다. 늘 무뚝뚝하기만 하던 라이오스의 입가에도 흐릿한 미소가 걸렸다.

"듣자 하니 아렌트와 어울려 다닌다던데."

"어울려 다니는 거 아닙니다. 어쩌다 보니까 그놈 수련을 봐주게 되었을 뿐이라고요."

곧장 불만스러운 목소리가 튀어나왔다.

라이오스가 피식, 웃더니 가벼운 어투로 질문을 던졌다.

"그래서. 진전은?"

"뭐, 그놈 실력이 어디 가겠습니까. 성격이 개차반이라도 실력은 좋았잖아요. 그래도 며칠 동안은 컨디션이 안 좋아 보였지만, 지금은 아주 날아다닙니다."

영 마뜩찮다는 표정을 지으면서도 아서는 그렇게 말했다.

아직 정식 기사들에게는 조금 못 미치는 실력이었지만, 이 기세로 성장한다면 아렌트는 제 나이대에서는 아무도 따라잡을 수 없는 기사가 될 게 분명했다.

"그래, 네가 고생이 많다."

"단장님은 그놈이 괘씸하지 않으십니까?"

이번에는 아서가 물었다.

라이오스가 가만히 인상을 찌푸렸다.

"지난 일이다. 켄드릭 경과 다이아나 경과도 이야기가 끝났고, 황제 폐하께서도 이미 보고를 받으셨다."

"그건 그렇지만…… 그래도 사람 기분은 조금 다르잖습니까."

아서는 여전히 불만스러운 기색으로 말을 이었다.

"그분들이 아렌트를 살려 두기로 하신 이유는 압니다.

공을 세운 데다가, 어쩌면 아직 말하지 않은 정보가 더 있을지도 모르니까요. 하지만 그렇다고 해서 그 녀석을 믿을 수 있는 건 아니잖아요."

그는 자신이 일부러 적들 사이에 잠입한 거라고 말했지만…… 치기 때문에 황제를 배신했다가, 체포되자 죽기가 두려워 다시 한번 그들을 배신한 것일지도 몰랐다.

아렌트의 팔에 아직 그 은팔찌가 채워져 있다는 건 단장들 역시 그 사실을 염두에 둔다는 뜻이었다.

한 번 배신한 사람은 두 번도 가능하다.

두 번 배신한 사람이 세 번 배신하는 것은 더욱 쉬운 일이고.

그리고 아서는 지금, 부하에게 배신당한 라이오스의 마음을 걱정하고 있었지만…… 라이오스는 고개를 내젓는 것으로 그의 입을 다물게 해 버렸다.

"더 지켜보면 알게 되겠지."

"……단장님이 그렇게 말씀하신다면."

"그렇게 말하는 것치곤, 너는 슬슬 알아서 판단을 할 준비를 하는 것처럼 보인다만."

아서는 굳이 대꾸하지 않았다.

표정이 변하는 일이 거의 없는 라이오스가 묘하게 기분이 좋아 보이는 탓도 있었고, 그의 말을 차마 부정하지도 못한 탓이었다.

라이오스는 마치 새기듯이 또렷하게 한마디를 덧붙였다.

그것참 유감이네 〈139〉

"나는 너희들을 믿는다. 늘 그랬듯이."
"압니다."
불퉁하게 대답한 아서는 다시 자세를 바로잡았다.
"명령을 내려 주십쇼. 저는 준비가 되어 있습니다."
"네가 확인해 줬으면 하는 게 있다."
라이오스의 눈빛 역시 다시 진중해졌다.
아서는 고개를 끄덕였다.
명령을 내리는 쪽도, 받는 쪽도 서로 퍽 익숙한 모습이었다.
"이스트 금고를 습격한 이들과 한패인 무리가 발견됐다. 추적해서 단서를 모아."
"네."
"……위험한 일이다."
잠깐 뜸을 들이던 라이오스가 목소리를 낮췄다.
"은밀하게 진행해야 하는 일이니 다른 사람을 더 붙여 줄 수도 없어. 할 수 있겠나?"
"……."
라이오스의 낯에서는 여전히 아무런 표정도 찾아볼 수 없었다. 하지만 아서는 그의 눈빛에 녹아든 염려와 걱정을 충분히 알았다.
그런 사람이니 아서는 더욱 망설임 없이 라이오스를 위해 목숨을 걸 수 있었다.
아서는 괜히 씨익, 미소 지으며 크게 고개를 끄덕였다.
"맡겨 주십시오."

* * *

 아서가 따로 임무를 받는 것은 이전에부터 종종 있던 일이었다.

 정직하고 올곧기만 한 기사들 사이에서 아서는 제법 융통성이 좋은 사람이었다. 평민 출신이라 서민들 사이에 섞여 드는 일에도 능숙했고, 필요할 때면 불법적인 일에 손을 대는 것도 서슴지 않았다.

 결벽증에 가깝게 정도를 추구하는 귀족 출신의 기사들과는 달랐다. 그러면서도 기사로서의 신의 역시 갖추었으니, 라이오스가 그를 신뢰하는 것은 당연한 일이었다.

 아서 역시 라이오스가 어째서 자신을 믿는지 잘 알고 있었다.

 고지식한 선배들을 탓하지도 않았다.

 황제를 위해 검을 휘두르는 기사는 언제나 양손이 깨끗해야 하는 법이었다. 그래야만 적의 피를 뒤집어쓰는 순간에도 당당할 수 있을 테니까.

 그러니 그런 일을 할 사람이 필요하다면 자신이 하는 게 맞다.

 아서는 언제나 그렇게 생각했다.

 타인을 위하고 자신을 낮추는 것. 그것이 바로 기사도의 시작이라고.

 '그놈이 이런 걸 알 리가 없지.'

아서는 어둠 속에 몸을 숨긴 채 저도 모르게 그런 생각을 떠올렸다.

최근 본의 아니게 아렌트와 함께 다니는 일이 많아서 그런지 불쑥불쑥 아렌트의 재수 없는 면상이 떠오르곤 했다.

"쯧."

이럴 때가 아닌데.

아서는 짜증스럽게 머리를 벅벅 긁는 것으로 상념을 털어 내려 했다. 하지만 그렇다고 해서 한 번 든 딴생각이 쉽게 사라지는 건 아니었다.

'싸가지 없는 놈.'

매사에 무심한 듯, 심드렁한 듯한 얼굴이 쉽게 그려졌.

그 무표정은 아렌트의 곱상한 낯짝과 완벽하게 어우러져 특유의 차가운 인상을 만들어 냈다. 하지만 사람을 탐색하는 황금색 눈동자는 종종 섬뜩할 정도의 예기가 느껴지곤 했다.

가령, 대련 중 집중력이 최절정에 다다랐을 때나…… 조소를 터뜨리며 단장들과 귀족들을 노골적으로 비웃던 재판장에서처럼.

원래 그랬던가?

문득 그런 생각이 들었다.

최근 일련의 일이 벌어지기 전까지는 가까이에서 본 적이 없으니 아서로서는 알 턱이 없었다.

애초에 그들을 먼저 피해 다닌 쪽은 아렌트였다. 평민

출신인 선배들과 어울리는 것을 죽는 것보다 더 싫어하던 놈이었으니까.

그랬던 걸 생각하면 최근 그놈이 보인 행보는 그답지 않다고 말할 수도 있을 터였다.

그 더러운 성질머리 때문에 미처 알아채기 힘들지만. 아서의 머릿속은 점점 더 꼬여 갔다.

'……일부러 그렇게 군 건가?'

적들 사이에 쉽게 섞여 들기 위해, 또 한편으로는 다른 기사들을 제가 하는 일에 끌어들이지 않도록 일부러 거리를 두었다거나.

문득 거기까지 생각이 미친 아서는 화들짝 놀라며 스스로의 뺨을 한 대 퍽, 쳤다.

"무슨 미친 소리를 하고 있어."

진짜 그렇다면 아렌트는 배신자가 아니라, 황제를 위해 오물을 뒤집어쓰는 것도 마다하지 않는 영웅 취급을 받아야 했다.

물론, 정말 좋게, 엄청 좋게 봐준다면 영 불가능한 가정도 아니었지만…… 삐딱하게 서서 사람 속을 살살 긁어 대던 아렌트의 모습이 자연스레 떠올라 아서는 거세게 도리질을 쳤다.

"영웅은 무슨. 그냥 성질 더럽고 재수 없는 새끼지."

그랬던 그는 바깥에서 느껴진 기척에 간신히 생각의 고리를 끊어 낼 수 있었다.

아서는 반사적으로 얼굴을 감춘 로브를 더욱 눌러 쓰고

그것참 유감이네 ⟨143⟩

는 다시금 상황을 확인했다.

 아서가 몸을 숨긴 골목 너머, 작은 집 앞에 모인 몇 사람이 두런두런 뭔가를 심각하게 논의하고 있었다.

 거리 때문에 대화 소리는 제대로 들리지 않았다. 하지만 그들이 정상적인 집단이 아니라는 건 충분히 알 수 있었다.

 스산한 밤공기 중에 은근한 피비린내가 섞여 있었다.

 그 출처가 바로 저들이었다.

 중상을 입은 자는 없는 듯하니, 바로 직전에 사람을 죽였다는 뜻이었다.

 아서의 얼굴이 굳어졌다.

 습관처럼 잘 갈무리되어 있는 검을 확인하듯 매만진 아서는 기척을 더욱 죽였다. 더 다가가는 건 위험한 일이었지만, 뭔가를 알아내기에 지금은 거리가 너무 멀었다.

 '조금만 더 접근하면……'

 잠깐 고민하던 아서는 이내 결심하고는 조심스럽게 한 발짝 내디뎠다.

 바로 그때, 목 뒤에 섬뜩한 감각이 느껴졌다.

 "쥐새끼가 있었군."

 아서는 반사적으로 검을 뽑아 저를 향해 날아드는 공격을 쳐 냈다.

 카아앙!

 쇠붙이가 부닥치는 요란한 소리가 새벽의 침묵을 깨뜨렸다.

대화를 나누던 무리가 소스라치게 놀라 고개를 들었다.
"누구냐!"
"……."
하지만 아서는 거기에 반응할 수가 없었다. 제 눈앞에 있는 상대방에게 신경을 빼앗겨 버린 탓이었다.
'기척이 없었는데.'
간발의 차이로 죽음이 스쳐 지나갔다는 것을 자각한 순간, 등줄기를 타고 서늘한 냉기가 뻗어 나갔다. 마치 그림자 속에서 불쑥 튀어나오기라도 한 것 같은 적은, 무심한 얼굴로 방금 아서가 튕겨 낸 자신의 검을 내려다보았다.
"제법인걸. 완벽하게 뒤를 잡은 줄 알았는데. 황제 폐하의 개를 자처할 정도는 되는 모양이지?"
픅, 뒤집어쓴 후드 아래로 드리운 옅은 미소가 보였다.
아서는 검을 다잡고 사납게 으르렁거렸다.
"정체를 밝혀라."
"뒤를 밟은 건 너면서, 나에게 정체를 묻는 거냐? 이래서 기사 놈들이란."
어이없다는 어조의 대답이 돌아왔다.
아서의 물음에 대신 답해 준 것은 등 뒤에 있던 이들이었다. 그들 중 하나가 짧게 신음을 흘렸다.
"베첼 님."
"그대들을 탓하는 게 아니니 안심해라. 하지만 두 번 실수하는 건 용납하지 않아."

베첼이라 불린 남자가 부드러운 목소리로 말을 이었다.

그들은 고개를 끄덕이고는 저마다 무기를 꺼내 들기 시작했다.

스릉, 검이 뽑혀 나오는 소리를 들으며 아서가 억지로 입꼬리를 비틀었다.

"저놈들의 상관쯤 되는 모양이군."

"맞다. 힘 있는 자가 아랫사람을 지키는 건 당연한 일이지. 자네들이 그토록 꽁꽁 숨겨 놓은 황제 폐하와는 달리 말이야."

무감정하게 고개를 끄덕인 베첼이 성큼, 아서를 향해 다가섰다.

아서는 그를 경계하며 뒤로 물러서려 했지만, 곧 후방에서도 적들이 접근해 오고 있다는 사실을 자각했다.

완전히 포위당한 꼴이었다.

"젠장……."

아서는 욕설을 짓씹을 수밖에 없었다.

조무래기들은 어떻게든 해치운다 하더라도, 베첼이라는 자는 쉽게 상대할 수 있을 것 같지 않았다.

어두운 밤을 등진 그는 마치 거대한 암흑 덩어리처럼 보였다. 더 이상 기척을 죽이지 않는 베첼의 존재감이 아서를 압박했다.

'이런 기세가 다가오는데도…….'

전혀 눈치를 못 챘다니, 기가 막힐 일이었다.

그만큼 눈앞의 놈이 실력자라는 뜻이기도 했다. 거기에 뒤의 조무래기들까지 있으니, 솔직히 감당할 자신은 없었다.

그렇다면 도망치는 게 최선일 터.

하지만.

'가능한가?'

저자를 상대로?

솔직히 그쪽도 가능성이 희박한 건 사실이었다.

베첼이 입을 열었다.

"무조건 생포해. 그렇지 않아도 알아낼 게 있었는데 마침 잘되었군."

그 말에 아서의 표정이 더욱 딱딱하게 굳었다.

무표정하게 그를 보던 베첼이 한마디 덧붙였다.

"이름 모를 기사, 자네에게는 불행한 일이겠지만."

그것을 신호로 뒤에서 대기하던 이들이 한꺼번에 아서에게 달려들었다.

아서 역시 이를 악물고 응수하는 수밖에 없었다.

"이런, 빌어 처먹을!"

아서는 자신을 향해 날아드는 검을 한꺼번에 쳐 냈다.

카아앙!

강한 힘에 밀려난 적들이 주춤하는 찰나, 베첼이 땅을 박차고 쏜살같이 쇄도했다.

아서는 억지로 몸을 비틀어 그를 검으로 막아 냈다.

콰아앙!

스산한 골목에 두 사람이 충돌하며 커다란 파공음이 터졌다.

사락.

거센 검풍에 두 사람의 후드가 흘러내리며 달빛 아래에 얼굴이 드러났다. 아서의 날 선 시선과, 베첼의 차가운 눈동자가 허공에서 얽혔다.

아서는 검을 틀어쥐고 온몸으로 버텼다.

하지만 그런 노력도 무색하게 베첼의 힘에 압박된 그의 두 발은 점점 뒤로 밀려나기 시작했다.

아서의 팔이 부들부들 떨렸다.

끼익, 끽, 검이 버거운 비명을 지른다.

베첼의 서늘한 눈이 아서를 훑었다. 잔뜩 일그러진 아서의 낯과는 달리 그는 그저 평온하기만 했다.

"좋은 검이군."

"황제 폐하께서 하사하신 검이다. 네깟 놈들에게 어울릴 만한 물건이 아니야."

사로잡힌 짐승처럼 아서가 사납게 으르렁댔다.

픽, 웃음을 터뜨린 베첼은 그를 간단히 떨쳐 냈다. 다음 순간, 균형을 잃고 비틀거리는 아서의 복부에 발차기가 꽂혀 들었다.

"커헉!"

우당탕!

아서의 몸뚱이가 바닥을 꼴사납게 굴렀다.

가까스로 몸을 갈무리한 아서는 벌떡 몸을 일으키려 했다. 하지만 상체를 세운 순간, 시퍼런 검기가 서린 검이 재차 날아들었다.

"……!"

아서는 반사적으로 다시 몸을 굴렸다.

콰아앙!

방금까지 아서가 있던 바닥에 커다랗게 패인 자국이 생겼다.

미처 몸을 추스를 틈도 주지 않고 베첼은 아서의 턱을 발로 갈겨 버렸다.

빠악!

둔탁한 소리와 함께 아서는 다시 내동댕이쳐졌다.

"젊은 목숨이 아까우니 자비를 베풀겠다."

바로 머리 위에서 들려온 목소리에 아서는 흔들리는 머리를 간신히 붙잡아 고개를 들었다.

스릉.

서늘한 칼날이 아서의 목덜미에 닿았다.

베첼이 무감정하게 말을 이었다.

"나와 함께 가자. 우리가 원하는 정보만 내준다면 그냥 풀어 주겠다."

"도대체 뭘 그렇게 궁금해하는지 모르겠는데, 미안하지만 알아낼 건 없을걸. 나는 그저 폐하의 검이고, 단장님의 심부름꾼일 뿐이라."

아서는 억지로 입꼬리를 비틀어 올렸다.

예리한 칼날이 목의 연한 살갗에 닿아 작은 생채기를 냈다.

"아니, 아무리 말단이라도 알 것이다. 바로 얼마 전의 일이니까."

후드 아래에서 베첼의 냉혹한 눈이 차갑게 빛났다.

"얼마 전에 많은 수의 동지들이 네놈들 손에 목숨을 다했지. 듣자 하니 우리가 향할 곳을 먼저 알고 있었다더군. 쥐새끼처럼 함정을 파 놓고서 기다렸다고."

이스트 금고의 일이었다.

저도 모르게 창백해지는 아서의 안색을 확인한 베첼이 말을 이었다.

"그렇다면 분명히 정보가 새어 나갔다는 건데, 그 정보를 네놈들에게 넘긴 게 누구냐. 그것만 알려 준다면 목숨은 보장해 주지. 나의 이름을 걸고 맹세한다."

"……."

아서는 그 순간 확신했다.

저놈들은 아렌트를 아직 모른다고.

머릿속을 차갑게 가라앉힌 아서는 억지로 입꼬리를 비틀어 미소를 만들어 냈다.

"그쪽한테 내가 할 말은 딱 한마디밖에 없어. 엿이나 먹어라."

"유감이군. 그렇다면 강제로라도 알아내는 수밖에."

베첼이 눈짓하자 뒤에서 대기하던 자들이 슬금슬금 다가왔다.

아서는 반사적으로 몸에 힘을 줬다.

그러자 목을 위협하는 칼날이 더욱 깊숙이 들어왔다.

"다리를 베어라. 그대로 끌고 가자."

"예."

검은 로브를 뒤집어쓴 적들이 그를 둘러쌌다.

아서는 나가떨어지는 와중에도 놓지 않았던 검을 더욱 세게 쥐었다.

살아남을 수 없다면 적어도 싸우다 죽는다.

사로잡히는 일만은 절대로 없어야 했다.

그렇게 결심하니 마음속에서 망설임이 완전히 사라졌다.

아서의 눈에 독기가 서렸다. 피가 흐르는 입술 사이에서 살벌한 목소리가 흘러나왔다.

"네놈들 뜻대로는 안 된다. 내 목숨을 버리는 한이 있더라도."

"아, 이런. 조금 늦었나 보네."

그때, 상황과는 전혀 어울리지 않는 목소리가 불쑥 튀어나왔다.

베첼과 그의 부하들이 반사적으로 소리가 들려온 곳을 향해 고개를 홱, 돌렸다.

아서 역시 마찬가지였다.

불청객의 모습을 확인한 아서의 눈이 차차 커졌다.

어느새 구름이 걷히고, 하늘에는 커다란 달이 휘영청 매달렸다. 새하얀 월광을 등에 진 한 인영이, 어느 순간부터 담벼락 위에 걸터앉아 그들을 내려다보고 있었다.

스스로 빛을 품은 것 같은 새하얀 은발이 마치 달빛처럼 반짝였다. 달그림자 아래에 드러난 특유의 무심한 표정과, 사람을 뜯어보는 것 같은 황금색 눈동자가 서늘한 냉기를 품었다.

아렌트의 눈동자가 천천히 움직여 아서에게 향했다.

얼핏 유순하게도 보이는 얼굴에, 사람 속을 박박 긁어대는 비릿한 미소가 그려졌다.

그리고, 톡톡.

아렌트는 제 검지로 자신의 목을 두드려 보였다.

"선배, 아직 목 잘 붙어 있어요?"

언젠가 나눴던 대화의 연장선이었다.

아서는 이마가 깨지고, 터진 입안에서 피를 줄줄 흘리는 와중에도 억지로 입꼬리를 비틀어 올릴 수밖에 없었다.

마치 실성한 사람처럼 실실 웃으며 아서가 중얼거렸다.

"저 싸가지 없는 새끼……."

* * *

"누구냐."

베첼은 아서에게 향했던 검 끝을 아렌트에게 겨누었다.

담벼락에 걸터앉은 채 아렌트는 입을 비죽였다.

"위기의 순간에 나타난 멋진 기사님."

능청스러운 태도에 베첼의 미간이 찌푸려졌다. 표정이 썩어 들어간 건 같은 편인 아서도 마찬가지였다.

아렌트는 그런 아서를 힐끗 보고는 덧붙였다.

"뭐, 누구에게는 배신자 새끼일지도 모르지만."

거기에 녹아 있는 빈정거림을 읽은 아서는 아주 눈곱만큼 남아 있던 일말의 반가움마저 사라지는 것을 느껴야만 했다.

눈썹을 더욱 찌푸린 베첼이 음산하게 중얼거렸다.

"이 젊은 기사의 동료인 모양이군. 구출하러 온 모양이지. 하지만 자네 한 명이 가세한다고 해도 소용없……."

"아, 그건 오해인데."

아렌트는 손을 휘휘 내저으며 그의 말허리를 뚝 잘라 버리더니, 태연하게 고개를 기울이며 툭 내뱉었다.

"구해? 내가? 저 사람을?"

"……."

"왜? 예쁜 구석이라고는 하나도 없는데. 그럴 의리도 없고."

그 한마디에는 베첼 역시 일순간 말문이 막힌 모양이었다. 아서가 움직이지 못하도록 검을 겨누던 다른 적들 역시 어쩔 줄을 모르고, 갑자기 나타난 아렌트와 베첼을 번갈아 볼 뿐이었다.

황망한 표정을 한 그들을 물끄러미 보던 아렌트가 입술을 비틀었다.

"그래도 할 일은 있겠네요."

"뭐?"

"오늘은 달이 참 밝아서."

아렌트는 턱을 치켜들고 베첼을 향해 고갯짓했다. 달빛을 고스란히 받은 황금색 눈동자가 싸늘하게 반짝였다.

그것참 유감이네 〈153〉

"그쪽 얼굴도 참 훤하게 잘 보이네. 이대로 달려가서 황궁에 인상착의라도 알려 줘야겠어. 그러면 누가 알아? 포상금이라도 받을지."

베첼의 얼굴이 딱딱하게 굳어졌다.

아렌트는 픽, 웃으며 몸을 일으켰다.

담벼락 위에서 안정적으로 균형을 잡고 꼿꼿이 선 아렌트가 아서를 내려다보았다.

"선배는 뭐, 알아서 잘 도망치든지. 아니면 그 자리에서 죽든지. 그럼 나 먼저 갑니다."

그리고 아렌트는 훌쩍 뛰어내려 버렸다.

탁탁탁.

그가 달려 나가는 소리가 조용한 골목에 울려 퍼졌다.

가장 먼저 움직인 것은 아서였다.

이를 악문 그는 적들이 방심한 틈을 타 자신을 노리던 검 끝을 한꺼번에 쳐 냈다.

카아앙!

예상치 못한 공격에 적들이 휘청거리며 뒷걸음질 쳤다.

아서는 지면을 박차고 곧장 담을 훌쩍 넘어 아렌트가 사라진 쪽으로 내달리기 시작했다.

검을 쥔 베첼의 손아귀에 꾸욱, 힘이 들어갔다.

"잡아라. 꼭 생포해라. 산 채로 가죽을 벗겨 주지."

"예!"

퍼뜩 정신을 차린 이들이 저마다 무기를 그러쥐고 두 사람을 추격했다.

베첼은 가라앉은 눈으로 제 수하들과 두 기사가 사라진 곳을 노려보았다.

"얄팍한 수를……."

* * *

"여긴 어떻게 온 건데?"

아렌트를 따라 내달리며 아서가 재우쳐 물었다.

아렌트는 뒤도 돌아보지 않고 대꾸했다.

"제 마음입니다."

"미친놈아! 그렇게 넘어갈 게 아니잖아! 황궁을 무단이탈하면 즉결 처분이라고, 너!"

"설마 사형이야 시키겠어요. 무턱대고 뒈질 각오부터 하는 사람을 살려 준 공도 있을 테고."

"……."

평소에도 빈정거림과 삐딱함을 가득 담은 아렌트의 목소리가 유난히도 언짢음을 고스란히 드러냈다. 그 부분에서는 주둥이가 백 개라도 할 말이 없어, 아서는 입을 꾹 다물어 버렸다.

아렌트는 뒤를 힐끗 곁눈질했다. 어느새 따라붙은 추격자들의 기척이 선명하게 느껴졌다.

그가 언짢게 혀를 찼다.

"쯧, 생각보다 빠르네."

"어쩔 건데?"

"그러게요. 저쪽도 우리 얼굴을 다 봤으니 이대로 도망치는 건 의미가 없고."

"어떻게든 정리를 해야 한다는 거군."

"그럼 조금 이따가 만나죠."

아서는 대답 대신 달리는 속도를 올려 아렌트와 어깨를 나란히 했다.

그리고 두 사람은 동시에 걸음을 조금 늦췄다.

등 뒤로 따라오는 적은 총 네 명.

다음 양 갈래 길에서 두 사람은 예고 없이 서로 다른 방향으로 지면을 박찼다.

잠시 당황하던 적들은 반으로 나눠져 각자 추격을 시작했다.

아렌트는 반대편으로 간 아서 쪽을 힐끗 보고, 자신을 추격하는 자들을 확인했다.

"에라, 이런 데서 주먹다짐이나 할 줄은 누가 알았겠냐."

검자루를 쥔 아렌트는 슬쩍 걸음을 멈췄다.

갑자기 그가 우뚝 서자 적들 역시 당황해 멈칫했다.

아렌트는 그 틈을 놓치지 않고 빠른 속도로 적들을 향해 파고들었다.

딱히 생각하고 한 행동은 아니었다. 아마 원래의 아렌트가 이런 방식으로 싸웠겠거니, 하고 대충 짐작할 뿐이었다.

첫발을 내딛는 순간에 이미 반쯤 뽑힌 검이 찬란한 달빛을 반사시키고, 매끄럽게 검집에서 빠져나간 검이 가

녑게 허공을 그었다.

그리고 검자루의 가장 단단한 부분이 정면에서 달려들던 적의 얼굴에 주먹과 함께 처박혔다.

빠아악!

비명도 지르지 못하고 한 명이 나가떨어졌다.

다음 순간, 아렌트의 어깨를 노리고 검이 떨어졌다.

아렌트는 급하게 몸을 비틀었다.

부웅, 검날이 아슬아슬하게 가슴께를 스쳐 지나갔다.

"두 번 다시 검을 들지 못하게 팔을 베어 주지."

"싫은데?"

살벌한 저주에 아렌트가 가볍게 대답했다.

카아앙!

두 사람의 검이 부닥쳤다.

적은 아렌트를 힘으로 밀어붙이려 했다. 하지만 그는 제 검이 꼼짝도 하지 않는다는 걸 깨달았다.

아렌트의 한 손이 제 검파를, 나머지 한 손은 적의 검날을 붙잡았다.

"뭐야?"

그리고 다음 순간 훅, 끼쳐 오는 냉기에 저도 모르게 검을 놓아 버렸다.

챙그랑!

딱딱한 바닥에 떨어진 검이 쇳소리를 내며 뒹굴었다.

반사적으로 검의 상태를 확인한 적의 얼굴이 해쓱해졌다.

어느새 검은 새하얀 얼음덩어리가 되어 있었다. 제때 놓지 않았더라면 손도 같이 얼음 조각이 되었을 게 뻔했다.

"이건 서리 어린……."

경악 어린 목소리는 끝까지 이어지지 못했다. 아렌트의 주먹이 뻐억, 소리를 내며 그의 명치에 처박힌 탓이었다.

순식간에 두 명을 정리한 아렌트는 깔끔하게 검을 갈무리했다.

"제법 괜찮네."

원래도 몸을 쓰는 일에는 자신이 있었지만, 싸우는 상황에서도 몸이 가뿐하게 느껴지는 것은 제법 놀랄 일이었다.

본래의 아렌트가 검사로서 몸을 다져 놓은 덕분이었다. 어린 나이에 황실 기사단에 입단했던 재능은 거짓이 아닌 모양이었다.

"자, 그럼 다음은……."

쓰러진 자들을 발로 밀어 한쪽에 몰아 둔 아렌트는 골목 너머로 시선을 던졌다.

저벅, 저벅.

무게감이 다른 발소리가 어둠 속에서 아로새겨졌다. 잠시 느긋하게 기다리자, 거구의 남자가 천천히 달빛 아래로 걸어 나왔다.

"처음부터 도망칠 생각은 전혀 없었던 모양이군."

"해석은 자유지."

"저자가 아니라 자네를 따라올 것도 예상했던 일이고."
"그건 좀 과대평가고."
아렌트는 주머니에 손을 푹, 찔러 넣으며 무심하게 대답했다.

베첼은 검을 꾹 쥐었다.

'이상한 놈이군.'

베첼은 아까 처음 그가 불쑥 나타났을 때를 떠올렸다.

그의 몸짓 하나하나에서는 예민하고 날카로운 사람 특유의 신경질과 짜증이 흘러나왔다. 아직 앳된 얼굴에 맞는 치기 역시 언뜻 엿보이긴 했지만.

하지만 단둘이 마주 보는 지금, 눈앞의 젊은 기사에게서 느껴지는 것은 차분한 냉기뿐이었다. 정말 미묘한 차이였지만 베첼에게는 꼭 얼굴을 갈아 끼운 것처럼 보였다.

'게다가……'

베첼은 눈동자만을 굴려 바닥에 굴러다니는 검을 힐끗 보았다. 검날부터 검자루까지 새하얀 얼음에 뒤덮여 있었다.

"……자네로군. 우리에 대해서 고매하신 황제 폐하께 고한 게."

이미 그 말에서부터 확신이 담겨 있었다.

아렌트는 굳이 대답하지 않았다.

베첼의 미간이 더욱 구겨졌다.

"그 계획은 중추와 직접 움직이는 이들에게만 전달되

었다. 게다가 그 물건."

베첼은 바닥의 검을 힐끗 보고 다시 아렌트를 향해 시선을 옮겼다.

그의 눈길이 아렌트의 장갑에 닿았다.

흰 손가락 끝이 드러나고, 손목과 손바닥을 감싸는 형태의 가죽 장갑. 얼핏 보기에는 평범한 장비처럼 보이는 물건이었다.

"서리 어린 손길이로군. 그 존재를 아는 것 역시 우리 측 인물뿐일 텐데."

아렌트는 아무런 감정도 드러나지 않은 눈으로 가만히 그를 마주 볼 뿐이었다.

베첼이 짓씹듯 말했다.

"자네, 배신자인가?"

"뭐…… 사실 그쪽 입장에서 보면 틀린 말은 아니지."

아렌트는 앞머리를 긁적이며 심드렁하게 대꾸했다.

"그래서 어쩔 건데? 아까 지껄였잖아. 정보를 빼낸 사람이 누군지 알려 주면 살려 주겠다고. 그 말, 실천할 건가?"

"그랬으면 참 좋았겠지만…… 안타깝게도 배신자는 살려 두지 않는다. 그게 우리의 규칙이라서."

스릉.

베첼의 검이 다시금 예기를 발했다.

제 할 일만 한다는 것처럼 한없이 냉정하기만 하던 베첼의 눈에, 노골적인 분노와 살기가 드리웠다.

"서리 어린 손길은 회수해 가겠다."

한순간 베첼의 신형이 그 자리에서 사라진 것처럼 보였다.

하지만 다음 순간, 그는 아렌트의 코앞에 나타났.

베첼은 양손으로 치켜든 검을 곧장 아렌트의 머리를 향해 내리쳤다.

아렌트는 몸을 옆으로 비틀었다.

부웅!

검 끝이 살벌한 소리를 내며 허공을 갈랐다.

찰나의 순간 베첼의 눈썹이 치켜 올라갔다.

곧장 검을 비틀어서 아렌트의 몸통을 찔러 들어갔다. 하지만 그 공격 역시 허무하게 밤하늘을 가를 뿐이었다.

아렌트는 이번에도 가볍게 움직이는 것으로 쉽게 피해 버렸다.

"그거, '강한 자의 그림자'인가?"

딱딱하게 굳어 버린 베첼의 귓가에 또렷한 목소리가 들려왔다.

베첼은 천천히 고개를 돌렸다.

그는 이제 경악과 당혹감을 감추지 못했다.

달빛 아래에 선 아렌트는, 어쩌면 심드렁하게 느껴질 수도 있는 무표정으로 그를 마주 보았다.

"기척을 없애고 신체 능력을 강화하는 거지? 모르고 마주하면 속수무책으로 당할 수밖에."

"네놈……."

그것참 유감이네 〈161〉

베첼의 얼굴이 일그러졌다.

주먹을 그러쥔 그는 아렌트를 향해 달려들었다. 하지만 아렌트는 뒤로 훌쩍 물러나며 검을 수월하게 피해 냈다.

"습격용으로는 더할 나위 없이 좋을 것 같은데. 강한 힘과 흐릿한 기척으로 우위를 점하고, 그대로 기세를 올려 제압하기만 하면 되니까. 하지만 그 단계에서 실패하면."

그러면서도 아렌트는 눈동자를 찬찬히 굴려 베첼을 뜯어보았다. 분노에 휩싸인 그의 얼굴은 새빨갛게 달아올랐다가 차갑게 식기를 반복했다.

아렌트가 피식, 입꼬리를 올렸다.

"이래저래 곤란해지지 않겠어요, 베첼 씨?"

속을 긁으려는 목적이 분명한 한마디였다.

베첼은 이를 으득, 악물고는 땅을 박차고 아렌트를 향해 달려들었다.

"그 주둥일 다물게 해 주지!"

이번에는 아렌트도 검을 뽑고 응수했다.

콰아아앙!

두 사람이 서로 맞부딪치며 커다란 쇳소리가 밤하늘을 찢어발겼다.

베첼의 검을 온몸으로 받아 낸 아렌트가 짧게 신음을 흘렸다. 파들파들 떨리는 아렌트의 팔을 본 베첼이 사납게 짓씹었다.

"관찰력은 제법 좋은 모양이지만, 그것만으로 해결될 일은 아무것도 없다. 너는 내 손에 꼭 죽는다."

아렌트는 아무 말 없이 입꼬리를 비틀었다.

명백한 비웃음이었다.

참을 수 없는 기분에 베첼은 아렌트를 그대로 강하게 밀쳐 냈다. 아렌트는 억지로 버티지 않고 뒤로 물러섰다가, 다시 땅을 박차고 빠른 속도로 베첼을 향해 쇄도했다.

캉! 카앙!

빠르게 쏘아진 아렌트의 검이 몇 차례나 강하게 밀어붙였지만 베첼은 커다란 바위라도 된 듯 굳건히 버텼다.

베첼이 침착하게 대꾸했다.

"힘으로는 상대할 수 없다. 자네도 알 텐데."

전반적인 신체 능력을 향상시켜 주는 베첼의 아티팩트와는 달리, 아렌트의 서리 어린 손길은 그 이름대로 직접 손을 써야 한다는 단점이 있었다.

신체 조건의 차이가 압도적으로 나는 지금 상황에서는 효율적인 운용이 어려운 것이다.

한 걸음 뒤로 물러선 아렌트의 검에 흐릿한 검기가 휘감겼다.

베첼 역시 그에 응수하듯 검기를 일으켰다. 불길같이 새빨간 검기가 베첼의 두꺼운 검에 새겨졌다.

베첼이 커다랗게 호령했다.

"와라! 미숙한 기사야!"

양손으로 검을 꽉 그러쥔 아렌트가 전력을 다해 검을 내리쳤다.

두 사람이 정면으로 맞부딪쳤다.

당연히 힘 싸움에서 밀려나는 것은 아렌트였다.

드드득. 힘으로 버티고 선 아렌트의 발이 천천히 뒤로 밀리기 시작했다. 아까 아서와 같은 상황이었다.

베첼은 짧게 한숨을 내쉬었다.

"이런 실력으로 잘도 건방을 떨었군. 잠시나마 흔들린 내가 한심하게 느껴질 정도야."

"미안하게 됐네. 건방 떠는 게 특기라."

과한 힘을 받은 손이 덜덜 떨리는 와중에도 아렌트는 삐딱한 미소를 흘렸다.

그리고 그 순간, 베첼은 뒤쪽에서 살기를 느꼈다.

목덜미가 서늘해졌다.

강렬한 위기감이 느껴졌다.

그는 아렌트를 떨쳐 내 버렸다. 아렌트가 바닥을 나뒹구는 것을 확인할 틈도 없이 베첼은 뒤를 돌아보았다.

하지만, 이미 늦은 뒤였다.

푸욱.

베첼의 심장에 아서의 검이 파고들었다. 경악에 커다랗게 떠진 베첼의 눈동자가 순식간에 빛을 잃어버렸다.

아서는 그의 상체를 관통한 검을 쑤욱, 뽑아냈다.

목숨을 잃은 몸뚱이가 털썩, 육중한 소리를 내며 쓰러졌다.

베첼의 시신에 눈길도 주지 않고, 아서는 비척비척 몸을 일으키는 아렌트를 힐끗 보았다.

"야, 목 잘 붙어 있냐?"

"물론이죠."

짜증 섞인 익숙한 목소리에 아서가 쯧, 혀를 찼다. 하지만 그것도 잠시, 그의 입가에 쓴 미소가 걸렸다.

"그것참, 유감이네."

"별말씀을."

퉁명스레 대꾸한 아렌트가 입에 고인 피를 뱉어 냈다.

"멋지네요. 기사라는 사람이 뒤에서 습격이나 하고."

몸을 바로 세우며 아렌트가 툭 내뱉었다. 짧게 몇 합을 주고받는 사이 멀끔하던 그의 모습은 어느새 너덜너덜해진 뒤였다.

아서가 눈살을 구기면서 쏘아붙였다.

"네가 그렇게 유도했잖아, 이 자식아."

"누가 뭐라고 했어요? 멋지다니까."

아렌트는 한 번 더 제 입가를 훔쳐 내며 삐딱하게 말했다.

그래도 그 찰나의 순간 아서가 아렌트의 의도대로 움직여 주지 않았더라면, 일이 이렇게 쉽게 풀리지는 않았을 거였다.

'그것도 그나마 융통성 있는 저놈이라 가능한 일이었지.'

다른 기사였다면 엄두도 못 낼 일이었다.

조무래기들을 처리한 뒤에 돌아오자마자 베첼을 향해 "내가 상대해 주지!"라고 외칠 게 뻔하니까.

기사란 건 원래 그런 족속이었다.

아렌트가 되는 대로 지껄이며 시선을 끄는 사이 뒤에서 덮친다.
제 몸을 숨기는 데 능하고, 정면으로는 감당하기 어려운 힘을 가진 베첼을 상대하기에 이것보다 좋은 수는 없었다.
베첼은 죽기 직전까지 아렌트가 자신을 상대로 1대1 대결을 펼치겠거니 여겼겠지만, 실상은 그것과는 거리가 좀 멀었던 것이다.
그 사실을 상기한 아서는 조금 떨떠름해졌다.
하지만 이내 피 묻은 검을 몇 차례 터는 것으로 상념을 쫓아내 버렸다. 그 기책으로 자신 역시 목숨을 구했으니까.
"그래서 진짜 어떻게 온 거냐? 아무한테도 말 안 했는데."
"뒤를 밟았다면 어쩔 건데요. 단장님한테 일러바치려고?"
"너는 말을 해도 진짜……."
"사소한 건 넘어가자고요."
그의 눈길이 바닥에 엎어진 베첼에게 향했다. 진득하게 풍기는 피 냄새가 새벽의 차가운 공기로 파고들었다.
아렌트는 자연스레 드는 역겨움을 꾹, 억누르며 시신 쪽으로 다가갔다.
아서는 살짝 인상을 쓰면서도 아렌트가 하는 양을 가만히 지켜보기만 했다.
얼마 뒤, 그는 베첼의 손가락에서 굵은 반지 하나를 빼냈다.
"그거 뭐냐?"

"전리품이요."

"……."

이놈, 기사로서 정말 괜찮은 걸까.

아서는 아까 애써 쫓아낸 잡념이 다시 찾아오는 것을 느꼈다. 그것도 처음보다 더욱 강렬하게.

하지만 아서가 그러든 말든 아렌트는 반지를 주머니에 넣어 챙기고, 다음으로는 아직도 기절한 상태인 이들에게 다가섰다.

"이놈들도 성으로 끌고 가 봤자 별 소득은 없을 겁니다. 이스트 금고에 쳐들어왔던 놈들이랑 비슷한 상태일 테니까요."

"그럼 풀어 주자고?"

"횡설수설하는 놈들을 사형대에 세워 봤자 의미 없잖아요. 지금 여기에서 죽이는 것도 괜히 꿈자리만 뒤숭숭할 것 같고…… 아, 찾았다."

아렌트는 한 사람의 주머니에서 또 무언가를 꺼냈다.

작은 열쇠였다.

그것을 본 아서가 반응했다.

"아, 그거."

"어디 열쇠인지 알죠?"

아렌트는 몸을 일으키고는 아서에게 열쇠를 휙 던졌다. 아서는 얼떨결에 그것을 받아 들었다.

"가 봐요. 실컷 두드려 맞았는데 뭐라도 건져 가야죠."

"……그러고 보니까 너, 아까 내가 처맞는 것도 그냥

보고만 있었지?"

"적당한 타이밍에 끼어들려고요. 적 움직임도 좀 파악할 겸. 시원하게 잘 얻어맞던걸요? 그러다 진짜 뒈질려나, 싶기도 했는데. 선배, 맷집 좋네요."

열쇠를 쥔 아서의 주먹에 불끈, 힘이 들어갔다. 그러자 딱 맞는 타이밍에 아렌트가 고개를 갸웃했다.

"왜요? 설마⋯⋯ 때리게요? 목숨을 구해 줬는데? 고작 그런 이유로?"

동그란 눈매 안에 자리 잡은 눈이 무구하게 반짝거렸다.

말갛고 무해하기만 한 얼굴은 아렌트의 고운 낯짝과 참 잘 어울렸다. 앞뒤 사정을 모르는 사람이 본다면 감탄을 터뜨릴 법도 한 모습이었다.

하지만 안타깝게도 아서로서는 한 대 갈겨 주고 싶다는 충동만 더 강해질 뿐이었다.

그리고 그 사실을 알더라도 아렌트는 별로 유감스러워하지 않을 터였다. 그가 의도한 바가 바로 아서를 빡치게 만드는 것일 테니까.

이를 악문 아서의 입술 사이에서 억눌린 소리가 흘러나왔다.

"아니다. 됐다⋯⋯."

아서를 힐끗 곁눈질한 아렌트가 씨이익, 웃음을 터뜨렸다. 그는 주먹을 꾹 쥐고 부들부들 떠는 아서를 지나쳐 휘적휘적, 먼저 걸음을 옮겼다.

뒤에서 아서가 뭐라 투덜거리며 따라왔다.

온몸이 욱신거렸고, 처음 맡아 보는 대량의 피비린내 때문에 속이 메스꺼웠지만, 기분은 그리 나쁘지 않았다.
 이야기 중 가장 마음에 안 들던 부분을 제 힘으로 뜯어고쳤다.
 이 자리에서 죽었어야 할 사람은 제 뒤에서 구시렁거리며 터덜터덜 걸음을 옮겼고, 앞으로도 그들을 제법 귀찮게 할 녀석은 미리 배제하는 데 성공했다.
 이쯤 되면 나쁘지 않은 시작이었다.
 휘영청 뜬 달이 참 밝았다.

* * *

 그들은 얼마 지나지 않아 처음 싸움이 시작된 자리로 돌아왔다.
 아서는 문을 하나하나 세어 가며 놈들이 모여 있던 집 앞을 찾아냈다.
 "잔당은 없겠지?"
 "아마도요. 제가 아는 바로는……."
 긴장하며 속닥거리는 아서를 다시 앞지르며 아렌트가 태연하게 말했다.
 아서는 그를 멍하니 보다 문득 제 손이 빈 것을 깨달았다. 방금까지 그가 쥐고 있던 열쇠가 어느새 아렌트의 손에 가 있었다.
 "임시 집합소나 창고 비슷한 곳으로 쓰는 장소일 겁니

다. 아마 지금은 아무도 없을 거예요."

 손아귀의 열쇠를 휙, 허공으로 던졌다가 다시 받으며 아렌트가 대꾸하더니만, 조심성 없이 문으로 다가가 열쇠를 집어넣고 돌렸다.

 달각.

 별 저항도 없이 잠금이 풀리는 소리가 들렸다.

 아렌트 말대로 내부에서는 아무런 기척도 느껴지지 않았다.

 어느새 가까이 다가온 아서가 아렌트를 밀어내고 문고리를 잡았다.

 스르륵, 문이 열리고…… 진득한 어둠에 잠긴 실내가 드러났다.

 아서는 현관 근처에 있던 등불을 찾아내 불을 밝혔다.

 제법 넓은 집 안 한가운데에 둥그런 탁자와 의자가 놓여 있었다. 바닥에는 러그가 깔려 있고, 별로 먼지가 쌓이지 않은 것을 보니 바로 직전까지도 이용한 모양이었다.

 "이야……."

 아서의 입에서 탄식 같은 감탄이 흘러나왔다.

 아렌트는 아서를 따라 시선을 옮겼다. 벽에 걸린 온갖 병장기들이 등불의 빛을 받아 살벌하게 번뜩였다.

 검, 창, 방패는 물론 각종 암기들이 금방이라도 사용할 수 있을 것 같은 상태로 진열되어 있었다.

 '무대 소품실 같네.'

 아렌트는 엉뚱한 생각을 떠올렸다.

이게 무대 소품 따위가 아니라 실제로 사람을 죽이는 데 쓰는 물건이라는 사실이 기분을 묘하게 만들었다.

아렌트는 벽에 가까이 다가가 무기들을 자세히 살펴보았다.

"내다 팔아도 되겠네. 유사시에 꺼내 들고 바로 전장에 합류할 수 있게 만들어 둔 건가 봐요."

"넌 돈도 많은 놈이 그런 농담을 하냐?"

아렌트는 순간적으로 받아칠 말을 바로 떠올리지 못했다. 살면서 한 번도 들어 본 적 없는 한마디였기 때문에.

하지만 곧 심드렁하게 내뱉었다.

"돈은 많을수록 좋잖아요. 어쨌든 유별날 건 별로 없어 보이는데……."

한 발짝 내딛던 아렌트는 문득 시선을 아래로 옮겼다.

그리고 잠시 후, 그의 미간이 살짝 좁혀졌다.

"선배."

"엉?"

"이거 무슨 그림이에요?"

아렌트의 눈길이 방 가운데에 있는 테이블에 닿아 있었다.

아서는 등불을 테이블 쪽으로 비췄다.

그제야 아서는 테이블 위에 의미를 알 수 없는 그림이 새겨져 있다는 사실을 눈치챘다.

"이건……."

아렌트는 손으로 윤곽을 짚어 보았다. 꼭 성당의 스테인드글라스처럼 어지러운 곡선이 얽히며 하나의 그림을 만들어 냈다.

심장 하나를 꿰뚫은 세 개의 검을, 두 마리의 뱀이 타고 올라가는 듯한 모습이었다.

예술적일지는 모르겠지만 보기에 딱히 유쾌한 이미지는 아니었다.

아서 역시 같은 생각인지 살짝 눈살을 찌푸렸다.

"놈들이 사용하는 표식 같은 건가?"

"표식이라……."

아렌트는 그의 말을 따라 중얼거렸다.

눈앞의 형상은 그림이라기보다 하나의 문양처럼 보였다. 소설에서는 본 적도, 묘사된 적도 없는 거였다.

'그러고 보니 그놈들 정체가 밝혀졌던가?'

지금까지는 신경 쓰지 않았던 문제였다.

놈들은 내전을 일으켰고, 몇몇 귀족들조차 그들에게 가세했다. 하지만 소설에서는 그들을 그저 '반군'이라 명명할 뿐, 제대로 된 명칭이나 상징 같은 게 나타난 적은 없었다.

잠깐 상념에 잠겨 있던 아렌트의 정신을 깨운 것은 바로 아서였다.

"이건 단장님께 보고드려야겠군."

"그러게요."

아렌트는 마지막으로 문양을 꼼꼼히 살피고 나서야 거기에서 눈을 뗐다.

두 사람은 집 전체를 샅샅이 뒤졌다. 하지만 다른 비밀

통로나 공간의 흔적은 찾아볼 수 없었다.

결국 그들은 동이 트기 직전이 되어서야 수색을 멈췄다.

"일단 여기는 그대로 둘까요? 베첼이 죽었다는 사실이야 그쪽에 금세 알려지겠지만, 우리가 이 집까지 뒤적거렸다는 건 모를 테니까."

"뭐? 남겨 놔서 어쩔 건데?"

"찾아오는 놈이 하나라도 있을 거 아니에요. 그럼 그때 잡아다가 족치는 거죠."

"……."

아렌트를 향한 아서의 눈이 심란함에 가득 차올랐다.

아렌트는 그를 똑바로 마주 봤다.

"왜요?"

"……아니다."

분명히 괜찮은 기책이었다.

하지만 정말, 기사가 이래도 되나?

저 말간 주둥이에서 툭툭 튀어나오는 주옥같은 말들이 자꾸만 아서를 혼란스럽게 만들었다.

아렌트는 어깨를 으쓱했다.

"수틀리면 바로 명예롭게 뒈질 생각이나 하는 선배들 머리에서는 나오기 어려운 발상이겠죠. 해 뜨기 전에 가요. 아침부터 이런 꼴로 돌아다니면 우리가 먼저 체포당할걸요."

그리고 아렌트는 발걸음도 가볍게 그 자리를 먼저 떠버렸다.

그것참 유감이네 〈173〉

아서는 이번에도 한숨을 푹푹 내쉬며 건방진 후배의 뒤를 따라갈 수밖에 없었다.

* * *

"……."

아서와 아렌트를 마주한 라이오스는 순간 할 말을 잃어버린 듯했다. 아서는 자신들을 황당하게 보는 라이오스의 시선을 슬그머니 피해 버렸다.

분명 전날 밤에 아서를 불러서 몰래 혼자 내보낸 그였다.

생각보다 복귀가 늦어져서 마음을 졸이던 와중, 동이 틀 때가 되어서야 아서는 아렌트와 나란히 성문에 들어선 것이다.

두 사람 다 몰골이 말이 아니었다.

입고 나갔던 로브는 군데군데가 찢어졌고, 누군가에게 얻어맞은 상처 하며, 머리카락에도 흙먼지가 붙어 있었다.

라이오스가 애써 침착하게 물었다.

"……싸웠나?"

주어조차 제대로 없는 한마디였지만 그것만으로도 뜻을 전달하기에는 충분했다.

아서가 여러 말을 꾹꾹 눌러 담으며 입을 열었다.

"뜻밖의 전투가 있었습니다. 싸우긴 했지만, 제 옆에 있는 이 개자식이랑 벌인 주먹다짐은 아닙니다."

"생명의 은인한테 개자식이라니, 말이 너무 심하시네."

"……."

"기사들의 귀감이 따로 없던데요? 크으, 죽음마저 불사하다니."

감탄을 내뱉던 아렌트가 진지하기 짝이 없는 얼굴로 제 가슴팍 위에 한 손을 척 올렸다.

"네놈들 뜻대로는 안 된다. 내 목숨을 버리는 한이 있더라도!"

"닥쳐라. 제발."

아서의 꽉 쥔 주먹이 부들부들 떨렸다.

두 사람의 실랑이가 길어질 듯하자 라이오스가 재빨리 끼어들었다.

"일단은 보고부터 해라. 판단은 그다음에 하겠다."

잠시 아렌트를 흘겨본 아서가 끙, 하고 앓는 소리를 내며 지난밤에 있었던 일을 풀어놓았다.

한바탕 보고가 끝났을 시점에는 라이오스의 얼굴이 딱딱하게 굳어 있었다.

편두통이 치밀어 오르는지, 그는 관자놀이를 꾹꾹 짚었다가 이내 한숨을 크게 내쉬었다.

"알 수 없는 문양이라…… 그건 내가 조사해 보지. 시신들은 따로 사람을 보내 수습해야겠군. 그리고, 아렌트."

착 가라앉은 목소리가 아렌트를 불렀다. 아렌트는 고개를 들고 라이오스를 똑바로 바라보았다.

그 뻔뻔한 태도에 라이오스는 조금 더 싸늘하게 말했다.

"명령 불복종 시에는 즉결 처분. 무단 외출 역시 거기에 포함된다. 그걸 잊어버리지는 않았을 텐데."

"저는……."

"단장님."

잘못한 게 없다, 이렇게 말하려던 아렌트는 불쑥 끼어든 아서 때문에 미처 이야기를 끝맺지 못했다.

"제 불찰입니다. 이 녀석 덕분에 살아서 돌아온 것도 사실이니 제가 책임지겠습니다."

그렇게 말하는 아서는 제법 다급해 보였다.

아렌트는 눈을 끔뻑이며 라이오스와 아서를 번갈아 보았다.

라이오스는 한동안 대답하지 않았다. 그저 읽어 낼 수 없이 차가운 눈으로 두 사람을 내려다볼 뿐이었다.

그리고 잠시 후, 그의 입에서 천천히 한숨이 흘러나왔다.

"그래, 두 사람 다 고생했다."

툭.

라이오스의 손이 예고 없이 올라가 두 사람의 머리를 한 번씩 꾹, 짚고 지나갔다.

이번 일은 불문에 붙이겠다는 뜻이었다.

잠시 멍하니 있던 아서의 얼굴에 환한 미소가 피어났다.

라이오스는 두 사람을 내버려 둔 채 일의 뒤처리를 하러 먼저 집무실을 빠져나갔다.

4장. 인생은 민첩하고 착하게

인생은 민첩하고 착하게

수습은 그리 오래 걸리지 않았다.

베첼의 시신은 라이오스의 명을 받은 다른 사람들이 수습했고, 현장에 있던 이들도 깨어나기 전에 발견되어 황궁에 압송됐다.

아렌트의 추측대로 당연히 알아낼 건 없었다. 그자들도 계속 했던 말만 횡설수설 반복하고 자신들의 이름조차 기억하지 못하는 상태였으니까.

"그래서 그놈들은 어쩐대요?"

"몰라. 위에서도 골머리 썩는 모양이던데, 알아서들 하시겠지. 우리가 알 바는 아닌걸."

아렌트와 아서는 연무장에서 마주 보고 섰다.

이제는 서로에게 제법 익숙해진 상황이었다. 주변의 다른 기사들 역시 두 사람이 대치하는 게 낯설지 않은지 본

척 만 척하고 있었다.

아서는 뺨에 커다란 반창고를 붙이고 있었지만 그것 외에는 둘 다 멀끔한 모습이었다. 아서는 주변의 동료들이 자신들에게 주의를 기울이지 않는다는 걸 확인하고는 목소리를 낮췄다.

"야, 그것보다…… 그놈이랑 나누던 이야기는 뭐냐?"

"네?"

"시치미 떼지 마, 이 자식아. 내가 도착하기 직전에 그놈이랑 진지하게 말을 나눴잖아. 회수해야겠다니 뭐니 하면서."

쯧.

아렌트는 혀를 찼다. 정신없이 달려드는 와중에도 들을 건 들은 모양이었다.

아서의 말이 이어졌다.

"베첼을 죽이고 나서 빼앗은 거랑 관련 있지?"

"뭐, 그렇다고 할 수 있죠."

아렌트는 삐딱하게 고개를 끄덕였다.

대화를 나누는 중에도 두 사람은 대련용 목검을 뽑아 들고 서로 거리를 벌렸다.

"자세히 설명 안 할 거냐?"

"말해 봤자 알아요?"

"진짜 죽고 싶지?"

"사양하겠습니다. 난 누구랑 달리 비장한 죽음을 맞는 취미는 없어서요."

검을 쥔 아서의 손에 힘이 꽉 들어갔다.

조금 더 긁으면 진짜 죽기 살기로 덤벼드는 아서의 모습을 볼 수 있을 것 같다는 생각이 들었다.

아렌트가 그것을 실천하고자 다시 입을 떼려는 순간, 두 사람 사이에 불쑥 목소리가 끼어들었다.

"시끄럽다. 연무장에서 쓸데없이 소란 부리지 마라."

아서와 아렌트는 동시에 목소리가 들려온 곳을 향해 고개를 돌렸다. 그리고 상대를 확인한 순간, 아서가 살짝 인상을 찌푸렸다.

"……리히트 선배님."

제복을 단정히 갖춘 기사 한 명이 그들을 향해 다가왔다.

그려 낸 것 같은 미남형 얼굴에, 깨끗하게 넘긴 금발과 시릴 듯한 새파란 눈동자가 인상적이었다.

"며칠 전에는 꼴사납게 돌아왔다지. 황궁을 무단이탈한 놈 덕분에 간신히 목숨을 건져서."

그의 걸음걸이와 바르게 선 자세에서부터 엄격한 귀족가의 기사라는 것이 고스란히 드러났다.

아렌트는 한 박자 늦게 그가 누구인지 알아보았다.

'리히트 폰 크리산타였군.'

아서가 이 기사단에서 가장 인간적인 사람이라면, 저 사람은 라이오스의 손이 미처 닿지 않는 데까지 기품과 기강을 잡는 역할이었다.

리히트는 아렌트와 마찬가지로 귀족가 출신이었다.

대대로 기사를 배출해 냈다는 집안에서, 정석대로 엘리트 코스를 밟아, 기사단까지 입단한 사람.

'그런 주제에 가족이랑은 별로 사이가 안 좋다고 했던가.'

아서가 깔끔한 일 처리와 때때로 발휘하는 융통성으로 라이오스의 신뢰를 얻었다면, 그는 올곧음과 통솔력으로 라이오스를 도왔다.

그런 두 사람은 성향의 차이 때문에 종종 부딪치고는 했다.

아서가 리히트보다 한참 후배였으니 일방적으로 갈굼당하는 쪽이긴 했지만.

리히트가 앞에 버티고 서자 아서는 검을 내리고 고개를 꾸벅, 숙였다. 하지만 아렌트는 눈을 치켜뜨고 그를 빤히 바라볼 뿐이었다.

아니나 다를까, 리히트가 슬쩍 인상을 구겼다.

"그 표정은 뭐지?"

"존경하는 선배님을 바라보는 표정인데, 왜요?"

아렌트는 뻔뻔하게 그를 마주 보았다.

그와 눈이 마주친 리히트의 눈썹이 꿈틀, 움직였다.

"그 건방진 입은 고쳐질 줄을 모르는군. 한 번까지는 봐주겠지만 두 번은 없다."

"봐주다니, 뭘요? 아, 제 얼굴이 좀 잘생기긴 했죠. 많이 보세요."

아서가 옆에서 입을 쩍, 벌리는 것이 보였지만 당연히

아렌트는 아랑곳하지 않았다. 그는 한술 더 떠서 팔짱을 끼고 무심한 얼굴 그대로 고개를 갸웃했다.

"아니면 뭐, 왜 배신자 새끼 따위랑 노냐고 저 사람 혼내러 왔어요? 쟤는 나쁜 녀석이니 같이 놀지 마라~ 이런 건가."

"야, 야!"

기겁한 아서가 아렌트의 어깨를 붙잡았다. 하지만 아렌트는 그 손을 툭 쳐 냈다.

리히트의 낯은 이제 완전히 일그러져 있었다.

아렌트가 히죽, 웃으며 한마디를 더 덧붙였다.

"시정잡배도 아니고."

"……."

검집을 잡은 리히트의 손이 부들부들 떨렸다.

아렌트는 심드렁한 눈으로 시시각각 변하는 그의 얼굴을 관찰했다. 대충 예상했던 대로 올곧은 만큼 건방 떠는 애새끼에 대한 분노 역시 큰 모양이었다.

'성검의 푸른 기사'를 읽을 때는 리히트라는 캐릭터를 제법 좋아했다. 냉철하고, 예리하고…… 더군다나 위험한 상황에서는 누구보다 먼저 앞에 나서는 정의로운 사람이니까.

하지만 지금은 굳이 걸어오는 시비를 피할 필요는 없었다.

아서에게 말을 걸며 다가왔지만 리히트는 아까부터 아렌트만을 뚫어져라 보고 있었다.

리히트가 한 번 더 경고했다.

"두 번은 안 봐준다고 했을 텐데."

"안 봐주시면요? 단장님께서 문제 삼지 않겠다고 말씀하신 일에 직접 단죄라도 하시게요?"

"미친놈아, 입 안 닥쳐?"

아서가 기겁하며 아렌트의 뒷덜미를 잡아챘다.

"켁."

"선배님, 죄송합니다. 제가 대신……."

"그렇다. 견습 기사를 올바른 길로 이끄는 것도 내 임무 중 하나니까."

리히트는 아서의 말허리를 잘라 버리고 아렌트를 쏘아보았다. 한 번 더 아서를 뿌리친 아렌트는, 한 걸음 성큼 나서며 리히트와 눈싸움을 벌였다.

소란이 커지자 다른 기사들 역시 슬금슬금 모여들기 시작했다.

아렌트는 힐끗, 곁눈질로 분위기를 살폈다.

리히트의 말이 이어졌다.

"간밤에 무단으로 황궁을 이탈했다고 들었다. 따로 명령을 받은 아서를 뒤따라간 게 맞나?"

"네, 그랬습니다."

아렌트는 뻐딱하게 고개를 끄덕였다.

아서의 얼굴이 딱딱하게 굳었다.

"선배님, 그건……."

"단장님은 그냥 넘어가신 모양이지만, 선배가 된 입장

에서 그럴 수는 없지."

리히트는 아서를 싸늘하게 쳐다보는 것으로 그의 입을 틀어막아 버렸다.

리히트의 눈썹이 더욱 구겨졌다.

"멀리 보자면 너를 위하는 길도 되겠군. 지금껏 어리다는 이유로 내버려 뒀더니 결국에는 우려했던 일이 터졌으니."

"……."

"그런 와중에 기껏 목숨을 건졌는데, 새로이 얻은 기회를 낭비해서는 안 되겠지."

굉장히 과묵한 이미지와는 달리 리히트는 의외로 말이 많았다. 그만큼 화가 치밀었다는 뜻이었다.

아렌트는 심드렁하게 그를 바라보았다.

"그래서요?"

그 태도가 리히트를 더욱 자극한 모양이었다.

리히트가 목소리를 낮춰 으르렁거렸다.

"아렌트, 반성할 기미가 전혀 보이지 않는군. 최근 가까이 지낸다는 아서는 물러 터졌고, 단장님은 널 직접 지도하실 정도로 한가한 분이 아니니, 내가 직접 나설 수밖에."

"선배님!"

"뭐, 나쁘지 않네요. 대애단하신 선배님께서 한 수 가르쳐 주신다면 굳이 거절하지 않겠습니다."

상황이 심상치 않게 돌아가자 아서가 급하게 끼어들었

지만, 이번에는 아렌트가 그의 말을 막아 버렸다.

"과연 쓸 만한 가르침을 주실 수 있을지는 의문이지만요."

"뭐……?"

리히트는 슬슬 분노를 넘어 황당함을 느끼는 중이었다.

아렌트가 재능이 넘친다고 하더라도, 리히트와 견줄 수 있는 것은 아니었다. 하지만 아렌트는 한술 더 떠 아서를 팔꿈치로 꾹 찌르고 있었다.

"선배, 뭐 해. 그거 리히트 선배 줘요."

"어?"

멍청하게 대꾸하던 아서는 한 박자 늦게 자신이 든 목검을 보았다.

짜증스럽게 혀를 찬 리히트가 아서를 향해 손을 내밀었다.

그 의미는 분명했다.

결국 아서는 한숨을 푹, 내쉬며 리히트에게 목검을 건넬 수밖에 없었다.

"선배, 아까 그거 궁금하댔죠."

"뭐?"

그때 아렌트가 뜬금없는 말을 꺼냈다.

아렌트는 몸을 풀며 툭 내뱉었다.

"자세히 설명은 안 해 줄 거지만, 구경 정도는 시켜 줄게요."

"뭐라고?"

아서가 아연실색했지만 아렌트는 어느새 리히트의 뒤를 따라 연무장 한가운데로 종종걸음을 치는 중이었다.

이게 바로 리히트가 건 시비를 두 배로 부풀려서 반사한 진짜 이유였다. 마침 시험해 보고 싶은 게 있었으니까.

난데없이 벌어진 대련에 기사들이 두 사람을 중심으로 둥글게 자리를 잡았다. 아서 역시 황당해하면서도 그 사이에 낄 수밖에 없었다.

"버릇을 고쳐 줘야지."

"재판정에서 살아 돌아왔다고 지나치게 기고만장해졌어."

기사들이 그렇게 두런거리는 목소리가 들렸다.

아서는 생각했다. 기고만장해진 게 아니라 원래 이런 새끼였다고.

'감옥에 처박히기 전보다 조금 더 돌아 버린 것 같은 감은 없지 않아 있지만.'

아서는 초조하게 두 사람을 응시했다.

아렌트와 리히트는 적당한 거리를 벌리고 마주 보았다.

리히트는 정말로 머리끝까지 화가 난 듯 보였다.

"세상은 네가 생각하는 것보다 훨씬 넓다. 너보다 잘난 사람도 얼마든지 있다. 그 점을 유념하도록."

아렌트는 굳이 대꾸하지 않았다. 대신 무심하게 그를 재촉할 뿐이었다.

"시작 안 해요?"

"……내 손속이 과하다고 해서 탓하지 마라. 이후 문제가 되면 단장님께 직접 죄를 청할 테니까."

결국 이성을 놓아 버린 리히트가 사납게 으르렁댔다.

그때, 아서는 아렌트의 낯에 미묘한 미소가 스치는 것을 보았다.

문득 최근 며칠간의 일들이 떠올랐다.

이스트 금고 건과 며칠간 심심찮게 했던 대련, 그리고 바로 전날 밤, 베첼을 상대했던 일까지.

수련차 한 대련에서 아서는 약간의 힘을 들이는 것만으로도 충분히 아렌트를 제압할 수 있었다.

하지만 적들을 앞둔 아렌트는 조금 달랐다.

제대로 말을 섞은 건 얼마 되지 않았지만, 건방진 후배놈을 파악하기에는 충분한 시간이었다.

그런 상황에서 아렌트가 제일 잘하는 건.

"시선 끌어서 정신없게 만들기, 함정 파기, 뒤통수치기……."

게다가 방금 지나가듯이 툭 던진 말까지.

뭔가를 보여 준다고 했다.

"아서, 뭐라고?"

"마, 말려야 하는 거 아냐?"

아서가 무심코 소리 내어 중얼거리자 옆에 있던 기사가 물었다. 하지만 아서는 거기에 대꾸해 줄 수 없었다.

이 흐름이라면, 이 대결에서 피를 보는 건 아렌트가 아니라…….

거기까지 생각이 미친 아서의 낯이 사색이 되었다.
"와아아아!"
"리히트 선배님, 아주 콧대를 꺾어 줍시다!"
기사들의 함성이 터짐과 동시에 리히트와 아렌트가 서로를 향해 땅을 박차고 달려들었다.
평소라면 어린 후배를 상대로 공격을 퍼붓지는 않겠지만, 머리에 열이 오른 리히트 역시 이번에는 사정을 봐줄 생각이 전혀 없었다.
"후회하게 해 주마!"
리히트가 검을 치켜들고 지척까지 접근한 아렌트의 어깨를 내려치려는 그 순간, 아렌트의 모습이 눈앞에서 사라졌다.
"……?!"
리히트가 눈을 크게 떴다.
부웅!
검이 거세게 허공을 갈랐다.
리히트는 황급히 아렌트의 모습을 찾았다.
어느새 상대는 안전한 곳까지 거리를 벌리고 검을 쳐든 채였다. 방금 리히트가 보인 움직임과 똑같았다.
한 치의 망설임도 없이 아렌트는 검을 내리쳤다.
따아아악!
두 자루의 검이 맞부딪쳤다.
그리고 잠시 후.
우지끈.

조용해진 연무장에 무언가가 부러지는 소리가 울려 퍼졌다.

"……."

함부로 입을 여는 사람은 아무도 없었다. 심지어는 리히트마저도 지금 무슨 일이 벌어졌는지 이해하지 못한 눈치였다.

아렌트는 천천히 자세를 바로잡았다. 그러고는 제 어깨에 목검을 걸쳤다.

"세상은 선배가 생각하는 것보다 훨씬 넓어요."

툭.

두 동강 난 리히트의 목검이 그제야 바닥에 떨어졌다. 리히트는 얼어붙은 시선을 간신히 옮겨 아렌트를 보았다.

리히트와 눈을 마주친 그는 태연자약한 얼굴로 담백하게 덧붙였다.

"선배보다 잘난 사람도 얼마든지 있는 법입니다."

"……."

입을 여는 사람은 아무도 없었다.

함성은 순식간에 경악으로 바뀌었다.

제 선배들의, 관중의 시선을 고스란히 느끼며 아렌트는 슬그머니 입꼬리를 올렸다.

"그 점을 유념하셔야겠죠?"

유난히 선명한 아렌트의 목소리가 낭랑하게 새겨졌다.

한껏 빈정거리는 어조가 묘한 유쾌함을 머금었다.

* * *

 황당했다.
 지금 이 상황을 설명하기에 황당이라는 단어 이외의 것을 찾을 수가 없었다.
 지켜보던 아서가 어이없이 입술을 달싹였다.
 "저거……."
 순식간에 접근해 강인한 일격을 날린다.
 아렌트가 선보인 것은 분명히 베첼의 것과 닮아 있었다. 게다가 리히트의 깨끗한 내려치기까지 응용한 움직임이었다.
 '보여 준다는 게 이거였나?'
 기사들의 경악에 찬 시선이 아렌트에게 꽂혔고, 연무장에 진득하게 흐르는 침묵을 깬 사람은 바로 리히트였다.
 "너."
 리히트가 천천히 몸을 바로 세웠다.
 그의 새파란 눈동자에 조용하면서도 뜨거운 분노가 고스란히 비쳤다. 하지만 흘러나온 목소리는 비교적 침착했다.
 "속임수를 썼나."
 "네, 제가 선배랑 맞붙어서 이길 수 있을 리도 없고."
 아렌트가 뻔뻔하게 시인하고는 빙글, 손안에서 검을 한 바퀴 돌렸다가 갈무리했다.

"그렇다고 해서 사람을 작정하고 두들겨 패겠다는데 곧이곧대로 맞아 줄 이유도 없거든요."

"하……."

그 뻔뻔함에 리히트는 도리어 말문이 막힌 모양이었다. 그는 뚝 부러진 검과 아렌트를 번갈아 보다가 헛웃음을 터뜨렸다.

"기사 대 기사의 대련이다. 때로는 명예가 걸린 일일 때도 있고, 가르침을 담을 때도 있지. 이런 짓을 하고서도 네가 기사란 말을 할 수 있나?"

"기사는 사람 아닙니까? 처맞기 싫은 건 똑같은데요. 뭐, 애초에 질 리가 없는 대련을 거신 건 선배님 쪽이잖아요. 제가 선배보다 강했으면 가르침을 주니 뭐니 하면서 검 들고 달려들었겠냐고요."

"……그 점은 인정하겠지만, 죽자고 달려든 건 너다."

리히트가 조용히 딴죽을 걸었다.

시작한 것은 리히트지만, 작은 불씨에 기름을 들이부은 건 분명 아렌트였다. 하지만 그것도 무시해 버린 아렌트는 어깨를 으쓱했다.

"정 그렇게 생각하시면 그냥 속임수 안 쓴 걸로 해도 상관없습니다. 그럼 선배님이 정정당당히 겨룬 실력으로 기사단의 막내 견습 기사에게 보기 좋게 당한 거네요."

"골 때리는군. 그냥 내가 속임수에 당한 걸로 하자."

"네엡, 골 마저 때리세요. 저는 갈 테니까."

손을 휘적휘적 내저은 아렌트는 빙글, 등을 돌려 버렸

다. 무대를 떠나는 그를 붙잡는 사람은 아무도 없었다.
 그야말로 멋진 퇴장이었다.
 눈치를 살피던 아서는 슬그머니 연무장을 빠져나가 아렌트의 뒤를 따라갔다.
 리히트는 잠시 그의 모습을 눈으로 쫓았다.
 "……리히트 선배님, 저렇게 보내도 되는 겁니까? 감히 속임수를 썼다고 하잖습니까!"
 "됐다."
 누군가가 입을 열었다. 하지만 리히트는 고개를 내저을 뿐이었다.
 '어이가 없군.'
 무슨 수작을 부렸냐고 따져 물을 생각조차 들지 않았다.
 목검은 아서에게 넘겨받은 거였고, 대련은 아무도 예상치 못하게 벌어진 일이었다. 그러니 아렌트가 무슨 속임수를 썼든 그건 결국 아렌트의 실력에 기반한 거란 뜻이었다.
 입을 꾹 다문 채 아직도 제 손아귀에 있는 반토막짜리 목검을 응시하는 리히트의 눈이 차분하게 가라앉았다.

* * *

 연무장을 빠져나온 아서는 급하게 주변을 두리번거렸다.
 견습 기사의 옅은 색 제복을 입은 새하얀 뒤통수가 얼마 지나지 않아 눈에 들어왔다.

아서는 거의 뛰다시피 그에게 다가갔다.

"야, 너 도대체 어쩌려고……."

"흐어어어어."

그때 아렌트가 커다랗게 한숨을 내쉬며 그 자리에 주저앉았다.

아서가 눈을 휘둥그레 뜨고 달려갔다.

"뭐야? 왜 그래?"

"왜요?"

아렌트는 눈을 치뜨고 삐딱하게 툭 내뱉었다. 그 꼴에 아서는 이마를 턱, 짚을 수밖에 없었다.

"……눈 좀 곱게 떠라. 그 땀은 또 뭐고? 조금 전까지 멀쩡했잖아."

"마력을 좀 많이 써서. 신경 쓰지 마세요."

잠시 후, 숨을 고른 아렌트가 멀쩡하게 몸을 일으켰다. 순식간에 태세를 바꾼 아렌트를 아서는 어이없는 눈으로 보았다.

"도대체 무슨 짓을 했기에 검이 그렇게 뎅것 부러져? 어지간한 검기도 몇 번은 버티게 만들어진 물건을."

"속임수라고 했잖아요."

아렌트는 아서에게 제 손을 펼쳐 보였다.

아렌트의 예쁘장한 손에는 최근 늘 끼고 다니던 가죽 장갑 대신 검은색의 반지 하나가 자리 잡은 채였다.

아서가 미간을 찌푸렸다.

"그건…… 설마 베첼한테서 빼앗은 거냐? 아니지. 그

놈이 끼고 있던 건 좀 더 크지 않았어?"

"그거 맞아요."

척 봐도 아렌트의 손가락은 베첼의 반 정도 굵기밖에 되지 않았다. 하지만 지금 반지는 아렌트용으로 꼭 맞춘 것처럼 보였다.

"맞다고?"

"네, 그놈이 쓰던 아티팩트. 그쪽에서는 제법 중요한 물건인데…… 빼앗겼으니 속 좀 쓰리겠죠."

"너 진짜 성격 나쁜 거 아냐?"

물어야 할 다른 말들이 많았지만 아서는 그것부터 불쑥 내뱉었다.

아렌트는 그런 바로 위 선배를 잠시 노려보다가 이내 고개를 내저었다.

"됐어요. 난 밥 먹으러 갈 거예요."

"넌 이 지랄을 해 놓고 밥이 목구멍으로 넘어가냐? 아직 이야기 안 끝났거든? 너 이제 어떻게 수습하려고 그래! 리히트 선배 상대로 사기를 치다니, 미쳤어?"

"선배, 더러워서 피하지 무서워서 피하지 않는다는 말 알아요?"

아서는 얼굴을 와락, 구기면서 건방진 후배의 뒤를 따라 걸음을 옮겼다.

"갑자기 그게 뭔 소리야."

"무서운 놈은 못 되어도, 더러워서 피할 놈이 되는 건 생각보다 쉽거든요."

배신자라며 바득바득 기어 와 시비를 걸고 싶은 사람은 단지 리히트만은 아닐 터였다.

그들과 사이좋게 지낸다는 건 애초부터 선택지에 없는 사항이니, 아렌트는 사방팔방 흙탕물을 튀기던 캐릭터 '아렌트'로서의 노선을 확고하게 지키기로 했다.

그 자리에 멍하니 굳어진 아서를 내버려 둔 채, 아렌트는 휘적휘적 걸음을 옮겼다.

멀어지는 그의 뒷모습을 보며 아서가 중얼거렸다.

"정신 나간 놈 아냐, 저거……."

그리고 그는 아렌트가 완전히 시야에서 벗어나고 나서야 진짜 궁금하던 것을 하나도 묻지 못했다는 사실을 깨달았다.

아서가 급하게 헐레벌떡 그를 따라갔다.

"야, 인마! 같이 가!"

* * *

식사 내내 이것저것 캐묻는 아서를 입 다물게 만드는 건 그리 어렵지 않았다.

아렌트는 빵을 입에 한가득 문 채 짜증스럽게 툭 내뱉었다.

"나중에 단장님한테 직접 들으시든가요."

"보고하게?"

"말단이 책임질 일은 아니니까."

의아하게 묻던 아서는 그 한마디에 포기하고 입을 다물어 버렸다.

아서를 떨쳐 내 버린 뒤 방으로 혼자 돌아온 아렌트는, 곧바로 침대에 벌러덩 드러누워 손에 끼워 뒀던 반지를 빼냈다.

착용하고 있을 때는 흑요석을 깎아 만든 듯 반지르르 윤이 났지만, 손가락에서 빠져나가자마자 반지는 제 본연의 낡아 빠진 모습을 되찾았다.

천장에 매달린 샹들리에의 불빛이 투박한 반지 사이로 비쳐 들었다.

잠깐 고민하던 아렌트는 간단히 결론을 내렸다.

"내가 쓸 물건은 아니네."

직접적인 공격 능력을 부여하는 서리 어린 손길과는 달리, 이건 사용자를 보조하는 역할이었다. 그러니 이건 마력도 풍부하고, 검술 실력이 탁월한 사람의 손에 들어가야 한다.

급박한 상황에 사용했다가 마력이 동나서 주저앉는 일이라도 생기면 그대로 개죽음을 당할 게 뻔하니까.

손안에서 반지를 굴리던 아렌트는 쯧, 혀를 차고는 반지를 주머니에 갈무리했다.

머리가 복잡했다.

슬슬 베첼의 죽음이 적들에게도 알려졌을 시간이었다.

그렇다면 서리 어린 손길에 이어 강한 자의 그림자까지 누군가에게 강탈당했다는 것도 알아차렸을 터.

"회수하려고 지랄발광을 할 텐데……."

다행히도 그걸 중간에서 빼돌린 게 아렌트라는 사실은 아직 알려지지 않았지만, 기사단과 적들의 충돌 양상이 지난번과 달라질 거란 사실은 너무나도 당연했다.

"라이오스의 영웅 서사에…… 비극일까, 아니면 희극이려나."

작가도 중간에 쓰다 때려치우고, 결말도 보지 못한 소설이니 끝을 완벽하게 유추하는 건 불가능한 일이었다. 하지만 영웅 서사에 고난과 역경이 뒤따르는 건 당연한 일이었다.

돌아갈 방법을 찾기 전까지 라이오스의 영웅 서사적 해피 엔딩을 바랄 수밖에 없었다. 그래야 생존 확률이 올라가니까.

싫든 좋든 제3기사단에 들러붙어 최선을 다해 협조할 수밖에 없다는 뜻이었다.

성검의 푸른 기사가 향하는 방향은 성공한 영웅의 일대기보다는 비극 쪽에 더 가까웠다. 결말이 다가올수록 기사단 내부의 사망자도 늘어가고, 제국은 절망에 뒤덮였다.

소설 회차가 그렇게 쌓일 때까지 독자들의 주목을 받지 못한 것도 아마 그것 때문일 터였다.

'요즘 말로 고구마투성이였지.'

그렇다면 해야 할 일은 간단했다.

아는 것을 동원해 이야기를 비틀어서 라이오스를 성공한 영웅으로 만드는 것. 그래야지 조만간 벌어질 개판에서 살아남을 수 있을 것 같았다.

그리고 이야기를 바꿀 수 있는 건 극중 등장인물만의 특권이었다.

'어차피 죽었어야 할 아서도 살려 냈고.'

이미 이야기는 틀어지기 시작했다.

소설에서는 찾아내지 못한 흔적도 잡아냈고. 전력이 될 만한 아티팩트도 손에 들어왔다.

그렇게 생각하면 나쁘지 않은 출발인 셈이다.

비극적 요소를 최대한 걷어 내는 게 요점이었다. 그리고 자기 자신을 지킬 만한 수단을 확립하는 것.

원래 이 무대 위에 아렌트를 위한 자리는 없었다. 원작의 아렌트는 라이오스의 고난 중 하나로 소비되고 죽어 버려, 이후의 전개에는 전혀 개입하지 못했으니까.

그러니 그가 존재하는 것만으로도 극이 크게 바뀔 수밖에 없었다. 그렇다면 앞으로도 최선을 다해서 비집고 들어가 역할을 따내는 게 최선이었다.

거기까지 생각했을 때, 바깥에서 똑똑 하는 노크 소리가 들려왔다.

급한 일인지 방주인의 대답도 듣기 전에 시종의 목소리가 먼저 문을 넘어 들어왔다.

"라이오스 단장께서 부르십니다."

"……호랑이도 제 말하면 온다더니."

반지를 갈무리한 아렌트는 벌떡 몸을 일으켰다.

대충 던져뒀던 겉옷을 걸치고 방 밖으로 나갔을 때, 시종은 이미 후다닥 사라진 뒤였다. 흉흉한 일 한가운데에 있는 아렌트와는 엮이기도 싫은 모양이었다.

"누가 잡아먹기라도 한댔나."

인간적으로 보자면 꽤 유감스러운 상황이지만, 그만큼 연기가 잘 통했다는 뜻으로 받아들여도 될 것 같았다. 아렌트는 만족스러운 기분이 되어 혼자 단장의 집무실로 휘적휘적 걸음을 옮겼다.

똑똑.

두어 번 노크하자 안에서 라이오스의 들어오라는 목소리가 들렸다.

아렌트는 스스럼없이 문을 열었다. 하지만 안에 보이는 면면을 보고는 제아무리 그라도 한순간 멈칫할 수밖에 없었다.

세 단장이 집무실의 푹신한 소파에 둘러앉아 그를 향해 시선을 던졌다.

"어서 와라, 아렌트 경."

제1기사단장, 켄드릭이 제일 먼저 아는 척을 했.

제2기사단장 다이아나가 놀리듯이 말했다.

"그새 제법 사고를 치고 다닌 모양이지?"

"사고 친 적은 없습니다."

"그렇지 않아도 방금 재미있는 이야기를 들은 참인데. 기사들이 수군대고 다니더군."

아렌트가 딱 잘라 대꾸했지만 켄드릭은 아랑곳하지 않았다.

세 단장 곁에는 리히트가 서서 그를 가만히 보고 있었다. 아렌트는 그 시선을 피하지 않고 뭐 어쩌라고, 하는 눈빛을 마주 보내 주었다.

켄드릭이 잘됐다는 듯 씨익, 웃으며 말을 이었다.

"리히트 경과 대련을 했다면서. 그것도 일격에 이겼다고 들었는데, 속임수를 썼다고? 리히트 경을 민망하게 만들었군."

"그랬죠. 하지만 먼저 시비를 건 사람은 저쪽입니다. 그나저나 왜 부르셨습니까? 시답잖은 사담을 나누고 싶은 생각은 별로 없는데요."

"단장이 부르는데 왜 그러냐고 묻는 것도 웃기는 일이군. 너무 싫어하지는 마라. 자네가 물고 온 일거리 때문이니까."

아렌트의 버르장머리 없는 언동에도 켄드릭은 그저 너털웃음을 터뜨릴 뿐이었다.

아렌트가 살짝 인상을 썼다.

"제가 물고 온 거요?"

"그래, 자네와 아서 경이 특무에 나섰다가 알아냈던 것 말이야. 다행이군. 거기에서 아무것도 알아내지 못했으면 자네는 즉결 처분이었을 텐데."

"……그것참, 재미있는 농담입니다."

켄드릭이 익살스럽게 덧붙인 말에 아렌트가 떨떠름하게 대꾸했다.

라이오스가 뒤이어 설명했다.

"일단 그 집은 병사들이 교대하며 감시하기로 결정했다. 하지만 아직까지 접근해 오는 사람이 없는 걸 보니 완전히 버려진 것 같아."

"내부에는 어떤 함정이 있을지 모르니 함부로 접근하지 않는 게 좋겠지. 그리고 그 집에서 발견했다는 문양 말인데, 정확히 어떤 형태인지 기억하나?"

차를 홀짝이던 다이아나가 아렌트를 향해 시선을 던졌다.

아렌트는 일단 고개를 끄덕였다.

"네? 뭐, 대충은 기억합니다."

"비밀리에 수소문을 해 보니, 그것과 비슷한 걸 본 사람이 있다더군."

"그렇…… 습니까?"

"확실한 건 아냐. 그래서 그걸 직접 본 사람이 가서 확인하는 게 좋겠다는 논의 중이었다."

다이아나의 설명이 이어졌다.

아무래도 이쪽이 모르는 방향으로도 이야기가 진행되고 있던 모양이었다.

"황성에서 그리 멀지 않은 곳인데, 확인만 하고 바로 돌아오면 될 거다."

라이오스가 그녀의 말을 받았다.

"이번에는 정식 명령이다. 아렌트, 아서와 함께 가라."

"네, 알겠습니다."

아렌트가 선뜻 고개를 끄덕였다.

그때, 옆에서 잠자코 이야기를 듣고만 있던 리히트가 입을 열었다.

"제가 동행해도 괜찮겠습니까?"

"자네가?"

켄드릭이 의아하다는 표정을 띠웠지만, 리히트는 여전히 표정을 무너트리지 않으며 얘기를 이어 갔다.

"아서 경과 아렌트 경은 기사단에서 제일 경험이 적습니다. 나이가 어리다고 싸고돌 생각은 없으나, 두 사람만 향했다가 예기치 못한 상황이 벌어지면 위험할 수도 있으니까요."

아렌트가 눈썹을 찌푸리든 말든 리히트는 덤덤하게 제 말을 이어 갈 뿐이었다.

켄드릭 역시 의외였는지 눈을 동그랗게 떴다.

"자네, 혹시 동행하는 길에 사적인 복수를 할 생각은 아니지?"

"……켄드릭 단장님의 농담은 가끔 진담이랑 구분하기 어렵습니다. 당연히 아닙니다. 물론 몇 대 쥐어박고 싶은 것은 사실입니다만."

아까의 아렌트와 비슷하게 떨떠름히 대답한 리히트가 말을 이었다.

"승부에서 진 것은 제가 받아들여야 할 일이고, 속은 것도 일단은 제 잘못이니까요. 단지 전과가 있는 애송이를 아서와 단둘이 내보내는 것이 불안할 뿐입니다."

"저는 선배랑 동행하는 게 더 불안한데요. 차라리 혼자

가고 말지."

하지만 아렌트의 의견은 당연히 묵살당했다.

라이오스가 고개를 끄덕였다.

"그래, 리히트 경. 네가 두 사람과 함께 가라. 이번처럼 혹시 모를 습격이 있을지도 모르니 그 편이 안전하겠지."

"알겠습니다."

리히트가 단정하게 대답했다.

아렌트는 조금 짜증이 치민 듯 눈썹을 구겼지만, 이미 결정된 사안에 여러 말을 얹지는 않았다.

* * *

리히트와 아서는 아렌트의 움직임을 물끄러미 지켜보았다.

아렌트는 깃펜과 종이 한 장을 쥐고 신중하게 사각사각, 그림을 그려 나갔다. 그리고 얼마 지나지 않아 아서를 힐끗, 곁눈질했다.

"어때요. 비슷한 것 같아요?"

"……어."

약간의 뜸 뒤 아서가 고개를 끄덕였다.

뭔가 불편한 듯한 그의 표정에 아렌트가 미간을 구겼다.

"왜요?"

"이런 것도 할 줄 알았냐?"

"네?"

하지만 돌아온 것은 뜬금없는 물음이었다. 리히트 역시 아서와 비슷하게 떨떠름한 얼굴이었다.

"……잘 그리는군."

"그러면 그냥 그렇게 말하면 되지, 왜 그렇게 뭐 씹은 얼굴이에요? 사람 기분 나쁘게."

분명히 몇 분 전까지만 해도 백지였던 종이 위에는, 어느새 작품이라고 불러도 괜찮을 것 같은 그림이 그려져 있었다.

아서와 아렌트가 봤던 것보다 간략화되어 있긴 했지만 이 정도면 충분히 재현해 냈다고 봐도 무방했다.

사실 당연한 일이었다.

아렌트의 알맹이는 험하고 빈곤한 무대 생활을 거치며 산전수전을 다 겪은 30대 중반이 차지하고 있으니까. 막 스무 살을 채웠을 뿐인, 곱게만 자란 귀족 꼬맹이가 아니라.

무대 준비 비용을 줄이려면 스케치는 물론이고 페인트질, 사포질에 톱질까지 익힐 수밖에 없었다.

하지만 그걸 설명할 수는 없으니 아렌트는 쯧, 하고 혀를 차며 그냥 펜을 내려놓을 뿐이었다.

다시 그림 쪽으로 의식을 옮긴 리히트가 턱을 쓸어내리며 중얼거렸다.

"세 개의 검이 심장을 찌른 형태라. 사실 검을 이용한 문양은 흔히 사용하는 거지. 딱히 별나다고 할 건 아니지만…… 담은 의미가 상당히 공격적이군."

"그렇죠. 대대로 기사를 배출한 가문들도 검과 방패 모양 문장을 흔히들 사용하잖습니까."

"그래도 뭐, 꼬리를 잡아냈다는 게 중요한 거죠. 일단은 두 분도 함부로 발설하지 마세요. 괜히 정보가 퍼지면 혼란만 가중되니까. 단장님들도 같은 생각이신 것 같고."

심드렁하게 대꾸한 아렌트는 자리에서 일어나 종이를 돌돌 말았다.

이걸 라이오스에게 건네준 뒤 바로 출발할 예정이었다.

* * *

기사단 전용 마구간에서 말을 한 마리씩 끌고 나온 그들은 순조롭게 황성을 빠져나갔다. 잠깐 삐끗하긴 했지만, 아렌트도 몸에 남은 감각에 의지해 어떻게든 말 위에 자리를 잡았다.

말에 앉아 가까스로 여유를 되찾은 아렌트는 허리를 꼿꼿이 폈다.

시원한 바람이 그의 머리를 흐트려 놓았다.

다그닥, 다그닥.

세 마리의 명마가 내달리며 내는 말발굽 소리가 제법 경쾌한 리듬을 만들어 냈다.

'살다 보니 이런 짓도 해 보네.'

제복 차림으로, 잘생긴 말에 올라, 동료들과 나란히 도로를 달린다. 가끔 마주치는 사람들은 그들을 알아보고

환하게 웃으며 손을 흔들어 주기도 했다.

영웅을 대하는 민중의 모습이었다.

엄연히 따지자면 그들은 영웅의 심부름꾼 정도겠지만.

검은 말을 능숙하게 모는 아서와 리히트는 누가 뭐래도 영웅담에 등장하는 기사처럼 보였다. 지금 여기가 무대가 아니라는 점에서 괴리감이 느껴질 정도였다.

'아니지.'

하지만 아렌트는 순식간에 생각을 고쳐먹었다.

저것들은 세상을 구할 수 있는 영웅 같은 게 아니었다.

하나는 잔머리를 조금 굴릴 줄 알지만 살살 약 올리면 금세 발끈해서 빽빽 소리를 질러 대는 놈이고, 한쪽은 쓸데없이 잘생긴 얼굴로 무게나 잡으며 고지식한 소리만 지껄이는 짜증 나는 놈이었다.

게다가 자신 역시 마찬가지였다. 원래 몸뚱이의 주인이었던 녀석은 기사단의 뒤통수를 후린 배신자였다.

게다가 지금 그 알맹이를 차지한 건 낡아 빠진 무대에서 떨어지는 조명에 처맞는 꼴을 당하기 직전까지 알바를 전전하며, 어떻게든 먹고살겠다고 닥치는 대로 이 일 저 일을 하던 곤궁한 놈이었다.

'최악이네.'

슬쩍 헛웃음이 새어 나왔다. 하지만 그는 곧 원래의 무심한 표정으로 돌아갔다. 지금은 잡생각을 접어 두고 견습 기사 아렌트라는 역할에 충실할 때였다.

세 사람은 길을 따라 쉬지 않고 달렸다.

그렇게 몇 시간 뒤…… 새벽같이 출발한 그들은 해가 중천에 솟을 때쯤에 황성 외부에 자리 잡은 로비스시에 다다랐다.

그들은 도시의 입구에서 멈춰 섰다.

세 사람이 나란히 바닥에 내려서자, 어두운 색을 한 단복 위에 가벼운 가죽 방어구를 갖춰 입은 한 남자가 다가와 경례했다.

"황궁의 기사님들을 만나 뵙게 되어 영광입니다. 로비스시 치안대 황실 정보부 소속 마틴이라고 합니다. 황궁의 연락을 받고 마중 나왔습니다."

"아……."

치안대.

그의서 입에 나온 말에 아렌트는 단박에 마틴이라는 사람의 정체를 파악했다. 황제와 황태자가 강하게 권력을 틀어쥔 지금, 각 도시에는 면적마다 일정 수의 치안청이 운영 중이었다.

영주가 따로 있는 영지의 도시에도 예외는 아니었다.

치안대라는 이름답게, 그들은 도시 내부의 경비와 관리를 주로 담당했다.

각 도시에는 치안대장이 한 명씩 있고, 그 아래에는 치안대와는 독립된 존재인 정보부 소속 인원이 또 한 명씩 배치되었다.

말하자면, 황궁에서 파견되어 지역에 상주하는 감찰 역할인 셈이었다.

그리고 이 마틴이 바로, 황궁과 각 도시의 치안대를 직접 연결하는 정보부 소속 대원이었다.

"리히트 폰 크리산타다. 뒤는 아서 노버트와 견습인 아렌트 폰 에크하르트."

리히트 역시 간단히 인사를 마쳤다.

"방문 목적은 이미 알겠지."

"네, 단장님께서 명하신 대로 아무에게도 발설하지 않았습니다. 치안대장님께도요."

리히트의 물음에 마틴이 단정히 대답했다.

잠깐 뜸을 들이던 그가 어색하게 덧붙였다.

"솔직히…… 말씀하신 게 그게 맞는지는 잘 모르겠습니다. 특이하긴 하지만 아무래도 보기 드문 모양새는 아니니까요."

"괜찮다. 여러 가능성을 염두에 두고 온 거니까. 바로 안내를 부탁하지."

리히트가 마틴에게 고개를 끄덕여 주었다. 치안대의 마구간에 말을 맡긴 뒤, 그들은 도보로 이동을 시작했다.

아렌트는 가장 뒤에서 따라가며 주변을 둘러보았다.

마을 안쪽에 유럽의 오래된 양식처럼 지어진 건물들이 가지런히 늘어서 있었다. 황성과 그리 멀지 않은 곳이라 그런지 상당히 잘 정비된 모습이었다.

황도와 다른 지역을 잇는 길목에 위치한 도시는 여기 이외에도 몇 군데 더 있었다. 적어도 이곳은 작중에서 언급되었던 장소는 아니었다.

그렇다면 굵직한 사건에는 해당 사항이 없단 뜻이었다.
'그래도 방심할 수는 없지.'
아렌트는 무심한 눈길로 주변의 모습을 대강 훑어보았다.
거리에는 생기가 넘쳤다.
사람들은 눈을 마주치면 저마다 인사를 건넸고, 개중 몇몇은 갑자기 나타난 기사들이 의아한지 힐끗힐끗 곁눈질하기도 했다. 급하게 물러서서 경례를 하거나 고개를 숙이는 사람도 보였다.
"여깁니다."
마을의 번화가쯤 닿고 나서야 마틴이 걸음을 멈췄다. 덩달아 세 명도 그 자리에 멈춰 섰다.
화려한 조각상이 놓인 분수대가 있는 광장을 중심으로 상가가 펼쳐진 장소였다.
마틴이 손으로 조금 떨어진 곳의 상가를 가리켰다.
"일단 저곳…… 입니다만."
그렇게 말하면서도 마틴은 여전히 확신이 없는 듯했다.
아렌트는 그가 가리키는 곳을 향해서 눈길을 옮겼다.
그리고 잠시 후, 세 사람의 입에서 동시에 얼빠진 소리가 튀어나왔다.
"어?"
마틴이 가리킨 곳에는 예쁜 제과점 겸 빵집 하나가 자리 잡고 있었다.

바깥에 내놓은 진열대에는 방금 구워 낸 것 같은 먹음직한 식빵들이 곱게 나열되어 오후의 햇빛을 받고 있었고, 바쁘게 오가는 점원은 손님들을 상대하느라 정신이 없어 보였다.

평화로운 거리 어디에서나 찾아볼 수 있을 만한 광경이었다. 포슬포슬한 빵을 한아름 사 들고 부모와 함께 집으로 돌아가는 아이의 얼굴은 세상을 다 가진 것처럼 보였다.

다들 약속이라도 한 듯 입을 다물었다. 마틴은 그럴 줄 알았다는 듯 고개를 푹 숙여 버렸다.

그렇기에 지금 보는 광경에서 뭐가 문제인지 아렌트가 깨닫기까지는 약간의 시간이 걸렸다.

"아, 저거."

아렌트가 짧게 내뱉었다.

두 사람은 거의 동시에 아렌트가 뭘 가리키는지 깨달았다.

그의 시선이 닿은 것은 빵집의 조금 위, 건물에 매달린 간판이었다.

브레드의 빵집

평범하기 그지없는 빵집 이름 바로 옆에 간단한 그림 하나가 있었다. 하트 모양의 케이크에 빵칼 세 개가 박힌 모습.

아렌트가 아까 그려 낸 문양과 비슷한 구도였다.

"……."

그들은 멍하니 눈을 깜빡였다. 그러니까, 이 상황을 어떻게 받아들여야 하나.

가장 먼저 입을 연 사람은 리히트였다.

"마틴, 자네가 보고했던 그게……."

인기 많은 빵집의 간판에 딸린 그림이라고.

리히트는 차마 그 뒷말을 잇지 못했다.

마틴이 죄스럽다는 듯이 고개를 푹 숙인 채로 대답했다.

"예…… 그렇습니다."

"그으러니까, 일단은 자리부터 옮기죠."

행인들을 의식한 아서가 제안했다.

아서의 말대로 넷은 인적이 드문 골목으로 이동했다. 사람의 기척이 완전히 없어지고 난 뒤에야 마틴에게서 좀 더 자세한 설명을 들을 수 있었다.

"황궁에서 전해 준 내용은 그게 다였습니다. 심장에 칼 세 개가 꽂힌 형태의 문양을 목격한 바가 있으면 황실 기사단으로 정보를 전달하라. 자세한 사항은 기밀이니 발설하지 말고, 기사님들이 파견을 오실 때까지 기다리라는 내용이었습니다."

마틴은 전후 사정을 전혀 모르니 일단 자신이 아는 것을 황궁에 보고할 수밖에 없었다. 뒤에 덧붙여진 말 때문에 차마 빵집 간판에서 본 거라고도 이야기하지 못했을 터.

파견된 셋은 처음부터 마틴이 우물쭈물하던 것을 충분히 이해할 수 있었다.

팔짱을 낀 아서가 고개를 끄덕였다.
"그래도…… 아직 헛걸음이라 단정할 수는 없습니다. 일단은 황도 근처에서 제보된 단서도 이거 하나뿐이고."
"그렇긴 해. 평범한 빵집에 사용할 만한 그림도 아니지. 제대로 확인해 볼 만한 가치는 있는 것 같군."
리히트 역시 동의했다. 그 말에 마틴의 표정이 조금이나마 밝아졌다.
잠깐 생각하던 아렌트가 입을 열었다.
"옛날부터 있던 가게입…… 인가?"
저도 모르게 존댓말이 나갈 뻔한 것을, 아렌트는 한 박자 늦게 자신이 누구인지 자각하고는 말을 바꿨다.
다행히 마틴은 자연스럽게 받아들이는 눈치였다.
"아니요, 생긴 지 1년밖에 안 되었으니 그리 오래되지는 않았습니다. 하지만 빵과 과자가 굉장히 맛있어서 인기가 좋습니다. 저도 종종 찾아가고요."
"주인은 뭐 하던 사람인데?"
"빵집 문을 열면서 이주해 온 사람입니다. 인심도 좋고, 빵 만드는 솜씨도 좋아서 제법 인망이 두텁습니다만…… 아무래도 외지인이다 보니 가게를 비우는 경우가 많은 것 같습니다. 일은 대부분 점원이 하고요."
마틴이 막힘없이 대답했다. 눈치 빠른 그는 아렌트가 다시 질문을 건네기도 전에 말을 이었다.
"점원도 사장의 친인척이라고 들었습니다. 그때 함께 이주해 왔으니까요."

"아하."

애매하게 대답한 아렌트가 고개를 끄덕였다. 그러던 그는 문득 제 옆에서 느껴지는 따가운 시선을 알아차렸다.

아렌트는 자신을 멀뚱멀뚱 바라보는 아서와 리히트를 흘겨보았다.

"뭡니까?"

"너, 그런 정상적인 대화도 가능한 놈이었구나. 평민 주제에 자신한테 말 걸지 말라며 패악질 부리지도 않고, 빈정대지도 않고……."

보아하니 리히트 역시 비슷한 말을 지껄이고 싶은 눈치였다.

아렌트는 혀를 차고는 아서의 옆구리를 팔꿈치로 퍽, 가격했다.

어억, 소리를 내며 주저앉은 아서를 무시하고 아렌트가 다시 마틴을 보았다.

"신분은 명확한 거지?"

"예? 예…… 이주해 올 때 치안대에서 직접 확인했으니까요. 작정하고 위조했다면 또 모르겠지만."

견습 기사가 선배를 패는 광경을 눈앞에서 목도한 마틴은 식은땀을 뻘뻘 흘려 대고 있었다.

아렌트는 대강 고개를 끄덕이고 리히트 쪽을 곁눈질했다.

"의심할 만한 여지는 충분한 것 같네요."

"그, 그렇군."

낑낑대는 아서에게서 겨우 눈을 떼며 리히트가 고개를

끄덕였다.

"일단 수색을 진행하겠다. 치안대의 협조를 부탁하면……."

"수색? 수색이라고요?"

하지만 그의 말은 중간에서 뚝 끊어져 버렸다.

아렌트는 인상을 와락 구기고서 리히트를 쏘아보았다. 리히트 역시 미간을 찌푸렸다.

"왜?"

"그러니까 지금, 이 요란한 제복을 걸치고, 치안대까지 대동해서, 손님은 내쫓고, 점원은 붙잡아 둔 뒤에, 빵집을 뒤지겠다는 거죠?"

"……."

어감이 묘했지만 어쨌든 틀린 말은 아니기에 리히트는 일단 고개를 끄덕였다. 이쯤 되면 아렌트의 입에서 무슨 말이 튀어나올지 불안한 상황이었다.

"선배, 잘 생각해 봐요."

"뭘."

"도둑놈이 자신의 은신처에 몸을 숨겼어요. 그런데 갑자기 누가 불쑥 나타나서 문을 쾅쾅쾅 두드리고 냅다 고함을 치는 거예요. '댁 집이 수상하니 가택 수색을 좀 해야겠소!'라고. 그러면 안에 있던 도둑놈이 얌전히 잡히겠어요?"

"그건……."

리히트가 뭐라 대꾸하려 했다. 하지만 아렌트는 그가 답할 시간을 주지 않았다.

"당연히 도망치겠지. 자기가 훔친 보석까지 챙겨서! 본인 은신처에 뒷문 정도도 안 만들어 뒀겠습니까? 그러면 뒤늦게 문을 따고 들어간 사람은 텅 빈집만 구경하는 겁니다."

"……."

붕어처럼 입술을 뻥긋대던 리히트는 곧 입을 다물어 버렸다. 반박할 말을 미처 찾지 못한 거였다.

짜증을 한가득 담은 황금색 눈동자를 부담스럽게 마주 보던 리히트는 결국, 앓는 소리를 내고 말았다.

"그럼 뭐 어쩌자고."

아렌트와 말싸움을 벌여서 얻을 게 전혀 없다는 건 이미 경험으로 알고 있었다.

아렌트는 그제야 눈을 돌리며 짜증스럽게 툭, 내뱉었다.

"방법이라고 해 봤자 하나밖에 더 있어요?"

"그러니까, 그게 뭐냐고."

내내 차분함을 유지하던 리히트의 어조에도 신경질이 묻어났다.

아렌트가 어깨를 으쓱하고는 담백하게 덧붙였다.

"뭐긴요. 잠입이죠."

* * *

'브레드의 빵집'은 로비스시에서 가장 붐비는 장소라고 할 수 있었다. 맛있고 예쁜 모양의 빵으로 유명해진 덕에 지나가던 여행자들도 일부러 이 빵집을 찾고는 했다.

그래서 한 명뿐인 점원은 늘 눈코 뜰 새 없이 바빴다.

계산과 진열, 안내를 혼자 도맡아 하려니 정신이 하나도 없었다. 그래도 수중에 들어오는 돈을 세다 보면 저절로 실실 웃음이 나오는지라, 점원 역시 아주 기꺼운 마음으로 바삐 움직였다.

간신히 한숨 돌릴 틈이 생긴 것은 점심때가 훨씬 지난 오후였다.

점원은 오전 내내 혹사당한 팔다리를 주무르며 허리를 쭉쭉 폈다.

하지만 그런 평화도 잠시, 딸랑! 문이 열리는 소리에 점원은 반사적으로 고개를 돌렸다.

"어서 오세요!"

"수고 많으십니다~."

느긋한 대답이 돌아왔다.

점원은 그제야 상대방의 얼굴을 확인하고 눈을 크게 뜰 수밖에 없었다.

새로 들어온 손님은 어디에서나 볼 수 있는 여행객 차림의 남자 세 명이었다. 그렇다고 해서 흔하게 찾아볼 수 있는 면면들이라는 것은 또 아니었다.

'귀족 자제들인가?'

외모부터 심상치 않았다.

가장 나이가 많아 보이는 금발 남자는 이런 곳이 익숙지 않은지 어색하게 굳은 채로 이곳저곳을 두리번거렸

인생은 민첩하고 착하게

다. 그의 곁에 선 장난꾸러기 같은 인상의 청년 역시 눈을 동그랗게 뜨고 주변을 둘러보았다.
"정말 다 맛있어 보이네."
"그러게요. 빵 좀 사 갈까요? 경비로 처리해 버려요."
거기에 처음 인사를 건넨 은발 청년이 맞장구쳤다. 티 하나 섞이지 않은 은발이라는 게 실재하는구나, 라고 점원은 멍청하게 생각했다.
그런 틈에 그들은 빵을 이것저것 골라 담아 점원에게 건넸다.
"계산 좀. 그리고……."
은발 청년, 아렌트가 그를 향해 손을 까닥였다.
점원이 눈치 빠르게 가까이 다가가자 그가 은근한 어조로 입을 열었다.
"좀 물어보고 싶은 게 있는데."
아렌트가 주머니에서 꺼낸 무언가를 슬쩍 점원의 손에 쥐어 주었다.
점원의 눈이 조금 더 커졌다.
샥, 점원은 빛의 속도로 아렌트가 건넨 은화를 제 앞치마에 쏙 집어넣었다. 그러고는 곧 해맑게 미소 지으며 물었다.
"뭘 도와 드릴까요, 손님? 말만 하십쇼!"
"좋아."
아렌트가 만족스럽게 고개를 끄덕였다.
순식간에 오간 거래였지만 숙달된 기사의 눈을 피하기

는 어려웠다.

리히트가 입술을 달싹였다.

"이런 이야기는 없었······."

"형님, 이거 빵이 참 맛있어 보입니다!"

하지만 아렌트만큼 빠르게 움직인 아서의 손이 빵으로 리히트의 입을 틀어막아 버렸다.

"커헉!"

"예, 맛있죠? 솜씨가 참 좋은 모양입니다."

아서가 아렌트를 향해 슬쩍 눈치를 주자, 아렌트는 등 뒤에서 그를 향해 슬쩍 엄지를 척 들어 보였다.

"그럼 몇 가지 물어보겠는데."

"예, 예!"

은화에 정신이 팔린 점원은 무슨 일이 벌어진지도 모르고 연신 고개를 끄덕였다.

아렌트가 목소리를 낮춰 속삭였다.

"혹시 주인장은 어디에 있지?"

"예? 사장님은 지금 자리를 비우셨는데······."

"에이, 그거야 나도 알지. 어디 갔는지는 알고?"

"그거야······."

점원이 우물거렸다. 그의 눈이 데굴, 한 바퀴 구르고 다시 아렌트를 향했다.

"혹시 사장님께 어떤 용무가 있으십니까?"

"그걸 네가 알아야 하나?"

"예, 죄송하지만 정확히 말씀해 주시지 않으시면 저는

도와 드릴 수가 없습니다. 돈도 좋지만 제 일자리도 소중해서."

이번에는 점원의 목소리가 좀 더 명확해졌다. 마음속의 갈등을 정리한 모양이었다.

아렌트가 고개를 끄덕이며 뒤로 한 걸음 물러섰다.

"아하, 사장이 어디에 있는지 말하는 게 그쪽 일자리가 위협당할 정도로 심각한 일인 모양이지?"

"어디서 오셨죠?"

그가 한 걸음 뒤로 물러서자 점원이 경계하듯 아렌트를 노려보았다.

아렌트가 심드렁하게 고개를 갸웃했다.

"말하기 곤란하다면?"

"저도 곤란합니다. 잠깐. 오늘 아침에 황궁의 기사가 도시에 들어왔단 소문을 들었는데…… 설마 당신들입니까?"

"글쎄."

아렌트가 건성으로 대꾸했다.

그에 점원의 얼굴이 더욱 사나워졌다.

"나가 주세요. 당신들한테 말씀드릴 건 없습니다. 빵은 그냥 드릴 테니까."

"아, 그렇구나. 그럼 어쩔 수 없지…… 어?"

아렌트가 갑자기 뭔가를 발견하고는 점원의 뒤쪽을 바라보며 눈을 크게 떴다.

점원 역시 반사적으로 뒤를 돌아보았다.

그 순간, 아렌트의 손이 다시 한번 빠르게 움직였다.

퍽! 꽥!

참으로 경쾌한 타작이었다.

아렌트는 줄 끊어진 인형처럼 쓰러지는 점원을 한 손으로 툭, 받았다.

"오, 진짜 기절하네."

때려 놓고 그게 할 말인가, 라고 아서는 생각했다. 하지만 그가 미처 그걸 문장으로 만들어 입 밖으로 내놓기 전에 아렌트의 말이 먼저 이어졌다.

"뭔가 있다는 건 확실해졌네요. 이놈한테서 뭔가를 더 털어 내는 건 어렵겠고."

"……."

여전히 빵을 우물대는 리히트와 아서의 황당하다는 시선이 쏟아졌다.

아서가 더듬더듬 말했다.

"그, 지금 말해 봤자겠지만…… 진짜 이래도 괜찮은 거 맞냐?"

"왜요? 단장님께서도 허락하신 건데. 사장한테 뭔가 있고, 이 새끼도 공범이라는 게 확실해졌잖아요. 내가 무고한 사람 팬 것도 아니고."

단장의 허락이라…….

두 사람의 눈이 허공을 헤맸다. 당연히 이 계획을 실행에 옮기기 전 그들은 라이오스에게 보고부터 했다.

라이오스는 조금 고민하긴 했지만 어쨌든 그들의 단독

행동을 허가했다. 그러니 문제 될 일은 아니었다.
 분명 그렇긴 한데…….
 저걸 기사라고 말해도 되나.
 리히트와 아서는 강렬한 의문에 휩싸였다.
 두 사람이 굳은 사이 아렌트는 점원의 뒷목을 질질 끌고 빵집 안쪽으로 들어갔다.
 잠시 후, 아렌트는 점원의 옷을 입고 다시 나왔다.
 수수한 셔츠에 가볍게 걸친 스카프와 검은 바지, 일할 때 신는 검은 장화에 머리카락을 감싼 두건까지 완벽했다.
 "어때요?"
 "그래…… 잘 어울린다, 이 자식아."
 그 모습은 빵집 점원 그 자체라고밖에 할 수 없었다.
 과하게 곱상하긴 해도.
 결국 아서는 포기해 버렸다. 드디어 빵을 전부 다 씹어 삼킨 리히트 역시 한숨을 푹푹 내쉴 뿐이었다.
 이미 태클을 걸 타이밍은 지나 버렸으니까.
 "이제 어쩌려고."
 "잠깐 일이라도 해 보죠, 뭐. 선배들은 나가서 주변을 탐문해 보세요. 뭔가 다른 거라도 찾아낼 수 있을지 누가 알아요?"
 두건을 다시 고쳐 매며 아렌트가 대꾸했다.
 말만 정중했지 거의 명령조였다. 두 사람의 표정이 요상해지자 아렌트가 한 번 더 쐐기를 박았다.

"왜요? 막내에 견습인 놈한테 지시받으려니 꼬와요? 그러면 먼저 움직이셨어야지. 민첩하게."

"알았으니까 제발 닥쳐."

턱, 이마를 짚은 리히트가 으르렁거렸다.

이미 사람을 기절시켜 버린 이상 다른 방법은 없었다. 어깨를 늘어뜨린 두 사람이 터덜터덜 밖으로 나가는 것을 확인한 아렌트는, 몸을 빙글 돌려 빵집을 쭉 둘러보았다.

"빵집 알바는 진짜 오랜만인데."

아렌트는 앞치마 주머니에 있던 은화를 꺼내 팅, 손가락으로 튕겼다가 다시 갈무리했다. 돈을 줘도 못 받아먹는 놈한테는 뇌물도 아까운 법이었다.

* * *

"맛있네요."

"그렇군."

아서와 리히트가 한마디씩 주고받았다.

그들은 분수대에 걸터앉아 빵만 우적우적 씹어 댔다. 길 건너편에 보이는 빵집은 아무 일도 없었다는 것처럼 순조롭게 운영 중이었다.

사람들 사이에 낀 아렌트를 물끄러미 보던 아서가 질린 목소리를 냈다.

"저놈은 왜 저렇게 능숙하답니까?"

"내가 알 턱이 있나."

리히트 역시 찜찜한 얼굴로 대꾸했다.

안의 점원이 바뀌치기 됐지만 도대체 무슨 수를 부린 건지 그 점을 걸고넘어지는 사람이 아무도 없었다.

문득 아서는 이스트 금고에서의 일을 떠올렸다. 아렌트는 천연덕스럽게 어조를 바꿔 도적들의 두목을 금고 안쪽으로 유인해 냈다.

싸우거나 대련하는 순간순간 다른 사람의 움직임을 활용하는 것도, 그 더러운 성질머리를 완벽히 갈무리하고서 친절한 점원 행세를 하는 것도 어쩌면 그때와 비슷한 경우일지도 몰랐다.

'흉내라…….'

집에서 키우는 구관조 새끼도 아니고.

아서가 속으로 투덜거렸다.

로비스시는 적당히 발달한 도시답게 적당히 활기차고, 적당히 혼잡하며, 적당히 조용했다.

그야말로 평화라는 단어를 고스란히 옮겨 놓은 듯했다.

딱히 이상한 일은 아니었다.

황제와 황태자가 본격적으로 힘을 합치기 시작한 무렵부터 제국은 급속도로 안정되어, 최근 10년 동안은 딱히 큰 분쟁조차 없었다.

그 흔하던 영지전마저 사라졌으니 말 다한 셈이었다.

치안대 소속 인원들마저 한가롭게 산책하듯 순찰을 도는 것까지 확인한 그들은 결국, 발걸음을 돌릴 수밖에 없었다.

빵집으로 돌아가니 어느새 완벽히 빵집 점원에 빙의한 아렌트가 능숙하게 손님들을 상대하는 중이었고, 결국 그들은 이처럼 길에서 우걱우걱 맛있는 빵이나 집어 먹는 처지가 된 것이다.

"그래도 이상하네요."

"뭐가?"

"너무 평화롭다는 점이 말입니다. 문제를 일으키는 사람이 아무도 없잖아요."

아서는 턱을 괴고 말을 이었다.

"이런 곳에는 꼭 자리를 차지하는 왈패 무리가 있는 법이거든요. 껄렁한 놈들이 조금쯤은 보여야 하는데…… 꼭 누가 나서서 정리라도 한 것처럼."

"정리했다고?"

묘하게 걸리는 말에 리히트가 되물었다.

아서는 그에게 간단히 고개를 끄덕여 주었다.

"예, 그런 놈들이 제일 무서워하는 건 치안대도 기사도 아닙니다. 저들보다 주먹이 센 왈패 놈들이지. 보통 한 조직이 강한 장악력을 발휘하는 곳이면 묘하게 평화로운 경우가 많거든요."

"그렇군."

"하지만 또 그렇게 단정 지을 수도 없는 게…… 평화롭다 하더라도 그 머리 꼭대기에 있는 게 질 나쁜 놈들이라는 사실은 달라지지 않습니다. 그러면 민간인이나 치안대도 어쩔 수 없이 그 공포스러운 분위기에 약간은 전염

되곤 합니다. 하지만 그런 기색도 전혀 보이지 않고."

평민 출신이면서 뒷골목의 규칙을 아는 아서이기에 파악할 수 있는 점이었다.

리히트는 가볍게 고개를 끄덕이며 거리를 주시했다.

"그런가 하면 여행자 복장인 사람이 유난히 많군. 무기를 지닌 자들도 심심찮게 보여."

"그죠? 도시 입구부터 제법 많이 보이던걸요."

딱히 관광할 만한 곳도 아니고, 다른 지역으로 향하는 경유지도 아니라는 점을 참고하자면 충분히 부자연스러운 일이었다.

이곳에 지내는 사람들은 미처 이상한 점을 깨닫지 못하는 것 같았지만.

그리고 한 가지 재미있는 사실은, 무기를 짊어지고서 빵집에 들어가는 사람이 심심찮게 눈에 띈다는 점이었다.

그들은 낯선 점원인 아렌트를 유심히 살피다가 이내 빵만 몇 점 사서 돌아갔다. 갑자기 직원이 바뀐 탓에 경계심을 세운 모양이라고 두 사람은 그렇게 추측할 뿐이었다.

"밖에서 알아낼 수 있는 건 이게 한계인 모양이네요."

"그래."

나머지는 안에 남은 아렌트의 몫이었다.

두 사람의 시선이 아렌트에게 닿았다.

마침 그는 여행자용 로브를 두른 한 남자를 상대하는 중이었다. 빵을 대충 골라 쟁반 위에 한가득 담은 남자가 아렌트에게 성큼, 다가왔다.

"처음 보는 얼굴이군."
"네, 원래 일하던 분이 갑자기 못 나오게 되어서 사장님께 부탁받고 잠깐 대리로 나왔습니다."
아렌트가 빙그레 미소 지으면서 대답했다.
그러자 남자가 슬쩍 인상을 찌푸리면서 되물었다.
"업무에는 문제가 없나?"
업무, 업무라……
빵을 파는 곳에서 나올 만한 단어는 아니었다.
'드디어.'
아렌트는 눈을 가느다랗게 떴다.
천천히 머리를 굴린 아렌트는 살짝 목소리 톤을 낮춰 은근하게 물었다.
"따로 필요하신 용무라도?"
"있다."
"어떤 용무신지 여쭤봐도 괜찮을까요."
아까 점원이 했던 말을 살짝 응용한 거였다. 그러자 남자가 씨익, 흡족하게 웃었다.
"오늘도 '달밤 장사'는 열리나?"
"……네, 물론이죠."
아무래도 그게 점원과 고객 사이에 정해 둔 은어인 모양이었다.
아렌트가 빙그레 웃어 보이자 남자는 고개를 끄덕이고는, 그대로 빙글 몸을 돌렸다.
"사장에게는 밤에 찾아간다고 전해 줘."

"네, 알겠습니다."

빵이 가득 든 봉투를 옆구리에 끼고 남자는 휘적휘적 바깥으로 나섰다.

아렌트는 바깥에 걸터앉은 두 사람을 향해 턱짓했다.

그러자 이쪽을 보고 있던 아서가 인상을 쓰더니 방금 나간 남자를 손가락으로 가리켰다.

아렌트는 그에게 고개를 끄덕여 주었다.

잠시 후, 아서와 리히트가 슬그머니 자리에서 일어나 남자가 사라진 곳을 향해 움직였다.

이제 밖은 슬슬 해가 저물어 가는 중이었다.

아렌트는 쭉 기지개를 켰다.

"보람차네."

슬슬 영업을 종료해도 괜찮을 것 같았다.

손님이 없는 틈에 잽싸게 문을 닫고 가게 입구를 가리는 천막까지 내려 버린 아렌트는, 남은 빵을 몇 개 집어 먹으며 잠시 시간을 보냈다.

그리고 얼마 지나지 않아 열어 둔 뒷문 쪽에서 인기척이 들려왔다.

리히트와 아서가 활어처럼 펄떡대는 남자를 꽁꽁 묶어 끌고 오는 소리였다.

* * *

어두운 빵집 안.

기사들은 잡아 온 남자를 구석에 처박아 두고 통신용 수정구 하나를 중심으로 둘러앉았다.

보고를 받은 라이오스가 착잡하게 중얼거렸다.

- ……리히트.

"네, 단장님."

- 혹시나 해서 묻는 거지만, 말려 보려는 시도는 했나?

"죄송합니다."

리히트가 침울하게 대답했다. 말리기는커녕 꽤 적극적으로 동참해 버렸다는 것은 스스로도 잘 알고 있었다.

통신구 너머의 라이오스가 잠깐 침묵했다.

- 그래, 일단 상황은…… 그래, 알겠다. 이건 예상하지 못한 일이군. 뜻밖의 수확이야.

과정이 다소 거칠긴 했지만 아렌트의 방식이 아니었다면 이렇게 빠른 속도로 캐내는 것은 어려웠을 터였다.

잠자코 있던 아렌트가 슬쩍 입꼬리를 올렸다.

"아주 멋졌어요. 미행한 뒤에 사람 없는 장소에서 깔끔하게 습격이라. 기사의 귀감이라 불릴 만해요."

"네가 시켰잖아, 이 새끼야!"

"누가 뭐랬나요."

- 하아, 싸우지 말고 이야기나 마저 해.

아서가 곧장 바락 짜증을 터뜨리자 라이오스가 이마를 짚으며 끼어들었다.

어깨를 으쓱인 아렌트가 다시 입을 열었다.

"알아낼 건 알아냈으니 이대로 돌아가도 상관없습니

다. 방금 끌고 온 이 아저씨랑 점원만 황궁으로 끌고 가서 구슬리면 이것저것 아는 걸 불지도 모르고요."

― 그 말은 아직 수습이 가능하다는 뜻이군. 손에 들어온 기회는 놓치게 되겠지만.

라이오스가 아렌트의 말에서 숨은 의미를 찾아냈다.

아렌트는 가볍게 고개를 끄덕였다.

"그렇죠. 또 기억 억제 마법이 걸린 상태라면 황궁까지 끌고 가 봤자 지금까지와 같은 결과만 나올 겁니다."

― …….

라이오스는 잠깐 침묵을 지켰다. 이것저것 고려하느라 머릿속이 복잡한 모양이었다.

그들 역시 재촉하지 않고 기다렸다.

그리고 약간의 시간이 지난 후, 반짝이는 통신용 수정구에서 라이오스의 대답이 흘러나왔다. 갈등을 끝낸 단호한 목소리였다.

― 적을 앞두고 물러나는 것 역시 기사로서는 못 할 짓이지. 자유행동을 허가한다.

"예."

"알겠습니다."

리히트와 아서가 한시도 지체하지 않고 대답했다.

라이오스가 덧붙였다.

― 위험한 짓은 하지 말고. 이쪽에서도 대책을 찾아볼 테니까.

툭, 하는 소리와 함께 수정구에서 빛이 사라졌다.

아렌트는 다리를 꼬고 앉으며 다시 운을 뗐다.
"좋아요. 그럼 할 일은 정해졌네요."
그들의 시선이 자연스레 바닥에 팽개쳐진 남자 쪽을 향했다.

등골이 섬뜩해진 남자는 펄떡거리며 몸을 비틀었지만, 아서와 리히트의 솜씨가 십분 발휘된 결박을 푸는 것은 불가능한 일이었다.

"읍! 읍!"
"팔팔하네. 누군지는 알아봤어요?"
"다른 도시를 거점으로 활동하는 개인 용병. 사이프라는 이름으로 불린다더군. 본명인지는 모르겠지만, 어쨌든 질은 별로 안 좋은 놈이야."

대답은 리히트에게서 돌아왔다.
아서가 거기에 덧붙여 주었다.

"호위를 빌미로 여행객들에게 돈을 뜯기도 하고, 수렵이 금지된 짐승을 잡아다가 파는 게 주된 수입인 모양이더라. 폭력 사건에 휘말린 것도 여러 건이야."

"아하."
"그리고 마을에 돌아다니는 여행자 차림의 몇몇도 몰래 신원을 확인해 봤어. 그놈들도 사정은 거의 비슷하던데. 떠돌이 용병이거나, 도망자에, 범죄자도 있었고."

그들 중 몇몇은 오늘 낮에 빵집에 방문하기도 했다. 그런 놈들이 활보하는데도 도시 내부의 평화가 유지된다는 게 신기할 정도였다.

아렌트의 눈동자가 데굴, 굴러 바닥에서 펄떡대는 사이프를 향했다.

"자세한 건 저 아저씨한테 들어야겠네요."

의자에서 벌떡 일어난 아렌트는 터덜터덜 걸음을 옮겨 그의 곁에 쭈그리고 앉았다.

아렌트가 가까워지자 사이프의 반항이 더욱 거세졌다.

"우우우웁!"

"아저씨, 뭐라고? 이야, 우리한테 이것저것 알려 주고 싶어서 아주 입이 근지러워 죽겠다고?"

아렌트가 무표정한 그대로 고개를 갸웃했다.

그러자 남자는 무시무시한 눈으로 아렌트를 쏘아보기 시작했다.

"오호? 그 눈빛은 뭔데? 아하, 죽어 마땅한 몸을 살려 줘서 너무 감사하다고? 그럼, 그럼. 고마워해야지."

"우우우웁!"

재갈에 틀어 막힌 입 사이에서 억눌린 소리가 터져 나왔다.

보통 사람이라면 '입 안 닥치냐, 빌어먹을 꼬맹아!' 정도로 들렸겠지만 아렌트는 조금 다른 모양이었다.

"그렇게 감동하지 않아도 괜찮은데. 기사가 되어서 사람을 함부로 해치면 쓰나."

"우우웁!"

"음? 그게 아냐? 그럼 뭐지? 아, 설마 반항하려고?"

사이프가 얼굴을 와락 구겼다.

아렌트는 그와 시선을 맞추며 조곤조곤 말을 이었다.

"에이, 그게 아니지. 설마 사람이 그렇게나 머리가 안 돌아가겠어. 안 그래? 방금 이야기 들었잖아. 우리가 누군지는 대충 감이 왔을 텐데."

아렌트는 검지를 세워 남자의 가슴팍을 쿡쿡 찔렀다.

"잘 생각해 봐. 당신, 지금 이거 풀고 우리랑 붙는다고 해서 이길 수 있을 것 같아?"

"……."

"이 나라에서 제일 칼싸움 잘하는 사람만 모아 놓은 게 바로 황실 기사단이다, 이 썩을 새끼야. 원한다면 몸소 체험하게 해 줄 수도 있고. 아, 이미 체험은 했으려나."

"……."

"근데 좀 귀찮네. 자꾸 이렇게 비협조적으로 나오면 그냥 이대로 쓱싹해 버리는 게 더 편할지도?"

달빛을 등진 말간 얼굴이 무심하게 그런 말을 쏟아 내자 사이프의 얼굴이 점점 더 창백해졌다.

아렌트의 황금색 눈동자가 섬뜩하게 빛났다.

"아니다. 이왕 잡은 거 좀 더 쓸모 있게 쓰는 게 좋겠지. 바람구멍 몇 개 내 주면 말할 기분이 들지도 모르잖아. 안 그래? 앞으로 영업하는 데 도움 되게 흉터도 좀 늘려 주고."

"……."

"그러게 좀 착하게 살지. 나쁜 짓만 골라서 하니까 이런 일에 휘말려서 괜히 더 힘한 꼴 보는 거 아냐."

그 순간, 사이프는 보고야 말았다. 아렌트가 제 허리춤에 갈무리해 둔 검을 슬쩍 만지는 것을.

모골이 송연해졌다.

그제야 확실하게 실감이 났다.

이놈, 진심이다.

기사라고 하지만 오히려 인간의 질로 따지자면 자신 쪽에 더 가까워 보였다.

사이프는 어느새 얌전하게 축 늘어져 식은땀을 줄줄 흘리기만 했다.

아렌트가 그에게 한 번 더 물었다.

"아, 내가 오해한 건가? 반항하는 게 아니었어? 인생을 개차반 쓰레기처럼 살긴 했지만, 마음을 고쳐먹어서 나쁜 놈들을 토벌하는 데에 도움을 주고 싶다고?"

사이프가 격하게 고개를 끄덕였다.

아렌트의 눈이 가늘어졌다.

"아냐? 목숨 바쳐 의리를 끝까지 지킨다고? 뭐, 그것도 좋지. 칼을 잡은 인간이라면 응당 그래야지."

"우우우웁!"

"아니지? 처음부터 협력하고 싶다는 뜻이었지?"

미친 듯이 도리질을 치던 사이프가 다시 머리가 떨어져라 고개를 주억거렸다. 어느새 그의 머리칼이며 옷은 땀에 푹 젖은 채였다.

아렌트는 그제야 쯧, 혀를 차며 몸을 일으켰다.

"하여간 쓰레기 같은 놈. 운 좋은 줄 알아."

아렌트는 검을 뽑아 사이프를 결박했던 끈을 간단히 잘라 냈다. 허공에 대고 손을 허우적대던 사이프가 급하게 재갈을 벗어 던지고 숨을 헐떡였다.

"허어어억!"

"기쁘지? 행복해 죽겠지? 나쁜 짓만 하면서 평생 살아온 주제에 드디어 남한테 도움을 줄 수 있어서."

"예! 기쁩니다!"

사이프가 잽싸게 무릎을 꿇고 앉아 외쳤다.

솔직히 이쯤 되면 누가 더 나쁜 놈인지 구분이 안 갈 지경이었다.

아렌트는 의자를 질질 끌고 와 사이프 앞에 걸터앉았다. 그러고는 허리에서 검집을 풀어 쾅, 하고 바닥을 내리찍었다.

사이프가 그 큰 덩치에 맞지 않게 몸을 움츠렸다.

"그럼 처음부터 이야기해 보실까. 달밤 장사라는 게 뭐야?"

"그러니까……."

사이프는 아서와 리히트 쪽을 곁눈질했다. 두 사람은 아렌트의 작태에 질린 표정을 하면서도 사이프가 도망치지 못하도록 정확히 퇴로를 막고 서 있었다.

저 두 사람에게 반항도 하지 못하고 납치당했던 순간이 재차 뇌리에 스쳤다.

결국 그는 포기하고 고개를 푹 떨궜다.

잠깐의 뜸 뒤, 사이프의 입이 열렸다.

"……여기 지하에서 열리는 거래소를 말합니다."
"거래소?"
"예, 용병들 사이에서 소문이 퍼졌는데…… 구하기 힘든 물건을 얻을 수 있습니다. 연락책이 바로 점원입니다. 점원에게 참여 의사를 밝히면 밤에 비밀 공간으로 출입할 수 있게 해 줍니다."
"빵집 밑에서 그런 짓을 하고 있었단 말이지. 아저씨, 그럼 빵집 간판에 붙은 표시는 뭔지 알아?"
"저건……."
사이프가 꿀꺽 마른침을 삼켰다.
"말 그대로 표식입니다. 저 표시가 있는 곳이 바로 장사가 열리는 곳이라고…… 거래소가 늘 같은 자리는 아니니까요."
"거래소가 이동식이라고?"
"예에…… 책임자도 늘 달라집니다. 자세히는 모르지만 이 빵집이 거래소로 지정된 건 작년 무렵이었을 겁니다."
"그 전에는 어디였는데?"
"전에는 다른 도시의 잡화점이었습니다. 거기가 폐점하면서 장소가 여기로 옮겨진 거죠. 그 이상은 저도 잘 모릅니다. 정말입니다."
아렌트가 눈을 부라리자 사이프가 급하게 덧붙였다.
가만히 듣던 리히트가 슬쩍 인상을 썼다.
"저 문양은 주기적으로 이동하는 거래소의 상징물 같은 거군. 거래를 원하는 자들은 그걸 보고 찾아오는 거고. 용병들 사이에도 유명한 이야기인가?"

"아니요, 유명하지는 않습니다. 그저 입소문 정도로…… 괴담이나 헛소리 정도로 치부하는 게 보통입니다. 그걸 믿고 찾아오는 사람이 바로 손님이 되는 겁니다."

"거래소를 직접 운영하는 사람은 이 빵집의 사장이 아니라는 거군. 오히려 위탁에 가까운가? 그래서 이 도시가 유난히 평화로웠던 건가."

아서 역시 턱을 짚고 중얼거렸다.

뒷배의 존재가 뒷골목에 사는 이들에게도 알려졌다면, 거래소가 자리 잡은 도시에서는 알아서들 자중할 수밖에 없다.

그들이 어떤 큰 영향력을 행사해서가 아니다. 오히려 뒷배 세력의 정체를 제대로 알 수 없기 때문에 함부로 설칠 수가 없는 것이다.

자칫 눈치 없이 설쳤다가는 무슨 꼴을 당할지 모르니까.

"높은 위치에 있는 놈들은 거래소의 존재를 아는 거겠지. 그래서 아랫놈들을 자제시키는 거고."

"예, 아마도요. 저도 제 부하들은 이 근처에 오지 못하도록 합니다. 거래소를 들락거리지 못하게 되는 것도 곤란한 일이니까요."

잠깐 세 사람의 눈치를 보던 사이프가 덧붙였다.

"혹시…… 쳐들어가실 겁니까?"

"그건 왜 묻는데?"

아렌트가 인상을 구겼다. 그러자 사이프가 기겁하며

손을 내저었다.
"아니, 아닙니다! 그냥, 말씀드린 대로 뒤에 제법 큰손이 움직이는 곳입니다. 함부로 건들면 벌집을 쑤신 꼴이 될 게 뻔한데……."
"아저씨, 바보야?"
"예?"
사이프가 멍청히 눈을 끔뻑였다.
아렌트는 아서와 리히트를 고갯짓으로 가리켰다.
"여기서 제일 큰 뒷배를 가진 사람이 누구게?"
"……."
"제깟 게 아무리 대단해 봤자지."
그렇지, 이 인간들은 황실을 보호자로 둔 깡패였다.
사이프가 입을 합, 다문 모습을 본 아렌트가 만족스럽게 고개를 끄덕였다.
"이제야 이해한 모양이군."
"아렌트, 황제 폐하와 황실을 뒷배라고 말하지 마라."
리히트가 침착하게 지적했다. 하지만 당연히 아렌트는 들은 척도 하지 않았다.
아렌트는 무릎 꿇은 사이프를 툭툭 발로 찼다.
"아저씨, 안내해."
"예?"
"앞장서라고. 당신은 그 비밀 거래소 입구가 어딘지 알 거 아냐. 보아하니 단골인 것 같고."
"아니, 하지만……."

사이프의 얼굴이 창백해졌다. 하지만 아렌트는 가차 없었다.
"뭐? 몰라? 에이, 그러면 쓸모도 없는데 그냥 이 자리에서……."
"아닙니다! 안내하겠습니다!"
사이프가 단박에 넙죽 엎드렸다.
지켜보던 리히트와 아서는 심기가 조금 복잡해졌다.
사이프가 과하게 비굴한 건지, 아니면 나름대로 용병질을 하던 놈을 실제로는 주먹 한 번, 칼 한 번 쓰지도 않고 쉽게 굴복시켜 버린 아렌트가 독한 건지 선뜻 결론을 내릴 수가 없던 탓이었다.

* * *

해가 완전히 가라앉고 번화가도 조용해질 시간.
사이프는 기사들을 빵집 건물 뒤에 있는 창고로 안내했다. 밀가루나 말린 과일 같은 재료들을 보관하는 장소였다.
사이프와 선배들을 앞세우고 창고 깊숙한 곳까지 걸어 들어가며 아렌트는 가볍게 상념에 잠겼다. 빵집이니 거래소니 하는 건 소설에서는 한 번도 본 적 없는 내용이었다.
'그래서 별일 아니겠거니, 했는데.'
생각보다 일이 커졌다.

인생은 민첩하고 착하게 〈239〉

그렇다는 건 '성검의 푸른 기사'에서 내전이 일어나고 제국이 쑥대밭이 되는 동안에도, 라이오스가 제대로 파악하지 못한 정보가 있다는 뜻이었다.

사실 어쩔 수 없는 일이었다.

기사단장인 라이오스는 황궁에 매인 입장이었다. 기사들과 병사, 치안대를 최대한 운용해서 제국을 살핀다 해도 한계가 있었다.

시나리오를 별 피해 없이 해피 엔딩으로 이끌려면 라이오스가 미처 알지 못한 부분까지도 최대한 파헤쳐야 했다. 그래야 사망 플래그를 피할 수 있을 테니까.

'무슨 지뢰 찾기도 아니고.'

이쯤 되면 배우가 아니라 디렉터라고 말해야 하는 거 아닌지.

아렌트가 딴생각을 하는 사이, 사이프가 걸음을 멈췄다.

"그…… 이쪽입니다."

그는 아렌트의 눈치를 살폈다.

아렌트는 고개를 들고 사이프가 가리키는 곳을 확인했다. 거기에는 와인이나 오래된 술 따위를 보관하는 오크 통이 있었다. 사람 두세 명은 가뿐히 들어갈 정도로 큰 크기였다.

아서가 인상을 찌푸렸다.

"이게 비밀 입구인 모양이지?"

"예, 그렇습니다."

"고리타분한 비밀 기지네요. 아저씨, 잘 들어."

심드렁하게 평을 남긴 아렌트가 사이프를 발로 툭툭 찼다. 사이프가 떨떠름한 얼굴로 돌아보자 아렌트가 목소리를 낮춰 말했다.

"우리는 아저씨 일행인 거야. 대충…… 그래, 돈 많은 집의 방탕한 도련님쯤으로. 아저씨는 몇 푼 받고 우릴 여기까지 안내한 거야. 알아들었어?"

"……예."

"혹시 다른 사람이 점원은 어디 갔냐고 물으면, 다른 손님을 맞아야 해서 그냥 우리끼리 왔다고 해."

말을 마친 아렌트가 사이프의 등을 떠밀었다.

"좋아, 앞장서."

"앞장서라뇨?"

"뭐, 그럼 우리가 해? 말했잖아. 아저씨가 우릴 여기까지 데리고 온 거라니까? 안내는 제대로 해야지. 문 열라고. 잠겼으면 부수든지."

사이프가 귀신도 안 잡아갈 새끼, 어쩌고 하며 구시렁대면서 오크통 앞에 섰다.

다행히도 그가 문짝을 직접 부숴야 하는 불상사는 벌어지지 않았다. 사이프가 통의 둥그런 뚜껑을 몇 번 만지작대자 달칵, 하는 소리와 함께 입구가 열린 것이다.

통 안쪽으로 시커먼 어둠에 잠긴 계단이 모습을 드러냈다.

"오.오."

아서가 감탄을 터뜨렸다.

사이프는 한숨을 푹 내쉬며 한발 앞서 안으로 들어갔다. 기사들 역시 그의 뒤를 따라 계단으로 발을 들였다.

저벅, 저벅.

아래로 깊이 내려갈수록 지하 특유의 서늘한 공기가 얼굴을 스쳤다.

리히트가 중얼거렸다.

"환기 장치도 제대로 되어 있는 모양이군."

"애초에 빵집을 지을 때부터 거래소로 사용할 작정이었던 모양입니다."

아서 역시 맞장구쳤다.

얼마나 걸었을까, 앞에 커다란 문이 보였다. 무장한 용병 두 명이 문 앞에 버티고 서 있었다. 그들은 일행을 발견하자마자 무기를 들이밀었다.

"멈춰라."

"나다, 사이프."

사이프는 불빛이 비치는 곳으로 가 익숙하게 제 얼굴을 보였다.

용병이 얼굴을 구겼다.

"제프는 어쩌고."

아까 아렌트가 기절시킨 점원 이름이 제프인 모양이었다.

사이프가 굳으려는 혀를 억지로 움직여 대꾸했다.

"……다른 손님을 맞이한다더군. 이쪽은 내 일행이다. 주인장에게 소개하려고 데려왔다."

용병은 미심쩍다는 듯 세 사람을 훑어보았다. 아서와 리히트는 저도 모르게 긴장해 턱을 꼿꼿이 세웠다.

잠시 후, 용병들이 고개를 끄덕였다.

"들어가라."

그들이 비켜서며 문을 열어 주었다. 그러자 또 짧은 통로가 드러났다.

축축하고 어둡기만 하던 계단과는 달리, 벽에 걸린 촛대가 복도를 환히 밝혀 주었다. 바닥에도 두꺼운 카펫이 깔려 있었다.

등 뒤에서 다시 문이 쿵, 소리를 내며 닫히자 아서가 조용히 입을 열었다.

"제법 자신감이 넘치는 모양입니다."

비밀스러운 공간에 외부인을 어렵잖게 들이는 것이, 침입자 몇 정도야 어렵잖게 처리할 자신이 있다는 의미로 보였다.

아렌트가 입을 비죽였다.

"지들이 늑대인지, 사자인지, 아니면 똥개인지는 앞에 넘어져 봐야 알 수 있겠죠."

틀린 말은 아니었기에 두 사람은 입을 다물었다.

통로 끝의 문을 직접 열고 들어가자 예고 없이 환한 빛이 쏟아졌다. 잠시 후, 눈이 빛에 차차 익숙해지자 호화롭게 꾸며진 홀이 눈에 들어왔다.

"이야……."

아렌트의 입에서 삐딱한 탄성이 터져 나왔다.

꽤 높은 천장에는 대형 샹들리에가 매달려 빛을 발했고, 벽은 새하얀 대리석으로 꾸며져 있었다. 바닥에 두텁게 깔린 카펫은 섬세한 무늬가 새겨진 것이, 척 봐도 최고급품이었다.

"이거 사이프 아닌가. 오랜만에 보는군."

갑작스레 펼쳐진 공간에 정신이 팔린 사이, 한 사람이 일행에게 다가왔다.

아렌트는 목소리가 들려온 쪽으로 고개를 돌렸다.

거기에는 한 남자가 양팔을 벌린 채 푸근한 미소를 짓고 있었다.

살집이 있는 몸에 웃음기까지 어리니 얼핏 인심 좋은 사람처럼도 보였지만, 가느다랗게 휘어지는 남자의 눈동자에서 욕심이라는 이름의 광채가 비쳤다.

그가 바로 빵집 사장이자 이 거래소의 주인인 브레드였다.

"어어, 뭐. 이쪽 도련님이 관심이 많다고 해서 특별히 모셔 왔지. 자네에게도 나쁘지는 않을 거야."

"그렇군. 잘 찾아오셨습니다. 저는 브레드라고 합니다. 만나 뵙게 되어서 반갑습니다, 공자님."

자신을 브레드라고 소개한 빵집 주인이 곧장 허리를 숙였다.

빵집 주인 이름이 브레드라니. 제과점 주인 김제과 씨라는 말을 들은 것 같은 기분이었다.

"뒤의 두 분은?"

"신경 쓰지 마. 내 시종들이니까."

아렌트가 자연스럽게 툭 내뱉었다.

시종이라는 말에 리히트와 아서의 눈썹이 꿈틀 움직였다. 하지만 그들은 초유의 인내심을 발휘해서 표정을 관리했다.

"오늘은 그냥 얌전히 구경만 할 거야. 사이프, 넌 볼일이나 봐. 약속한 대로 방해하지 않을 테니."

"알겠습니다."

사이프는 괴롭게 고개를 끄덕였다.

아렌트는 태연하게 주변을 둘러보았다.

꽤 넓게 마련된 지하 공간을 구석구석에 매달린 조명들이 대낮처럼 환하게 밝혀 주었다. 곳곳에 배치된 호위병들은 저마다 날카롭게 간 무기들을 쥐고 일행을 매섭게 쏘아보았다.

"수배 중인 놈들이 이런 곳에 모여 있었군."

리히트가 아서와 아렌트에게만 들릴 정도로 작게 속삭였다.

오갈 데 없는 범죄자들을 받아 경비로 고용한 듯했다. 넓은 홀 규모의 지하에는 과할 정도로 많은 병력이 배치되어 있었다. 대충 세어도 열 명은 충분히 넘을 것 같았다.

아렌트는 대강 고개를 끄덕이는 시늉만 하며 시선을 돌렸다.

진열대로 보이는 커다란 찬장에는 기이한 모양새의 무

기들이 가지런히 정리되어 있었고, 한쪽에는 수상쩍은 약재들이 가득 쌓여 독특한 냄새를 풍겨 댔다.

어느새 슬그머니 다가온 브레드가 아렌트에게 먼저 말을 붙였다.

"그래서, 따로 찾으시는 물건이라도 있는지?"

"아니, 아까 말했다시피 난 그냥 구경하러 온 거야. 괜찮다면 안내를 부탁하고 싶은데."

아렌트는 그를 힐끗 곁눈질했다. 그러자 브레드가 눈썹을 휘었다.

"추천이라. 그것도 좋지만 공자님의 취향을 모르니 곤란하군요. 귀한 집안의 자제분이 정말 물건이 모자라 이런 곳까지 오실 일은 없을 테고…… 자극을 찾으십니까?"

"그렇다면? 설마 고리타분한 소리를 늘어놓을 생각은 아니겠지? 귀족 나리에게 이런 곳은 안 어울린다거나."

"그럴 리가요. 흥미를 쫓는다는 건 아주 훌륭한 일입니다. 한 번 사는 인생인데 자극을 찾는 것이 뭐가 나쁜가요?"

아서는 조마조마한 마음이 되어 아렌트와 브레드의 대화를 지켜보았다.

아렌트는 천연덕스럽게 픽, 웃음을 터뜨렸다.

"그거 마음에 드는 대답이군."

"아, 귀한 약재는 어떠십니까? 좀처럼 구경하기 힘든 물건인데."

브레드는 바로 옆에 있는 포대에서, 말린 도마뱀을 한

움큼 집어 들었다.

"멀리 북쪽 바다의 섬나라에서만 사는 도마뱀이죠. 아주 값비싼 약재입니다."

"어디 쓰는 건데?"

"묘약과 독을 만들 때 사용합니다. 그리고 검사나 마법사들이 마력 때문에 내상을 입었을 때 치료용으로도 쓰이죠. 아주 효과가 좋아요. 마력을 순간순간 폭발적으로 늘리는 데도 도움이 됩니다. 조금 위험하지만 가공을 거치면 충분히 쓸 만한 물건이지요."

브레드는 말린 도마뱀 하나를 아렌트에게 내밀었다.

아렌트는 꺼림칙한 표정을 지으면서도 손을 내밀어 그것을 받아 들었다. 아니, 받아 들려고 했다.

덥썩.

그때 브레드가 팔을 뻗어 그의 손목을 강하게 잡아챘다.

리히트가 반사적으로 검을 향해 손을 가져갔다.

"무슨……!"

"이게 뭐 하는 짓이지?"

하지만 아렌트가 더 빨랐다. 자유로운 손을 들어 리히트를 뒤로 물러서게 한 아렌트가 싸늘하게 쏘아붙였다.

그러자 브레드가 빙그레 미소 지었다.

"손만 유독 거칠고 단단한 것을 보니…… 아무래도 검을 익히신 모양이군요."

"더러운 손으로 만지지 마."

아렌트는 그의 손을 털어 냈다.

브레드는 순순히 뒤로 물러서며 의뭉스럽게 눈초리를 휘었다.

"귀족가 공작님이 호신술을 익혔다고 보기엔…… 그런 것치곤 검자루에 손때가 많이 묻은 것 같습니다."

"……."

리히트의 얼굴이 딱딱하게 굳었다. 아렌트는 아예 팔짱을 끼고서 브레드를 마주 보았다.

"그래서?"

"게다가 저 사이프를 눈치 보게 만들다니. 보통 분은 아니라는 생각이 듭니다. 저치는 안하무인입니다. 호기심 많은 귀족 도련님 정도에 긴장할 놈은 아니라는 거죠."

분위기가 이상하게 흘러가자 용병들이 슬금슬금 그들 주변으로 모여들기 시작했다.

"제프는 이미 매수되었거나, 아니면 당신들에게 당한 모양이지."

절그럭.

용병들이 무기를 매만지는 쇳소리가 귀를 때렸다. 어느새 그들은 완전히 포위당한 상태였다.

"정체를 밝히시죠."

브레드가 히죽, 누런 이를 드러내며 웃었다.

리히트는 속으로 쯧, 혀를 차며 몸을 긴장시켰다.

'너무 얕본 모양이군.'

그의 기세가 바뀐 것을 알아차린 용병들 역시 금방이라

도 칼과 도끼를 뽑아 들 것처럼 자세를 낮췄다.

"아서."

"네."

리히트가 작게 읊조리자 아서 역시 차분하게 답했다. 그는 이미 검자루에 손을 올린 상태였다.

용병들의 눈이 더 사나워졌다. 아서와 리히트 역시 적들을 싸늘하게 노려보았다.

팽팽한 긴장감이 감돌았다.

금방이라도 충돌이 벌어질 것 같은 일촉즉발의 상황. 노골적인 살기가 오가는 사이에서 아서와 리히트의 신경이 점점 곤두섰다.

그때, 웃음기 어린 목소리가 모두의 맥을 탁 풀어 놓았다.

"역시 이 정도는 되어야 장사치라고 할 수 있지."

"저……."

아서의 입이 쩍 벌어졌다. 리히트 역시 상황도 잊어버리고 아렌트를 황당하게 바라보았다.

두 사람은 동시에 똑같은 생각을 떠올렸다.

'또 무슨 소리를 지껄이려고!'

브레드 역시 예상치 못한 반응이었는지 미간을 구겼다.

"그 말뜻은?"

"그 정도 눈치조차 없으면 죽어야지. 이런 곳을 차지하고 앉아 있을 게 아니라."

아렌트가 느긋하게 덧붙였다.

브레드의 표정이 더욱 사나워졌다. 하지만 그가 미처 더 뭐라 말할 틈도 없이 아렌트가 먼저 툭, 내뱉었다.

"당신, 소문에도 밝지? 나름대로 장사하는 인간이니까. 그렇다면 최근 황궁에서 무슨 일이 벌어졌는지도 알겠네."

"황궁?"

"모르면 안 되는데. 당신 밥줄과도 관련 있는 이야기니까."

아렌트는 팔을 들었다.

갑자기 그가 움직이자 용병들이 움찔하며 몸을 긴장시켰다. 하지만 아렌트는 아무것도 하지 않은 채, 그저 자신의 소매만 걷어 보일 뿐이었다.

흰 손목에 꼭 맞게 찬 은색 팔찌가 드러났다. 브레드는 팔찌의 잠금쇠 부분에 새겨진 황실의 문양을 똑똑히 볼 수 있었다.

"어?"

브레드는 순간 멍해지고 말았다.

황실의 물건을 소지하고 있다는 것은 황궁 소속이라는 뜻이었다.

하지만 저 팔찌는 조금 의미가 달랐다. 저건 과거부터 황제가 역모의 조짐을 보이는 귀족 본인이나 그 자식의 목숨을 볼모로 잡을 때 사용하던 물건이었다.

최근 들어서는 임시로 석방된 귀족가의 죄인들을 억제

하는 용도로 사용하는 물건이었지만, 그 의미가 퇴색된 것은 아니었다.

몇 차례 멍청히 눈을 끔뻑이던 브레드의 입이 쩌억, 벌어졌다.

"그럼, 설마······."

"내 정체를 물었지?"

아렌트는 그를 향해 비릿한 미소를 지어 보였다. 그러고는 아주 당당하게 선언했다.

"내가 바로 황실 기사단의 배신자, 아렌트 폰 에크하르트다."

유난히도 귓가에 파고드는 음성이 홀을 가득 채웠다.

갑작스러운 상황에 용병들은 눈을 크게 떴고, 브레드는 할 말을 잃어버린 것처럼 입을 연신 뻥긋거리기만 했다.

"설마 내 이름을 모르지는 않겠지. 무려 '그 표식'을 사용하는 주제에."

적들의 시선을 한 몸에 받으며 아렌트가 어조에 강세를 두었다. 그가 말하는 표식이 무엇인지 모르는 사람은 이 자리에 아무도 없었다.

지하는 순식간에 쥐 죽은 듯이 고요해졌다.

그가 하는 양을 가만히 지켜보던 아서가 리히트에게만 들리도록 중얼거렸다.

"전 이제 모릅니다."

"나도 모른다."

리히트 역시 그에게만 들리도록 침착하게 대꾸했다.

인생은 민첩하고 착하게 〈251〉

＊　＊　＊

　아렌트 폰 에크하르트.
　브레드는 어렵지 않게 그 이름을 기억해 낼 수 있었다.
　아렌트가 말한 대로 그는 정보에 밝을 수밖에 없었다. 그러니 최근 황도에서 무슨 일이 일어났는지도 대충 알고 있었다.
　먼저 들려온 것은 황실 제3기사단 소속의 아렌트 폰 에크하르트가 체포됐다가 얼마 지나지 않아 석방됐다는 소식이었다. 그리 널리 알려진 사실은 아니었지만 알 만한 사람들은 아는 이야기였다.
　그것보다 더 유명한 사건은 이스트 금고 습격 건이었다.
　정체불명의 무장 집단이 이스트 금고를 덮쳤지만, 미리 정보를 입수해 잠복하고 있던 황실 기사단이 일망타진했다는 내용이었다.
　퍼뜩 정신을 차린 브레드가 사납게 으르렁거렸다.
　"나더러 그 말을 믿으라고?"
　"금세 들통날 거짓말을 할 필요는 없지. 그쪽이 더 잘 알 텐데?"
　아렌트가 담백하게 대꾸했다.
　사실 황가의 문장이 새겨진 팔찌를 보인 것만 해도 충분히 증명되고도 남았다.

브레드의 얼굴이 더욱 착잡해졌다.

분위기가 이상하게 흘러가자 용병들이 주춤주춤 무기를 거두었다.

브레드 역시 그들을 막지 않았다. 황실 소속의 기사에게 검을 겨누는 것만으로도 충분히 중죄였다.

아서와 리히트 역시 될 대로 되라는 마음가짐으로 검을 내려놓았다. 하지만 두 사람 역시 아렌트에게서 의구심 어린 시선을 거두지는 못했다.

그제야 브레드는 아렌트에게 제일 중요한 것을 물을 수 있었다.

"……그래서, 일단은 믿는다 칩시다. 도대체 그 일이랑 댁이 여기에 온 거랑 무슨 상관이오? 신분은 왜 숨겼고."

"야, 이 멍청아. 내가 이걸 달고 있는 걸 보면 모르겠냐? 나도 황성에 목줄이 매인 입장이라니까. 사사롭게 돌아다닐 수가 없다고. 단장 눈 밖에 조금이라도 나면 바로 즉결 처분인데. 그래서 일부러 임무를 받아 여기까지 온 거잖아."

아렌트가 인상을 구기면서 그에게 쏘아붙였다.

"도련님 행세를 왜 했냐고? 여기가 뭐 하는 곳인지 나도 모르니까. 무턱대고 정체를 밝힐 수 있을 것 같아? 나도 나름대로 모험을 한 거라고. 저런 덜떨어진 놈까지 이용하면서."

덜떨어진 놈은 당연히 사이프를 일컫는 말이었다.

브레드는 더욱 혼란스러워졌다.

인생은 민첩하고 착하게 〈253〉

황실에서만 사용하는 즉결 처분용 팔찌, 이스트 금고, 체포되었다가 석방된 견습 기사. 그리고 눈앞에 있는 은발의 젊은 청년.
　아렌트 폰 에크하르트가 어째서 체포되었는지는 제대로 알려지지 않았다. 하지만 얼마 안 가 석방되었다고 하니, 그저 황실에 늘 있는 스캔들 정도라고 여겼을 뿐이었다.
　그 사실까지 상기해 낸 브레드의 머릿속에서 그것들이 한꺼번에 뒤섞였다가 재조합되었다. 그러자 하나의 그럴듯한 시나리오가 완성되었다.
　아렌트 폰 에크하르트는 역모에 가까운 대역죄를 저질러 체포되었지만, 정보를 넘겨주는 대가로 석방됐다.
　그리고 그가 여기에 나타난 이유는.
　"……설마 그 이스트 금고 습격 건이 이쪽이랑 관련이 있다고?"
　"그래, 본의 아니게 일을 그르쳐 버렸어. 그놈들이 멍청한 짓을 한 탓이지만. 어쨌든, 그래서 여기까지 찾아온 거잖아. 그 난리 통에 연락책도 끊어져 버렸다고."
　브레드가 그렇게 묻자 아렌트는 답답하다는 기색을 숨기지 않으며 쏘아붙였다.
　"그런데 눈치를 보니…… 너도 별로 아는 건 없는 모양이지?"
　"잠, 잠깐만요."
　계산을 마친 브레드가 황급히 나섰다.

"그렇다는 말은, 당신이 우리에게 물건과 호위를 공급해 주는 분들과 관련되어 있다는 뜻입니까? 이스트 금고가 습격당한 것은 그분들이 계획한 일이었고?"

"그래, 이제야 말귀를 좀 알아듣네."

아렌트가 고개를 가볍게 끄덕여 주었다.

브레드의 얼굴에서 식은땀이 배어나기 시작했다.

"그, 금고의 일은 어떻게 된 겁니까? 당신이 그분들의 계획을 황실에 알려 준 것 아닙니까?"

"멍청하긴. 그딴 떨거지들이랑 황성에 파고든 나, 이 중에 누구 목이 더 귀하겠냐?"

브레드가 넋을 나간 표정을 지었다.

"설마, 그 사건 자체가 미끼였다고…… 황실의 의심을 거두려는……."

도대체 왜 이야기가 그렇게 되는지 아서와 리히트는 이해할 수 없었다. 하지만 한 번 펼쳐지기 시작한 상상의 나래는 한없이 넓어져만 갔다.

아렌트는 굳이 대답하지 않았지만 그 침묵이 브레드에게 어떻게 다가갔을지는 뻔했다.

브레드의 눈이 더 이상 커질 수 없을 정도로 휘둥그레 졌다.

"잠깐만, 그렇다면…… 황실의 적대자라는 말입니까? 그분들이?"

브레드는 당장 눈앞에 들이밀어진 감당 못 할 현실에 완전히 몰입해 버렸다. 그건 곧 미끼를 제대로 물었다는 뜻이었다.
 아렌트가 슬쩍 인상을 찌푸렸다.
 "보아하니 본인이 누구랑 엮인 건지도 몰랐던 모양이네."
 "그런 말로 넘길 수 있는 게 아닙니다! 젠장, 반역이라니. 그런 일에 얽혔다는 걸 알았으면 여기엔 손도 안 댔소!"
 브레드가 발작적으로 악을 썼다.
 아서와 리히트는 망연해졌다. 그들을 여기까지 안내한 사이프 역시 긴가민가한 표정이었다. 마치 웃기지도 않는 촌극을 보는 것 같았다.
 "저 자식, 신나 보이지 않습니까?"
 "……."
 아서의 말을 부정하지 못하는 게 조금 안타까워진 리히트였다.
 홀을 가득 채운 범죄자들은 입을 헤, 벌린 채 아렌트에게서 눈을 떼지 못했다.
 '넋이 나갔군.'
 아래로 축 늘어진 무기들이 그들의 심리 상태를 대변하는 것 같았다. 그들은 아렌트의 몇 마디 말만으로 자신도 모르게 관객 역할을 부여받은 것이다.
 지금 아렌트의 배역은 '기사단을 배신한 견습 기사'였다.
 그의 무대에서 거래소의 배후에 있는 자들은 반역자들로 설정되었고, 브레드는 거기에 이용당해 버린 불행한

악인이었다.

"냉정하게 생각해. 주머니에 돈은 가득 채워 넣었을 거 아냐? 그거면 됐지."

"지금 제가 냉정하게 생겼습니까!"

브레드가 버럭 고함을 쳤다.

당연한 반응이었다. 밀거래로 돈을 버는 것과 반역에 가담하는 건 차원이 다른 일이니까.

"그래, 손을 잡기로 한 건 내가 맞소! 그래도 몰랐으면 차라리 다행이지. 그분들의 일이 틀어지기라도 한다면……!"

"왜? 그래도 그동안 주머니에 쓸어 담던 돈은 꽤 달콤했잖아. 그 정도 값은 해야지."

아렌트가 무심히 툭, 한마디를 던지자 브레드는 말문이 막히고 말았다.

아렌트의 말은 틀린 게 하나도 없었으니까.

창백해진 그를 물끄러미 바라보던 아렌트가 짧게 한숨을 내쉬었다.

"……어쨌든 그렇단 말이지. 꼴을 보아하니 다른 사람들도 처지는 마찬가지인 모양이고."

"……."

용병들의 얼굴이 떨떠름해졌다.

아까 리히트가 말한 대로 그들은 대부분 범죄자 출신이었다. 뒷골목에서 숨어 지내다 우연히 고용되어 거래소 현장을 지키게 된 것일 뿐, 자세한 사정을 모르는 것은 마찬가지였다.

"한심한 놈들이군. 그래도 이왕 이렇게 된 거 수습은 해 줄게. 나 때문에 곤란해진 건 확실하니까."

아렌트는 브레드를 향해 까닥까닥 손짓했다.

눈치를 살피던 브레드가 주춤주춤 다가오니, 아렌트는 브레드의 귓가에 대고 뭐라 속삭이기 시작했다.

사람들은 모두 긴장한 채 두 사람을 주시했다. 용병이든 기사든 아무도 예외는 없었다.

단둘만의 대화가 길어지고, 홀에 감도는 침묵은 더욱 길어졌다.

그리고 잠시 후, 브레드의 얼굴이 환해졌다.

"정말 그렇게 해 주신단 말입니까?"

"그래, 내가 설마 한 입으로 두말하겠어?"

도대체 이야기가 어떻게 흘러가는지도 알 수가 없었다. 고작 몇 분이 지났을 뿐이지만, 그사이 브레드의 태도는 완전히 달라져 있었다.

"그, 그렇게만 해 주신다면 저야 감사한 일입니다."

"대신에 나를 좀 도와줘야 하는데."

"예! 물론입니다."

브레드가 고개를 커다랗게 끄덕였다.

그 순간 아서는 보고야 말았다. 아렌트의 얼굴에 스치는 사악한 미소를.

"좋아, 그러면 잠깐 이야기나 나눠. 잠깐 의논해야 할 것도 있으니까. 여기서는 조금 곤란할 것 같고."

아렌트는 용병들을 훑어보았다. 그와 눈을 마주친 용병

들이 움찔했다.

브레드가 냉큼 말했다.

"저 녀석들을 물릴까요?"

"아니, 우리가 나가면 간편한 일이지. 아까 빵이 참 맛있던걸."

"그럼 제과점으로 안내하겠습니다."

브레드가 냉큼 대답했다. 그러고는 직접 아렌트를 이끌고 지하를 빠져나가는 계단을 향해 걸음을 옮겼다.

멍하니 있던 아서와 리히트는 아렌트가 보낸 눈짓에 정신을 차리고 그 뒤를 따랐다.

일행의 앞을 막는 사람은 아무도 없었다. 입구를 막아서려던 용병들도 급하게 뒤로 물러섰다.

그렇게 그들은 아까 들어온 오크통으로 거래소에서 무난히 빠져나올 수 있었다.

쿵.

문이 닫혔다.

창고에는 브레드와 아서, 리히트, 아렌트. 그리고 은근슬쩍 따라온 사이프만이 남았다.

"……."

네 사람은 멀뚱멀뚱 서로를 쳐다보았다.

사이프는 리히트를, 리히트는 아서를, 아서는 아렌트를 보는 기이한 상황에 먼저 입을 여는 사람은 아무도 없었다.

그런 상황이니 브레드도 선뜻 먼저 나서지 못했다.

제과점 안으로 들어가자고 권해야 하는데, 그들은 아무도 발을 뗄 생각이 없어 보였다.
　그런 상황에 아렌트가 운을 뗐다.
　"가만히 서서 뭐 해요?"
　"……."
　아서의 표정이 미묘해졌고 리히트가 한숨을 푹, 내쉬었다.
　지금 자신들이 뭘 해야 할지는 굳이 듣지 않아도 알고 있었다. 그런데도 선뜻 나서지 못한 것은 자신들이 아렌트의 의도를 읽었다는 그 사실 자체에서 본능적인 거부감을 느낀 탓이었다.
　하지만 별수 없었다. 움직이는 수밖에.
　아서가 스윽, 브레드를 향해 손을 뻗었다.
　상황 파악을 전혀 하지 못한 브레드는 그저 멀뚱멀뚱 서 있기만 했다.
　그리고 몇 초 뒤.
　우당탕, 쿠당탕! 으아아악! 왜 이래! 으악! 하는 잠깐의 소란이 벌어졌다.
　주변이 다시 잠잠해졌을 때, 브레드는 아까 사이프가 납치당했을 때와 똑같은 꼴로 묶여 바닥에서 퍼덕대고 있었다.
　아렌트는 다음으로 사이프에게 고갯짓했다.
　"막아."
　"예?"
　"입구 막으라고."

"아, 예. 예!"

그제야 말귀를 알아들은 사이프가 허둥지둥 움직였다.

어디선가 찾아온 빗장으로 문을 잠가 버린 사이프는 거기서 멈추지 않고 거대한 포대, 테이블, 온갖 식자재를 높게 쌓아 거래소 입구를 아예 틀어막아 버렸다.

그 꼴을 지켜보던 리히트가 저도 모르게 읊조렸다.

"……이게 맞냐?"

"왜요? 싸움도 안 일어났고, 알아낼 것도 제법 캐냈고, 밀거래를 벌이던 주범도 생포했고. 게다가 저 용병들 중 대다수는 범죄자라면서요? 잘된 일이지."

아렌트가 툭 내뱉었다.

분명 조사차 파견되었을 뿐인 세 사람이었다.

소수 인원으로 피 한 방울 흘리지 않으며 이 정도의 수확을 이뤄 내다니.

쾌거도 이런 쾌거가 없었다.

하지만 자꾸 머릿속에 의문이 드는 것은 어쩔 수 없었다.

기사로서, 기사라는 이름을 달고서 이런 짓을 해도 진짜 괜찮나?

거래소 안쪽에서도 뒤늦게 이상함을 깨달은 모양인지 쾅! 쾅! 문을 세차게 두드리는 소리가 들려왔다. 하지만 사이프가 꼼꼼하게 막아 둔 입구는 가끔 들썩이기만 할 뿐, 열릴 기미는 전혀 보이지 않았다.

"읍! 우으으읍!"

바닥에 굴러다니던 끈으로 꽁꽁 묶인 브레드가 마구 울

부짖었다. 얼핏 보니 눈물을 줄줄 흘려 대는 것 같기도 했다.

그 꼴이 한편으로는 애잔해서 아서는 슬쩍 눈을 돌려 버렸다.

아렌트가 혀를 차며 브레드를 툭툭 찼다.

"그러게 착하게 살았어야지. 그래야 이런 꼴도 안 보지. 안 그래?"

"맞, 맞습니다."

황급히 고개를 끄덕이는 사이프를 보고 있자니 리히트는 더욱 심란해졌다.

쾅! 쾅!

지하 쪽에서의 울림이 더해지자 아렌트가 심드렁하게 턱짓했다.

"저거 좀 불안한데. 잘 막아 봐."

"예!"

사이프가 다시 황급히 움직였다.

두 기사의 뭐라 형언할 수 없이 복잡한 시선이 아렌트에게 꽂혀 들었다.

모든 일이 다 잘 해결된 것은 맞았다. 엄청난 공을 세운 것도 사실이었다.

하지만 솔직히, 저놈이 제일 나쁜 놈 같았다.

5장. 칸이라는 영웅

칸이라는 영웅

"그렇게 됐다고······."

라이오스의 담담한 말에 아서와 리히트는 슬그머니 시선을 피했다. 그들 사이에 선 아렌트만이 당당할 뿐이었다.

라이오스는 심란함을 듬뿍 담은 눈으로 아렌트를 내려다보았다. 그러자 아렌트가 뻐딱하게 물었다.

"왜요?"

"하아, 아니다."

결국 라이오스는 그냥 고개를 내저을 뿐이었다.

전날 오후, 세 사람의 보고를 들은 라이오스는 곧장 황태자에게 출정 요청을 했다. 그들이 적진에 잠입하면 크든 작든 무력 충돌이 벌어질 거라 예상한 탓이었다.

그들의 실력을 믿지 못한 게 아니었다. 그래도 적의 전력을 확실히 알 수 없는 상황에, 고작 세 명만으로는 사태를 감당하기 힘든 게 당연한 일이었다.

하지만 그 결과는…….

한참 동안 펄떡대다 힘을 잃은 브레드가 축 늘어진 채 기사들과 치안대의 손에 끌려 나갔다. 내내 갇혀 있다가 기사들의 손에 허무하게 제압당한 불법 용병들 역시 그 뒤를 따랐다.

이게 가능한 일인가.

게다가 그들은 검도 뽑지 않았다고 했다.

당장 수습에 동원된 다른 기사들도 어이가 없는지 일하는 도중에도 아렌트 쪽을 힐끔힐끔 곁눈질했다.

그 시선들을 애써 외면하며 아서가 입을 열었다.

"그나저나…… 저 점주한테는 뭐라고 말한 거냐? 왜 갑자기 널 바깥으로 안내한 건데."

"그냥 황실 기사 자격으로 황성에 돌아갔을 때 잘 보고해 주겠다고 말했을 뿐인데요. 나중에 일이 틀어졌을 때도 변호해 주겠다고, 금고 건으로 신뢰는 완전히 되찾은 상황이라 내가 뒤를 봐주면 폐하께서도 믿을 거다~ 정도?"

아렌트가 어깨를 으쓱했다.

아렌트를 보는 세 사람의 눈이 더욱 착잡해졌다.

아서가 툭, 내뱉었다.

"이 자식 제명 안 됩니까? 황실 능멸죄, 뭐 이런 것도 붙일 수 있을 것 같은데."

"안 된다. 사실 지금도 형벌을 받는 중이니까. 관찰 기간이 끝나고 팔찌가 해제된 뒤에 논의해야지."

"하아······."

라이오스의 침착한 대꾸에 이어 리히트가 관자놀이를 꾹꾹 짚으며 한숨을 내쉬었다.

"어쨌든 이자들이 그들의 비호를 받은 건 사실인 듯합니다. 그런 것치고 아는 건 거의 없는 눈치였습니다만."

"황성으로 끌고 가서 취조해도 뭔가 더 알아낼 수 있을 것 같진 않습니다."

아서 역시 다시 정색하고 거들었다.

라이오스가 아렌트에게도 시선을 주었다. 손을 주머니에 푹 찔러 넣은 아렌트가 입을 열었다.

"반역에 가담하게 되었다면서 당황하는 꼴이 연기처럼 보이진 않았습니다. 수수료를 지불하는 대가로 구하기 어려운 물건을 공급받고 일할 용병을 주선받은 정도겠죠."

라이오스가 천천히 고개를 끄덕였다.

제과점 근처에는 갑작스러운 소동에 구경 나온 사람들이 와글와글 모여 있었다. 브레드와 용병들은 그 인파를 뚫고 하나씩 압송용 마차에 던져졌다.

"일단 자세한 이야기는 돌아가서 하자. 슬슬 정리된 것 같으니 복귀한다. 너희들도 준비해."

"예, 알겠습니다."

"네."

아서와 리히트의 칼 같은 대답 뒤 아렌트의 심드렁한 목소리도 따라붙었다.

"그런데 저놈은요?"

"음?"

라이오스가 무슨 말을 하냐는 듯 되물었다.

아렌트는 자신의 뒤쪽을 가리켰다. 거기에는 난데없이 들이닥친 기사들 사이에서 눈 둘 곳을 찾지 못하고 덜덜 떠는 사이프가 있었다.

일련의 사태 중 브레드를 제외하고 가장 정신적으로 충격을 많이 받은 사람이 바로 사이프였다.

아서가 딱하다는 듯 쯧, 혀를 찼다.

"질 나쁜 놈이긴 합니다만 황성에 압송당할 죄까지는 짓지 않은 것 같습니다. 밀거래에 참여한 부분에서는 변호의 여지가 없지만요."

본의는 아니었겠지만 이번 일에 제법 큰 도움을 준 것도 사실이었기에 어느 정도는 참작의 여지가 있었다.

라이오스가 고개를 끄덕였다.

"사정은 대충 알았다. 일단 추궁은 해야겠지."

그리고 얼마 뒤, 고작 세 명으로 출발했던 일행은 단장을 포함한 한 무리의 기사단이 되어 복귀 길에 올랐다.

* * *

이동식 거래소는 이전에도 몇 번 발각된 적이 있었다.

이런 케이스로 발각된 것은 이번이 처음이었지만, 이전에도 거래소는 몇 차례나 문을 열었다가 닫기를 반복했다.

특이한 것은 매번 거래소의 운영자가 달랐다는 점이었다.

비슷한 표식들을 사용했다는 공통점은 있었지만 거래소의 주인장들끼리는 접점이 전혀 없었다. 심지어 브레드도 전임이 누구인지 전혀 모르는 상황이었다.

 브레드와 그에게 고용된 용병들의 증언으로 유추한 운영 방식은 대충 이랬다.

 우선 운영에 적당한 사람을 물색해서 접촉한다. 그 대상은 대부분 범죄 경력이 있는 왈패나 건달 출신. 그들 중에서 밀수 사업을 지원해 준다는 말을 거절할 사람은 대부분 없었다.

 특별히 구하기 힘든 물건은 심부름꾼을 통해 거래처를 연결해 주거나 물건을 직접 공급하고, 호위로 쓰던 불법 용병들도 일정 부분의 금액을 부담해서 고용해 주는 방식으로 사업을 이어 갔다.

 그리고 거래소를 직접 운영하는 사람은 수익을 분배받는 것으로 이득을 보는 시스템이었다.

 그러다가 거래소에 문제가 생기면 주선자들은 철수해 버리고, 운영자들은 잘린 도마뱀 꼬리 꼴이 되어 버리는 것이다.

 이전 거래소가 정리되면 또 다른 곳에 비슷한 표식을 건 거래소를 만들고, 다시 자리를 잡으면 소문을 들은 손님들이 다시 찾아가는 방식이었다.

 "단순한 자금 모으기 용이겠지. 왜 굳이 표식까지 사용했는지는 알 수 없지만."

 거기까지 말한 아서가 우물거리던 고기를 꿀꺽 삼켰다.

그러자 잠자코 있던 리히트가 입을 열었다.

"전술적인 측면이라면 그 목적도 대강은 짐작할 수 있지. 전국 각지에 퍼진 동료들의 임시 집결 장소로 사용한다거나."

"전술이라…… 뭐 그럴 수도 있겠네요."

아렌트 역시 소시지를 오물대며 고개를 끄덕였다.

"이전에도 몇 건 적발한 적이 있다면서요. 같은 표식을 쓰는 놈들이 있다는 걸 좀 더 빨리 알아냈으면 좋았을 텐데."

"주의 깊게 본 사람이 없었겠지. 밀거래 현장을 덮치러 가는데 가게 간판 따위가 눈에 들어오지도 않을 테고."

아서가 한마디 얹자 리히트가 차분하게 대답했다.

이런 대화를 나누는 중에도 접시는 꾸준히 비어 갔다.

식당에서 식사하던 기사들은 힐끔힐끔 세 사람을 곁눈질했다.

참 별난 조합이었다.

아서와 아렌트가 함께 있는 건 그렇다 치더라도, 저들 사이에 리히트가 아주 불편하다는 얼굴로 끼어 있다는 것은 새로운 시각적 자극이었다.

혼자 간단히 식사하러 온 리히트를 아서가 억지로 끌어다가 앉혀 둔 결과였다.

그들이 같이 있다는 사실만으로 충분히 이상한 일이었다.

특히 늘 몸을 관리한다며 적게 먹고, 공용 식당은 불결하다며 얼씬도 하지 않던 아렌트가 식사를 싹싹 비워 대는 모습은 아무리 봐도 익숙해지려야 익숙해질 수가 없었다.

그건 최근 아렌트를 비교적 가까운 곳에서 지켜본 리히트와 아서에게도 마찬가지였다.

그를 유심히 보던 리히트가 떨떠름히 중얼거렸다.

"잘 먹는군. 음식을 가린다고 생각했는데."

"그쪽도 지하 감옥에서 눅눅한 빵만 먹어 보시든지요."

"야, 선배한테 그쪽이 뭐냐?"

아서가 지적했다. 그러자 아렌트가 뭐 어쩌라고, 하는 눈으로 그를 꼬나보았다.

아서 역시 얼굴을 구겼다.

"뭐야 그 얼굴은. 불만이냐?"

"그럴 리가요. 내가 무슨 불만이겠어요. 대에에의를 위해서는 목숨도 헌신짝처럼 버리는 대에애단하신 선배님한테."

"……."

포크를 쥔 아서의 주먹에 힘이 들어갔다.

리히트가 헛기침으로 그들의 주의를 돌렸다.

"그만해라. 다들 식사하고 있잖아."

"네, 세상 넓은 줄 모르는 선배님이 하시는 말씀인데 들어야죠."

이번에는 나이프를 잡은 리히트의 손이 꽉, 주먹을 쥐었다.

그러는 사이 아렌트가 벌떡 자리에서 일어났다.

"어쨌든 저는 먼저 가 보겠습니다. 이따 연무장에서 보든지 말든지 하자고요."

"뭐야. 벌써 다 먹었어?"

아서의 눈이 휘둥그레졌다.

먹음직스러운 식사가 가득 쌓여 있던 접시는 어느새 깨끗하게 비어 버린 뒤였다.

두 선배를 뒤로한 채 아렌트는 유유자적 식당을 떠나 버렸다. 기사들은 덩그러니 남은 아서와 리히트를 안타깝게 쳐다보았다.

저들이 최근 아렌트와 함께 다니는 목적은 어쩌면 쥐도 새도 모르게 그를 죽여 버리는 데 있는 게 아닌가.

제법 합리적인 의심이었다.

* * *

이 개 같은 세상에서, 천하에 둘도 없는 개자식의 몸뚱이에 처박힌 뒤로 딱 하나 마음에 드는 게 있다면, 엉망진창이던 식생활이 비약적으로 개선되었다는 점이었다.

'며칠이 아니지. 10년이 넘게 인스턴트만 먹고 살았는데.'

말라비틀어진 삼각 김밥으로 저녁을 때운 세월이 얼마나 길었던지…….

괜히 짜증이 치밀었다. 곱게만 자란 귀족 놈들이 매번 신선한 샐러드와 고기, 부드러운 빵이 삼시 세끼 준비된다는 게 얼마나 기적 같은 일인지 알 리가 없었다.

쯧.

혀를 한 번 차는 것으로 아렌트는 상념을 날려 버렸다.

배가 뿌듯하게 부르니 기분이 제법 좋았다. 날씨도 쾌청한 김에, 아렌트는 산책하는 기분으로 어슬렁어슬렁 생활관의 정원을 향해 걸음을 옮겼다.

이 시간에는 대부분 임무에 나섰거나 수련 중이기 때문에 주변은 그저 조용했다.

아렌트는 무의식적으로 사람이 없는 곳을 향해 걸음을 옮겼다.

결국 이번에도 잡아들인 사람 수에 비해서 건져 낸 것은 없는 것과 마찬가지였다. 브레드와 그 일당은 기억 조작 마법도 걸리지 않은 상태였다.

그런 점에서 봤을 때, 그놈들은 반역 세력의 핵심에서 상당히 벗어나 있다는 게 증명된 셈이었다.

그들은 엄중한 수사를 받은 뒤 각자 죄에 알맞은 처벌을 받고 풀려날 테지만, 황성의 중진들은 그들 뒤에 있는 존재들에 대해 이런저런 추측을 내어놓느라 야단법석이라는 듯했다.

'그래도 소득이 없는 건 아니지.'

소설에서는 황실과 귀족들이 그놈들의 위험성을 제대로 인지하기까지 제법 오랜 시간이 걸렸다.

그 때문에 라이오스와 다른 단장들은 일이 터지기 직전까지 별다른 지원을 받지 못한 채, 지지부진한 수사만 할 수밖에 없었다.

하지만 이번 일로 황실 역시 경각심을 가진 모양이니 나쁠 것은 없었다.

아렌트는 괜히 주먹을 쥐었다, 폈다를 반복했다.

몸을 지키는 수단을 마련하는 것도 비교적 순조로웠다.

원래 재능이 차고 넘치던 놈의 몸이라 그런지, 쉴 새 없는 노력에 아서의 조언까지 더해지자 정말 빠른 속도로 검이 몸에 익어 가는 게 체감될 정도였다.

그에 따라 마력의 운용도 익숙해져서 서리 어린 손길을 사용하는 것도 점차 익숙해지고 있었다.

검과는 달리 대련에서 사용해 보거나, 다른 사람들에게 조언을 구할 수 없다는 점이 조금 아쉬웠다.

그렇지 않아도 간신히 사형을 면한 입장인데, 이런 위험한 물건을 지니고 있다는 사실이 알려진다면 당장에 압수당하거나 도로 취조실에 끌려갈지도 모를 일이니까.

덕분에 아렌트는 일과를 끝낸 뒤에 방에 들어가, 혼자 낑낑대며 서리 어린 손길을 쓰는 방법을 익혀야만 했다.

'제약이 너무 많아.'

거기까지 생각이 미친 아렌트의 인상이 살며시 구겨졌다.

즉결 처분 팔찌를 매단 이상 황성 밖으로 나가는 것조차 자유롭지 못했다. 매번 라이오스의 허가를 받아야 하는 데다가, 꼭 동행이 붙어야 하니 여간 성가신 게 아니었다.

'이걸 어떻게 좀 해야 하는데…….'

하지만 당장 뾰족한 방법이 없었다.

사실 지금까지 한 일이 넘지 말아야 할 선을 아슬아슬하게 넘나들다 못해, 선 위에서 신나게 탭 댄스를 춘 꼴이라는 건 스스로도 자각하고 있었다.

아렌트는 아쉽다는 듯 쩝, 입맛을 다시며 주먹을 꾹 쥐었다.

그때, 뜬금없이 들려온 목소리가 그의 걸음을 잡아챘다.

"생각이 많아 보이는데."

"……?"

아렌트는 자연스럽게 음성이 들린 곳으로 고개를 돌렸다. 언제 다가왔는지 처음 보는 남자가 조금 떨어진 곳에 서서 이쪽을 응시하고 있었다.

말을 건넨 사람이 그라는 사실은 두 번 생각하지 않아도 충분히 알 수 있었다.

아렌트는 습관처럼 미간을 조금 찌푸리고 그를 살폈다.

새삼 보니 놀라울 정도의 미남이었다.

주인공이니만큼 자타 공인 미남 자리를 차지한 라이오스를 필두로 리히트, 그리고 아침마다 거울에서 마주치는 자신의 얼굴까지…… 최근에는 미형의 얼굴에 제법 익숙해진 그였다.

갑자기 나타난 남자는 그런 아렌트도 자연스레 빤히 쳐다보게 될 정도로 잘생긴 얼굴이었다. 입술은 부드러운 미소를 그렸지만, 선명한 눈매에서는 어째서인지 고압적인 태도가 묻어났다.

게다가.

'검은 머리네.'

보기 드물 정도로 새카만 머리칼이었다. 이곳에 오고

난 뒤 처음 보는 거였다.

아렌트가 짧게 물었다.

"……누구?"

"……."

예상치 못한 반응인지 남자가 새파란 눈동자를 몇 차례 깜빡였다.

그리고 잠시 후, 그가 가볍게 웃음을 터뜨렸다.

"별난 질문이군. 일단은 칸이라고 소개하지."

칸, 칸이라.

아렌트는 몇 번 그 이름을 되짚어 보았다.

"칸 씨라고 부르면 됩니까? 아니면 칸 님이라고 해야 하나요."

"편한 대로 해. 갑자기 불러 세운 건 내 쪽이니, 가벼운 무례 정도는 용서해 줘야지."

칸은 농담처럼 대꾸하고는 걸음을 옮겨 아렌트에게 가까이 다가왔다.

아렌트는 가만히 그를 주시했다.

얼마 지나지 않아 딱 악수를 나누기 좋은 위치까지 다다른 칸은 씨익, 웃으며 툭 내뱉었다.

"만나게 되어서 반가워, 아렌트 폰 에크하르트 경."

어떻게 반응해야 할지 잠깐 고민하던 아렌트는, 일단 버르장머리 없는 귀족가 꼬맹이 콘셉트를 지키기로 했다.

그는 건성으로 고개를 까닥, 숙였다.

"네, 뭐…… 가시던 길 마저 가시죠. 저는 잠깐 산책 중이었습니다."

"경에게 볼일이 있어서 일부러 찾아왔다고는 생각 안 하나?"

하지만 그런 태도에도 칸은 빙그레 미소 지을 뿐이었다.

이 상황이 조금 귀찮아진 아렌트의 눈썹이 자연스럽게 구겨졌다.

"제가 뭐라고. 일개 견습 기사일 뿐인데 일부러 찾으실 필요가 있습니까?"

"일개 견습 기사라…… 어울리지도 않는 겸손은. 경의 오만함이야 온 황성이 다 아는데."

칸이 턱을 쓸어내리며 고개를 갸웃했다.

"자기 자신에게 '일개'라는 말을 붙일 만한 인물이 아니라는 건 재판정에서 이미 확인된 일이고, 그 점을 감안한다면 방금 경의 말은 나와 길게 대화하고 싶지 않다는 뜻이 되겠군."

"아주 정확하게 보셨습니다. 그리고 의문인 것도 사실입니다. 저한테 따로 용무가 있을 사람은 없다고 아는데요."

쯧, 속으로 혀를 찬 아렌트는 짝다리를 짚고는 삐딱하게 섰다. 쉽게 풀려나지 못할 거란 사실을 직감한 탓이었다.

칸은 잘생긴 얼굴에 다시 빙그레 미소를 담았다.

"왜, 지금 경이 이 황성에서 얼마나 유명 인사인지 모르나? 얼굴이라도 구경해 보러 여기까지 오는 사람이 있는 것도 이상한 일은 아닌데."

"그래서 얼굴 구경하신 감상은 어떻습니까?"

칸이라는 영웅 〈277〉

아렌트가 심드렁하게 툭 내뱉었다.

그러자 칸이 슬쩍 입꼬리를 올렸다.

"익히 알려진 바와 같이 건방지고 버릇없군. 그 고운 얼굴이 아까울 정도인데."

"칭찬 감사합니다."

"칭찬으로 들렸나?"

칸이 황당하게 되물었다. 아렌트는 뭐 어쩌라고, 하는 눈으로 그를 지그시 바라봐 주었다.

상대를 멍하니 쳐다보던 칸은 이내 웃음을 터뜨리고 말았다.

"진짜 기막히네. 개망나니처럼 날뛰는 놈이라고 들었는데, 또 그건 아닌 것 같고. 대놓고 패악을 부리는 것보다 빈정거리면서 사람을 열받게 만드는 쪽을 더 좋아할 것 같군."

"오……."

이번에는 아렌트가 동그랗게 뜬 눈을 깜빡였다.

칸이 되물었다.

"내 말이 맞나?"

"아마도 맞을걸요. 아니지, 정확하게 보셨습니다. 통찰력이 제법이시네요."

"……."

무심한 얼굴로 그렇게 대꾸하는 아렌트에게 향한 칸의 시선에 다시 어이없음이 깃들었다.

하지만 아렌트의 감탄은 반쯤 진심이었다.

'매일 얼굴 보는 놈들도 눈치 못 채던데.'

안의 내용물이 바뀌었다는 사실까지야 누가 짐작조차 못 할 것이고…… 사실 기사단 내에서 제대로 대화를 나눈 건 아서와 리히트, 그리고 라이오스뿐이지만.

"……어쨌든 경에 대한 이야기는 그 밖에도 제법 들었지. 그래서 호기심이 생겼어."

"그것 때문에 직접 찾아오시다니, 어지간히도 할 일이 없으신 모양입니다."

"한마디를 그냥 넘어가는 법이 없군. 말버릇인가? 내가 누군지도 모른다면서."

"그래서 일단 기본적인 예의는 지키잖습니까. 나중에 봉변당하고 싶지 않아서요."

아렌트는 습관처럼 어깨를 으쓱했다.

그 천연덕스러운 모습에 칸이 피식 웃었다.

"봉변이라…… 경 말대로 내가 경에게 봉변을 안겨 줄 수 있는 위치의 사람이라면, 이미 경의 그 태도부터가 글러 먹었다고 생각하지는 않고?"

"어쩌겠습니까. 아렌트 폰 에크하르트는 원래 이렇게 생겨 먹은 인간인데. 게다가 심술 맞은 건 저보다 그쪽이 더하면 더했지 덜하지는 않은 것 같은데요."

아렌트는 그 웃음에 화답하듯 고개를 까닥였다.

"칸이라는 이름도 방금 급조하신 듯하고, 아무리 봐도 본명처럼 들리지는 않으니까요."

"어째서?"

"누굴 바보로 아시나. 나는 귀하신 몸이네, 하고 티를 그렇게 내면서 성씨도 없이 이름만 툭 내뱉으면 누가 곧이곧대로 믿겠습니까?"

대화 내내 칸은 황실 기사를 앞에 두고도 아랫사람을 대하는 태도였다.

게다가 수수한 옷차림과는 달리 그의 허리에 매달린 장검은 한눈에 보기에도 평범한 물건은 아니었다. 그 모든 점을 고려했을 때 나올 수 있는 답은 딱 하나였다.

아렌트가 짧게 한숨을 내쉬었다.

"자신이 누군지 밝히지 않는 것으로 타인을 곤란한 지경에 처하게 만들 수 있는 위치의 사람이, 아랫사람에게 일부러 그런 식으로 구는 것은 조금 그렇지 않습니까?"

"어째 비난하는 것처럼 들리는데."

"어쩔 수 없습니다. 아시다시피 적이 많은 입장이라 사사로운 건에도 예민하게 굴 수밖에요."

"예민이라…… 내 귀에는 어째 쓸데없이 시비 걸지 말라는 뜻으로 들리는군."

"전 그렇게까지는 말 안 했습니다."

"틀리지 않았다는 뜻이군."

아렌트를 응시하는 그의 눈동자는 아까보다도 더욱 강한 흥미로 반짝였다. 충분히 불쾌해할 만한 상황이었지만 오히려 칸은 기분 좋게 미소 지었다.

"산책하는 길이면 잠깐 같이 걷겠나?"

"명령입니까?"

"아니라면? 거절하려고?"

"그러고 싶어서요."

"그럼 명령이라고 해 두지 뭐. 잠깐 오게. 자네에게도 나쁜 일만은 아니니."

칸은 아렌트의 대답을 기다리지 않고 먼저 성큼성큼 걸음을 옮기기 시작했다.

아렌트는 그런 '칸'이라는 남자의 뒷모습을 슬쩍 일별하더니, 어깨를 으쓱하고 뒤를 따라 걷기 시작했다.

칸은 자신의 한 걸음 뒤에서 따라오는 기사를 힐끗 곁눈질했다. 이제 갓 스무 살을 넘겼다는 말대로, 막 소년 티를 벗어난 앳됨이 아직 얼굴에 남아 있었다.

하지만 그에 반해 살짝 처진 눈초리에 자리 잡은 황금색 눈동자는 치기라고는 하나도 없이 무심함만 감돌 뿐이었다. 표정 변화도 거의 없이 시종일관 시큰둥함을 유지하고 있어서 더욱 그렇게 느껴졌다.

그러니까 한마디로.

'차가운 인상이군.'

칸은 그렇게 결론을 내렸다.

그의 시선을 알아차린 아렌트가 툭 내뱉었다.

"사람 불러다 놓고 무슨 생각하십니까?"

"경 성질머리가 보통이 아닌 것 같다는 생각."

담백하게 대답해 준 칸이 슬쩍 입꼬리를 올렸다.

"칸이라는 이름을 아나?"

"즉석에서 만든 이름 아닙니까?"

"딱히 그렇지는 않아. 친한 사람들이 날 부르는 애칭이지. 동시에 이 제국에서 가장 유명한 기사의 이름이기도 하고."

칸이 평탄한 어조로 말을 이었다.

아렌트의 눈썹이 살짝 휘었다.

"유명한 기사요?"

"경도 기사라면 알 텐데. 이 제국의 시조, 성검의 첫 번째 주인을 말이야. 아카데미 수업 시간에 내내 자지는 않았을 거 아냐."

"……초대 황제 칸을 말씀하시는 겁니까?"

아렌트가 눈치껏 맞장구쳤다.

칸이 가볍게 고개를 끄덕였다.

"맞아. 세상이 전란에 휩싸이고, 어둠이 완전히 이 세계를 집어삼키려던 때, 빛의 신 루체 님의 계시를 받고 검을 든 영웅. 어린 기사 지망생을 가르칠 때 그분의 일화를 많이 언급한다면서. 망국의 기사 출신이라고 하니까."

흔하다면 흔한 이야기였다.

세상에 재앙이 내리고 전란에 휩싸였다. 사악한 무리가 대륙을 지배하고 인간들은 완전히 파멸 직전에 몰렸다. 그때, 망국의 기사가 혜성처럼 나타나 성검을 휘둘러 세계를 구했다.

그 사람이 바로 '영웅 칸'이었다.

그는 전쟁 후 자신의 고국이 있던 자리에 다시 나라를 세웠다.

죽음이 휩쓸고 간 땅에 칼리온 제국의 깃발이 꽂히고, 인간들은 제국을 중심으로 다시 빠르게 문명을 구축해 갔다.

아렌트에겐 그저 신화처럼 들리는 이야기일 뿐이지만 이 제국에서는 하나의 역사였다.

칼리온 제국은 이 신화에 등장하는 빛의 신 루체를 주신으로 삼고 있었다. 당시 신이 내렸다는 성검도 황실 소속의 가장 높은 신관들이 엄중히 보관 중이었다.

신탁이 내려지면 그 검은 라이오스에게 넘어갈 테고.

칸의 말이 이어졌다.

"추앙받아 마땅하지. 세상을 구하고 멸망 직전에 놓인 인간을 구했으니."

"예…… 뭐."

아렌트가 떨떠름히 대답했다.

"영웅 칸은 끝까지 황제보다는 신에게 충성하는 기사로서 남기를 원했다더군. 황제가 된 뒤에도 남은 평생을 성검과 함께 대륙을 종횡무진하며 세상을 안정화시키려 힘썼고."

칸은 몸을 빙글 돌려 기사를 마주 보았다.

"신을 감동시킨 그분의 정신, 만인을 구한 그분의 기사도…… 경은 어떻게 생각하나?"

"지금 제 의견을 물으신 겁니까?"

아렌트가 그렇게 묻자 칸이 가볍게 고개를 끄덕였다.

"그래, 경도 아직 견습이라고 하지만 기사니까. 그에

대한 감상 정도는 있겠지."

"당연히 훌륭한 일입니다. 세상을 구원하고, 나라를 세우고…… 뭐, 끝까지 인간을 위해 힘썼다고 하니까요."

"그렇지. 그런 의미에서 이 제국의 기사들은 훌륭할 수밖에 없어. 그 누구보다도 올곧은 기사의 정신을 타고났으니까."

"글쎄요."

뚱한 목소리가 툭 튀어나왔다.

칸은 자신도 모르게 우뚝 걸음을 멈추고 뒤를 돌아보았다. 자연스레 아렌트 역시 그 자리에 멈춰 섰다.

"올곧은 정신이라…… 좋죠. 하지만 나중에는 어떻게 되는지 아십니까?"

"어떻게 되는데?"

"부러집니다. 뚝, 하고."

감정이라고는 하나도 담기지 않은 어조였다. 마치 지나가는 말처럼 가볍게 들리기도 했지만, 뼈가 있는 것 같기도 했다.

칸이 멍하니 눈을 깜빡이기만 하자 아렌트가 덧붙였다.

"올곧은 정신, 기사도. 다 좋죠. 그러다 뎅겅 부러져서 뒈지는 거지. 정정당당함, 명분을 찾다가 꽥 죽으면 누가 뭐라 그러겠어요. 명예로운 죽음이니 관짝 위에 꽃이라도 한 송이 더 놓이겠지."

한껏 빈정거린 아렌트는 주머니에 손을 푹 찔러 넣었다.

"영웅 서사야 늘 멋지지만, 그걸 현실에 대입하면 조금 곤란합니다. 대부분의 인간은 영웅이 아니니까요. 그리고…… 구전이나 기록이라는 건 원래 군더더기나 안 멋져 보이는 부분은 쏙 빼고 남는 법이잖아요?"

"……."

"영웅이 처음부터 영웅이겠습니까? 어쩌다 살아남았으니 영웅이라고 불리는 거지."

칸은 뭐라 말로 표현할 수 없는 미묘한 표정으로 앞에 있는 어린 기사를 응시했다.

"좀 풀어서 얘기해 주겠나?"

"오래 살려면 더럽고 치사한 짓도 할 줄 알아야 한다는 뜻입니다. 영웅 칸도 그랬을 거고, 본인이 그걸 거부했다면 주변 사람이라도 그렇게 했을 겁니다. 그러다 보니 영웅이라고 불리게 된 거겠죠."

잠시 생각에 잠긴 듯 칸은 한참 동안 아무런 말도 하지 않았다. 아렌트 역시 더 떠들지 않고 가만히 입을 다물었다.

잠시 후, 칸이 입꼬리를 비틀어 올렸다.

"현실적이라면 현실적이군. 하지만 적어도 기사가 대놓고 할 말은 아니라고 생각하는데."

"기사도 사람입니다. 그리고 기사도에 대해서 대화를 나누고 싶으셨다면 적어도 저를 찾아오지는 마셨어야죠."

잠깐 뜸을 들인 아렌트가 짧게 덧붙였다.

"아닙니까? 칸타레스 알 칼리온 황태자 전하."

"……어?"

둘만 있는 정원에 진득한 정적이 흘렀다.

칸은 웃는 얼굴 그대로 얼어붙어 버렸다.
휘이잉.
어디선가 불어온 기분 좋은 바람이 두 사람의 머리칼을 흐트러트렸다. 새파랗게 물든 정원수의 나뭇가지가 흔들리는 사사삭, 소리만이 조용한 정원을 맴돌 뿐.
아렌트는 슬쩍 입꼬리를 휘어 미소를 만들었다. 그러고는 확인 사살을 하듯 슬며시 내뱉었다.
"나중에 건방지기 짝이 없는 견습 기사가 당황하는 꼴을 보고 싶으셨던 모양이죠. 선수를 뺏기셔서 유감입니다."
"……한 대만 쥐어박아도 되나?"
칸은, 아니, 칸타레스는 순간적으로 입 밖에 불쑥 튀어나온 진심을 막지 못했다.

* * *

대충 높으신 분들 중 하나라는 건 예상한 바였다. 그런데 설마 황태자 본인이 갑자기 나타날 줄은. 그러니 얼굴을 보고서도 당장 알아보지 못한 것도 이상한 일은 아니었다.
'할 일도 없나.'
황태자가 본격적으로 나타나는 건 작중에서 한참 뒤의 일이었다. 당연히 아직은 전혀 접점이 없는 인물이었다.
아렌트는 잠깐 기억을 더듬었다.
'성검의 푸른 기사' 속 영웅이 라이오스라면, 칸타레스의 배역은 영웅의 조력자였다. 성검에게 선택받은 라이오스에게 직접 검을 수여해 준 것도 바로 황태자였다.

성대히 열린 수여식에서 라이오스가 진정한 성검의 후계자로 거듭나고, 그는 한 번 더 황제와 황태자, 그리고 제국에 충성을 서약한다.

몰락 귀족에서 출발한 라이오스가 성장한 끝에 마침내 제국을 구할 영웅으로 등극한 그 중요한 장면에서, 황태자는 라이오스라는 검을 휘두를 제국의 주인으로 묘사되었다.

그런 사람이 지금 자신의 앞에서 입을 쩍, 벌리고 멍청하게 눈만 깜빡이는 형국이니 더욱 한심해 보일 수밖에 없었다.

한참 만에 칸타레스가 황당하게 말했다.

"뭐야. 알고 있었나? 아닌데. 자네는 날 본 적이 없어. 처음에는 분명……."

"못 알아본 것 맞습니다. 대화를 나누다 보니 깨달은 거지."

"언제?"

"아까 '산책하는 길이면 잠깐 같이 걷겠나?'라고 말하셨을 무렵에요."

아니었으면 여기까지 따라오지도 않았지, 라는 말은 굳이 입 밖으로 내지 않았다. 하지만 눈치 빠른 칸타레스에게는 충분히 전해진 모양이었다.

입만 뻥긋대던 칸타레스는 이내 허탈하게 웃음을 터뜨렸다.

아렌트가 밉살맞게 물었다.

"왜요? 버르장머리 없다고 벌이라도 내리실 겁니까?"

"내 옆에 호위나 수행원이 한 명이라도 있었으면 그렇게 하자고 난리 법석을 떨었을걸. 하지만, 그래…… 내가 자초한 일이니 그냥 넘어가지."

칸타레스가 손을 휘휘 내저었다.

"솔직히 그렇게 깊이 생각하지는 않았어. 편하게 대화를 나눠 보고 싶어서 기껏 수행원이며 호위를 다 물렸는데 정복 차림으로 방문하는 것도 이상한 일이고, 오만이 하늘을 찌른다는 경이 당황하는 모습을 한 번쯤 구경하고 싶었던 것도 사실이야."

아렌트라는 기사가 평민 출신의 선배나 황성에서 일하는 시종들을 곤혹스럽게 만든다는 것은 익히 알고 있었다. 동시에 자신보다 높은 위치에 있는 사람에게는 꼼짝도 하지 못한다는 이야기도 간간이 들렸다.

그런 주제에 단장인 라이오스에게는 자꾸만 대드니, 아렌트의 평판은 자연스레 바닥을 칠 수밖에 없었다.

"처음부터 황태자라고 나선다면 경과 진솔한 대화를 나누지 못할 수도 있다는 생각도 했어. 아무래도 그건 기우였던 모양이지만."

황태자의 몇 마디로 아렌트는 이 얼굴만 반반한 몸 주인의 행동 패턴을 조금 더 알 수 있었다.

만만한 이들에게만 패악을 부리다가, 제힘으로 어찌할 수 없는 상대를 만났을 때는 허세만 부릴 줄 알지 제대로 말 한마디조차 하지 못한 모양이었다.

'하여간 도움 안 되는 새끼.'

속으로 한숨을 푹, 내쉬던 아렌트는 다시금 들려오는 황태자의 목소리에 고개를 들었다.

"그렇다 해도 없는 소문이 그냥 생길 리는 없고. 감옥에서 심경의 변화라도 생긴 모양이지?"

마음을 고쳐먹은 게 아니라 알맹이가 바꿔치기 당한 거지만 아렌트는 얼렁뚱땅 대꾸했다.

"적을 앞두고서 삽질만 해 대는 높으신 분들을 가만히 지켜보니, 신분이 별로 상관없다는 걸 깨달았습니다."

"그래서 상대 신분이 어떻든 막 나가기로 했다고?"

칸타레스가 헛웃음을 터뜨렸다.

아렌트는 아까도 했던 말을 뚱하니 반복했다.

"그렇게까지는 말 안 했습니다."

"말 안 해도 그 정도 알아들을 눈치는 있어. 황태자로 살아온 세월이 얼만데. 어쨌든 그 삽질하는 인물 중에는 나도 포함된 모양이지."

쯧, 혀를 찬 칸타레스는 괜히 제 뒤통수를 긁적였다.

"뭐, 그럴 만해. 아직 제보자도 찾지 못한 상황이니까. 하지만 구차한 변명은 해야겠군. 내가 앉은 자리는 상상 이상으로 자유롭지 못해. 그러니 모든 것은 절차에 따를 수밖에 없어. 내가 할 수 있는 일은 친애하는 기사들을 체스판 위의 말처럼 움직이는 게 전부지."

그렇게 이야기하는 황태자의 새파란 눈동자에 약간의

짜증이 스쳐 지나갔다.

"황성이 어떤 상태였는지 아나?"

"잘 모르겠습니다."

"좀처럼 의견이 모이지 않던 상황이었어. 처음 그 쪽지가 내게 도착했을 때부터, 경이 체포되고 이스트 금고 사건이 터지기 전까지 그랬지."

잠깐 과거를 떠올린 칸타레스가 얼굴을 찡그렸다.

"고작 쪽지 하나로 황실 기사단을 움직이는 건 말도 안 된다, 누군가의 장난일 것이다, 발신자를 찾아내 처벌해야 한다…… 하여튼 별의별 소리를 다 하더군."

이건 아렌트도 처음 듣는 이야기였다.

그도 그럴 것이 '성검의 푸른 기사'는 대부분 라이오스 중심으로 서술됐으니까.

"그래도 기사단을 움직여 수상한 이들을 포착하는 데는 성공했지만, 역시나 진행은 더디더군."

아렌트는 눈을 끔뻑이며 그의 말을 경청했다.

"그래도 성과도 분명히 있었어. 켄드릭과 다이아나는 빈 틈없고, 라이오스는 유능해. 모두 나와 폐하를 따르는 충직한 기사라는 건 더 말할 것도 없어. 그러니 그들이 잘만 움직여 준다면 이 일을 곧 해결할 수 있다고 생각했지."

거기까지 말한 칸타레스는 잠깐 뜸을 들였다.

"그런데 웬 놈의 도둑고양이가 불쑥 튀어나오더군. 그놈이 잘 흘러가던 놀이판을 뒤엎어 버리고 내기에 걸었던 금화를 물고 나타났으니…… 잡아다가 어떻게 생겨 먹었는지 구경이라도 해 보고 싶어지는 게 당연하지."

그 도둑고양이가 누구를 말하는지 알아듣지 못할 리 없었다.

유쾌하지 못한 비유에 아렌트가 살짝 미간을 구겼다.

"욕인지 칭찬인지 잘 모르겠습니다만."

"둘 다야."

아렌트가 불만스레 중얼거리는 말에 칸타레스가 담백하게 대꾸했다.

"다시 본론으로 돌아가서, 살아남았기에 영웅이 되었다는 말에는 나도 동의해. 수단과 방법을 가리지 않을 필요가 있다는 것도."

"……."

칸타레스가 흥얼거리듯이 말을 이었다.

"어쨌든 나로서는 경의 행동이 참…… 어이가 없으면서도 편리했단 말이지. 가만히 있다가 콩고물이 떨어진 셈이니까."

칸타레스가 은근한 웃음을 지었다.

"어때? 가끔 생선 한 마리씩 던져 줄 테니, 한 번씩 판을 엎어 주면 좋겠는데."

"구경이고 골탕이고 뭐고 이쪽이 본심이셨던 것 아닙니까?"

짜증스럽게 눈동자를 데굴, 굴린 아렌트는 팔짱을 끼고서 삐딱한 시선으로 칸타레스를 올려다보았다.

"좀 더 직설적으로 말씀해 주시죠. 기사단과는 상관없

이 뒤에서 움직여 줄 사람이 필요한 것 아닙니까? 깽판 치는 사고뭉치 따위가 아니라."

"비슷해. 하지만 좀 다르지. 내 명령만을 따르는 자들이라면 차고 넘쳐. 하지만 난 좀 더 유동적으로 움직여 줄 사람이 필요해."

"……."

아렌트는 당장 대답하는 대신 황태자를 마음에 안 든다는 눈으로 쏘아보았다.

불경하다고 탓할 만했지만 칸타레스는 그러지 않았다. 대신 지나가는 말처럼 가볍게 덧붙였다.

"경이 새삼 배신한다든가 허튼짓을 할 거란 걱정은 안 해. 자칫하다간 목숨이 날아갈 텐데."

"……."

아무 말 없이 침묵하고 있는 아렌트를 구경하던 칸타레스가 만족스럽게 웃었다.

"그럴 일은 없길 바라지. 물론 맨입에 시키는 건 아니야. 드러내 놓고 칭찬은 못 해도, 아까 했던 말처럼 몰래몰래 생선은 적당히 던져 주지."

상대는 제국의 주인이 될 인물이었다.

이 무대 위에서 아렌트가 맡은 배역이 기사인 이상, 어차피 처음부터 거부권은 없었다. 하지만 곧이곧대로 명령에 따르는 것 역시 '아렌트'다운 일은 아니었다.

칸타레스가 준비한 대사를 모두 마친 상황에서, 그는 가벼운 애드리브를 끼얹어 주기로 했다.

"……그 생선이라는 것에 제한은 없습니까?"

잠깐 침묵하던 아렌트가 뾰족하게 물었다. 아직 앳된 티가 남은 젊은 기사의 얼굴에는 심통이 가득 차 있었다.

칸타레스는 약 올리듯이 일부러 고개를 갸웃했다.

"음, 가능하다면? 크게 문제가 생기지 않을 선에서는. 아무래도 드러내 놓고 자랑할 만한 관계는 아니니까."

"별건 아니에요. 일단 계약 성립 조건 말인데."

심드렁하게 툭 내뱉은 아렌트는 제 팔을 들어 보였다.

햇빛을 받은 은팔찌가 새하얗게 빛났다. 그러자 칸타레스가 눈썹을 휘었다.

"그걸 풀어 주는 건 안 돼. 경은 아직 가석방 상태니까."

"그건 필요 없습니다. 하지만 제한 정도는 풀어 주셨으면 좋겠는데요. 예를 들어서, 단독 외출 금지 조항이라든가."

"그거야 반대하고 나서는 귀족들을 상대하려면 조금 귀찮긴 하겠지만, 그리 어려운 일은 아니야. 경이 세운 공이 있으니."

칸타레스는 선뜻 고개를 끄덕였다. 하지만 아렌트의 말은 거기에서 끝나지 않았다.

"그리고 정보를 주셨으면 합니다. 귀족들과 어떤 대화가 오가는지, 회의에서는 어떤 결론이 났는지, 어디에 보수 공사가 필요한지, 누구네 영지에 도둑이 들었는지, 누가 내 뒷담을 깠는지, 누구네 집 아들이 장가를 가는지…… 뭐 이런 것들이요."

"……그건 왜?"

"까닭이 필요합니까? 계약 조건이라니까요."

잠깐 뜸을 들이던 칸타레스가 떨떠름하게 묻자 아렌트가 뻔뻔히 대꾸했다.

이제는 칸타레스가 아렌트를 노려보기 시작했다.

"경, 혹시나 해서 묻는 건데."

"네."

"방금 경이 말한 게 귀족들의 사생활에 더해서 황실 회의록, 황실 재정 안배에 관한 업무, 치안 부대의 병력 지원 상황이 포함되어 있다는 건 알고 있지?"

"물론이죠."

"나와 황제 폐하의 앞에서 오간 대화, 그리고 특정 업무에 대한 정보는 아직 작위도 없는 견습 기사 신분으로는 접근하지 못한다는 사실도 알고 있나?"

"거기에 하나 더 덧붙여 주시죠. 배신자라고."

아렌트는 가슴을 펴며 칸타레스를 똑바로 바라보았다. 그 독특한 황금색 눈동자에는 차마 그의 신분으로는 입 밖으로 내지 못할, '뭐 어쩌라고.'란 한마디와 함께 분명한 비웃음이 어려 있었다.

칸타레스는 참지 못하고 툭 내뱉었다.

"혹시 지금 즐기고 있나?"

"전 그렇게 말한 적 없습니다."

"부정은 안 하는군. 만약 내가 거절한다면?"

"어쩔 수 없죠 뭐."

아렌트는 어깨를 으쓱했다.

쉽게 흘러나온 포기의 말에 칸타레스가 조금 의아해할 무렵, 아렌트의 목소리가 이어졌다.

"단장님한테 달려가 황태자께서 이런 말씀을 하셨다, 라고 보고하는 수밖에."

"……."

"반응도 제법 볼만할 것 같은데요."

칸타레스의 낯빛이 조금 창백해졌다.

그 누구보다도 충성스럽고 강직한 라이오스지만, 동시에 그는 본인이 틀렸다고 생각한 일에는 절대로 물러섬이 없는 고집쟁이였다.

그렇지 않아도 제 단원들에게 애착이 깊은 라이오스였다.

그런데 어쩌면 위험할지도 모를 일에, 더군다나 아렌트가 벌이는 아슬아슬한 짓거리들을 황태자가 직접 부탁했다는 말을 들으면 당장 황태자 집무실로 쳐들어올 게 뻔했다.

그 광경을 시종, 시녀들이 고스란히 목격할 테고…… 배신자로 의심받는 견습 기사와 황태자가 직접 밀담을 나눴다는 소문만 퍼져도 귀족들은 발칵 뒤집어질 터였다.

그러다 황제 폐하의 귀에까지 그 사실이 흘러들어간다면…… 상상만 해도 끔찍했다.

아렌트가 마저 주절거렸다.

"아~ 뭐 어쩌면 이해해 주실지도 모르죠. 단장님도 아서 선배에게는 이것저것 따로 명령을 내리실 때도 있으니까. 아니지, 이건 그거랑은 차원이 다른 일인데. 부하한테 미행이나 잠입 정도를 명령하는 건 충분히 할 수 있는 일이지만 이건……."

"알았으니까 닥쳐."

칸타레스가 사납게 으르렁거렸다. 아렌트는 명령대로 닥치면서도 의기양양한 미소를 드리웠다.

간신히 마음을 가다듬은 칸타레스가 황당하게 중얼거렸다.

"지금 굉장히 치사한 거 알고 있나? 그것도 경이 충성을 바쳐야 할 사람을 상대로."

"그런 놈인 거 아시고서 여기까지 직접 구경하러 오신 거 아닙니까?"

"끙, 말을 말지."

칸타레스가 앓는 소리를 냈다. 그건 곧 승낙의 뜻이었다.

"……좋아, 일단 황성 통행을 자유롭게 해 주겠어. 단, 해가 떠 있을 때 한정이야. 그리고 외출 시에 벌어진 사고는 책임지지 않는다. 경이 낮에 황성에서 나갈 때 아무런 제지를 받지 않도록 해 주는 것까지가 다야."

한숨을 푹, 내쉰 칸타레스는 제 머리를 벅벅 긁었다.

"그리고 정보는 내가 직접 정리해서 넘겨주도록 하지. 기밀이 새어 나가지 않도록 한 번쯤 걸러야 하니까. 이 정도면 되겠나?"

"황태자 전하께 도움이 될 수 있어서 참 영광입니다."

"……."

고운 얼굴에 빙그레, 예쁜 미소를 드리우는 아렌트를

칸타레스는 벌레라도 씹은 것 같은 표정으로 쳐다볼 수밖에 없었다.

* * *

칸타레스는 바로 며칠 뒤 약속을 지켰다. 귀족들이 모인 회의에서 아렌트에 관한 이야기를 꺼낸 것이다.
아렌트는 그 소식을 리히트를 통해 알게 되었다.
시간 가는 줄도 모르고 연무장에서 검을 휘적대다 주방에서 챙겨 온 간식을 입에 넣던 때였다.
"……."
"……별로 감흥도 없다는 표정이군."
"뭐 어떻게 해야 하는데요. 아, 역시 이 몸. 황태자 전하도 내 진심을 알아주시는데, 선배라는 사람들은 아직도 사람을 벌레 보듯이 하니."
그에 리히트와, 조금 떨어진 자리에 걸터앉아 쉬고 있던 아서의 표정이 동시에 썩어 들어갔다. 아렌트는 그들의 반응을 싹 무시하고서 다시 빵 한 조각을 입에 넣었다.
아서가 참지 못하고 얼굴을 일그러뜨리며 쏘아붙였다.
"잘도 처먹는다. 황실 회의에서 네 이름이 나왔다니까? 지금 그게 입에 넘어가냐?"
"맛있는데요. 안 먹을 거면 나 주든가."
"에라."
아서는 쥐고 있던 빵 조각을 냅다 던졌다.

아렌트가 그것을 능숙하게 잡아챘다.
"그래서 뭐가 어떻게 됐는데요? 회의 결과 알려 주러 온 거 아니에요?"
"……하아, 해가 떠 있는 시간에 한정해서 자유롭게 외출할 수 있도록 허가하셨다. 단장님께 그렇게 지시가 내려왔다더군."
리히트는 그 사실을 알려 주러 일부러 아서와 아렌트가 수련하는 연무장까지 온 모양이었다.
아렌트는 입에 넣은 빵을 우물거리며 머리를 굴렸다.
'말한 건 확실히 지키는 성격인 모양이지.'
소설에서 본 인상대로였다.
결단력 있고, 융통성도 있으며, 목적을 위해서는 수단을 가리지 않고, 한번 결정한 사안에는 놀라울 정도의 추진력을 보여 주었다.
자신이 영웅에 어울리지 않는다는 이야기를 나누긴 했지만, 칸타레스도 마음만 먹었다면 전면에 나서서 영웅으로 추대받는 것이 가능했을 터였다.
하지만 그는 황태자라는 자신의 본분을 잊지 않았다. 그래서 그는 앞에 나서는 대신 라이오스를 전폭적으로 도와주었다.
"뭐야. 왜 또 눈깔을 굴려?"
"내가 내 눈깔 마음대로 굴린다는데. 왜요."
아서가 불안하다는 듯 내뱉은 말에 대꾸하며 아렌트가 몸을 일으켰다.

그가 검을 갈무리하고 던져 둔 겉옷까지 집어 들자 리히트가 눈썹을 구겼다.

"오늘 훈련은 여기서 끝인가?"

"네. 아, 그리고 내일 오전에는 저 없을 테니까 찾지 마세요."

"뭐? 어디 가려고?"

화들짝 놀란 아서가 벌떡 몸을 일으켰다.

아렌트는 옷매무새를 가다듬으며 대꾸했다.

"이스트 금고요. 거기 점장님이랑 할 이야기가 좀 있어서."

등을 휙, 돌린 아렌트는 두 사람을 향해 손을 휘 내저었다. 그러고는 아무런 미련도 없이 연무장을 나가 버렸다.

아서와 리히트는 그가 사라진 곳을 아연히 바라보다 동시에 한숨을 내쉬었다.

"저 자식은 뭐가 저렇게 당당할까요……?"

"뻔뻔하다고 말해야 하는 거 아닌가?"

리히트의 지적에 아서는 힘없이 고개를 끄덕이는 것으로 동의했다.

* * *

아렌트 폰 에크하르트가 그간 세운 공을 인정하여, 그에게 걸린 제한 중 일부를 풀어 주겠다.

칸타레스의 명령은 단 하루 사이에 온 황궁으로 전달됐다.

덕분에 아렌트는 늦은 오전쯤 느지막이 산책하는 기분으로 황궁을 나설 수 있었다. 이 망할 놈이 되고 나서 처음 있는 일이었다.

덕분에 기분이 퍽 좋았다.

외출 허가를 받고 성문을 나설 때까지 의심과 꺼림칙함, 그리고 약간의 경멸을 담은 시선들이 계속해서 따라다녔지만 전혀 아랑곳하지 않았다.

하지만 꽤 괜찮았던 기분은 성문 앞에서 한 사람을 발견하자마자 팍, 식어 버리고 말았다.

편한 복장에 간편한 망토를 두른 남자였다.

묘하게 낯이 익은 그는, 마치 누군가를 기다리는 것처럼 한가롭게 서서 흘러가는 구름을 구경하고 있었다.

아렌트가 걸음을 우뚝 멈췄다.

그러자 그의 존재를 알아차렸는지 남자가 고개를 들었다. 그러고는 아렌트와 시선을 맞추고 빙그레 미소 지었다.

"이른 시간부터 외출하는 모양이지?"

"……."

"너무 노골적으로 싫어하는 것 같은데."

"역시 사람 보는 눈이 좋으시네요."

아렌트는 한숨을 폭 내쉬며 터덜터덜 남자, 칸타레스의 곁으로 다가갔다.

"할 일 없으십니까?"

"그럴 리가. 바빠서 먹고 죽을 시간도 없어. 최근에는 경 덕분에 일거리가 좀 더 늘어나기도 했고."

칸타레스의 대꾸에 아렌트의 눈에 조금 더 짜증이 찼다.

"그런데 왜 이런 곳에 계십니까?"

"경이라면 반드시 오늘 바로 외출할 거라고 생각했으니까. 여기서 기다리고 있었지."

빙그레 웃는 칸타레스의 낯에 맞춰서 아렌트는 더욱 싫다는 표정을 지어 주었다.

아주 쉬운 일이었다. 아까 지나오는 길에 만난 선배들이나 병사들의 얼굴을 따라 하는 걸로 충분했으니까.

다행히 상대에게도 그 의도가 충분히 통한 모양이었다.

칸타레스가 머쓱하게 뒤로 물러났다.

"너무 질색하지 마. 나도 억지로 시간을 비워서 나온 거니까. 앞을 생각하더라도 한 번쯤은 필요한 일이야."

"……."

그제야 아렌트는 표정을 약간 풀었다.

칸타레스는 그 틈을 놓치지 않았다.

"어쨌든 동행하게 해 줬으면 하는데. 당연히 네 행적은 비밀로 해 줄게."

"마음대로 하시죠. 애초에 거절해 봤자 그냥 따라오실 거잖아요."

어깨를 으쓱한 아렌트는 그를 지나쳐 성큼성큼 앞서가기 시작했다.

어이없는 무례에 칸타레스는 헛웃음을 터뜨리면서도 함께 걸음을 옮겨 빠르게 그를 따라잡았다.

"근데 이렇게 황궁을 막 빠져나와도 괜찮은 겁니까?"

"뭐 어때. 내 앞마당을 산책하겠다는데 누가 뭐라 할 수 있겠어? 그리고 어차피 황궁 바깥으로 나가면 아무도 못 알아봐."

칸타레스는 호위도 없이, 심지어는 얼마 전까지 배신자로 여겨지던 놈과 나란히 거리를 걷는 것을 전혀 껄끄러워하지 않는 모양이었다.

두 사람은 유유히 대로변에 나섰다. 아렌트 역시 제복 대신 어딘가에 처박혀 있던 셔츠와 바지를 꺼내 입은 상태라, 그들은 어렵지 않게 사람들 틈에 섞일 수 있었다.

아렌트는 곁에 있는 인간이 누구인지도 잠깐 잊은 채 거리를 둘러보았다. 깨끗하게 닦인 길 위로 마차와 사람들이 오갔고, 길 양옆에는 가로등도 열을 맞춰 서 있었다.

활짝 문을 연 상점들이 분주하게 손님맞이를 했다. 식당이나 여관처럼 보이는 곳에서는 여행객들을 향해 직접 호객을 하기도 했다.

치안대 제복 차림의 대원들은 빠릿빠릿한 걸음으로 거리를 순찰하고, 다른 쪽에서는 어린이들이 신나게 뛰어노는 모습이 보였다.

그간 정신없이 지내느라 미처 눈여겨보지 못한 모습들이었다. 새삼 이곳이 잘 꾸며진 무대 위가 아닌 사람이 사는 세계라는 게 느껴졌다.

"평화롭네. 오전 시간은 이래서 좋단 말이야."

문득 칸타레스의 목소리가 들려왔다.

"황궁에서 무슨 드잡이가 벌어져도 그저 평화롭기만

하지. 종종 외출할 때마다 느껴. 마음이 편해지는군."

"귀하신 분께서 취향 한번 특이하시네요."

"한마디라도 빈정거리지 않으면 입에 가시가 돋나 봐?"

아렌트를 한번 흘겨본 칸타레스는 이내 고개를 내저었다. 더 이상 실랑이해 봤자 얻을 건 아무것도 없다는 걸 이미 아는 탓이었다.

"혹시 급한 용무가 따로 있나?"

"있다고 해도, 마음대로 딸려 온 혹이 있는데 제가 갈 수 있겠습니까?"

"말 한번 예쁘게 하는군. 그럼 일단 나랑 어울려 줘. 담소 나누기 괜찮은 곳을 알거든."

그 담소란 게 바로 칸타레스가 아렌트를 따라 나온 목적일 터였다.

아렌트가 슬쩍 입꼬리를 휘었다.

"약속을 정말 철저하게 지켜 주실 모양이네요. 설마 이렇게까지 적극적으로 나오실 줄은 몰랐는데."

"각오해. 그만큼 나도 아주 제대로 부려 먹을 생각이니까."

거기까지 말한 칸타레스는 걷는 속도를 조금 빠르게 했다. 목적지까지 직접 앞장설 모양이었다. 아렌트도 입을 다물고 어슬렁어슬렁 그의 뒤를 따라갔다.

칸타레스는 번화가를 벗어나 인적이 드문 골목으로 그를 안내했다.

정오가 그리 멀지 않은 시간, 둘은 급하지도 느리지도

않은 걸음으로 새파란 하늘 아래에서 골목을 누볐다.

얼마나 걸었을까, 드디어 칸타레스가 걸음을 멈췄다. 아렌트 역시 그의 옆에 자연스레 멈춰 섰다.

칸타레스가 자랑하듯이 말했다.

"내 은신처야. 그리고 네가 내 초대를 받은 첫 번째 손님이군."

아렌트는 눈을 깜빡였다.

도착한 곳은 오래된 건물에 자리 잡은 식당이었다. 마당에 소담히 자리 잡은 테이블 몇 개가 오전의 햇살을 고스란히 받아 냈다.

빛바랜 간판이 입구에서 달랑달랑 흔들렸다.

아직 식사하기엔 이른 시간이라서 그런 건지, 아니면 원래 사람들이 잘 찾지 않는 곳이라 그런 건지 손님은 한 명도 보이지 않았다.

칸타레스가 아렌트를 이끌고 야외의 테이블을 향해 다가갔다. 그러고는 아주 자연스럽게 먼저 자리에 털썩 걸터앉았다.

"앉아."

"갑자기 매복이 튀어나온다거나 하는 건 아니죠?"

그렇게 말하면서도 아렌트는 칸타레스가 시킨 대로 순순히 그의 맞은편에 나왔다.

"내가 그런 짓을 왜 하겠어? 네 비위 맞춰 주느라 그 개고생을 했는데. 그리고 그럴 거면 황궁 내부에서 처리하는 게 더 편하지."

"그건 그렇겠네요."

두 사람의 쓸데없는 말이 오가는 사이, 건물 안쪽에서 한 사람이 고개를 불쑥 내밀었다.

노인이 잠깐 놀란 얼굴을 했다가 이내 푸근한 미소를 띠었다.

"아이고, 쉽게 보기 힘든 손님이 오셨군요. 어서 오세요, 칸 님."

"잘 지냈나, 로렌스? 오랜만이야."

칸타레스가 자연스레 손을 쓱 흔들었다.

"솜씨 좋은 요리사야. 황궁에서 내 전속으로 일하다가 은퇴할 나이가 되어서 이렇게 따로 가게를 하나 내줬지."

"퇴직금이나 받아 조용히 살 생각이었는데, 칸 님께서 이 늙은이 손이 아직 필요하시다니 어쩔 수 없지요."

로렌스가 선량한 낯으로 빙그레 웃었다.

요리사보다는 바텐더 같은 분위기를 가진 노인이었다. 희게 센 머리는 깨끗하게 정돈되어 있었고, 단정한 옷차림에 허리의 새하얀 앞치마가 더욱 그런 이미지를 부각시켰다.

로렌스의 시선이 아렌트를 향했다.

아렌트는 고개를 까닥하는 것으로 인사를 대신했다.

"이쪽 젊은 친구는 초면인데. 칸 님, 그새 친구라도 생기셨습니까?"

"친구보다는 질 나쁜 동지라고 보는 게 옳을걸. 마실 거나 내줘. 잠깐 이야기할 게 있어서 따로 나온 거니까."

"알겠습니다."

짧게 묵례한 로렌스는 다시 식당 안으로 들어갔다.

아렌트가 먼저 입을 열었다.

"좋아요, 칸 님. 밖에서는 이렇게 부르면 되는 모양이죠. 슬슬 본론으로 들어가면 좋겠는데요."

"알겠어. 긴 이야기가 될 테니 너무 시간을 빼앗지 않는 게 좋겠지."

칸타레스가 가볍게 고개를 끄덕였다.

"어디부터 시작하는 게 좋을까. 뭐가 궁금해?"

"그놈들 정체요. 어디까지 파악했어요?"

"정말 바로 핵심적인 것을 물어보는군."

몸을 의자에 푹, 기댄 칸타레스가 헛웃음을 터뜨렸다.

"너도 알다시피 별로 진행된 것은 없어. 하지만 그놈들이 황실의 적이라는 건 확실해졌지. 이제 다방면으로 조사가 시작됐는데…… 얼마 전 황궁에 보관 중이던 고문서에서 그놈들이 사용하는 문양과 같은 것을 찾아냈어."

아무래도 놀고만 있었던 건 아닌 모양이었다.

마침 나타난 로렌스가 두 사람 앞에 음료를 한 잔씩 내려놓은 바람에 잠깐 대화가 끊어졌다.

로렌스가 다시 물러가고, 오렌지 주스로 목을 축인 칸타레스가 말을 이었다.

"어쨌든 서고를 닥치는 대로 뒤지다가 낡아 빠진 양피지 뭉치를 발견했거든. 잘 펼쳐지지도 않아서 판독하는 데도 제법 고생이었지."

아렌트는 제 앞에 놓인 잔을 물끄러미 보다가 아까 칸타레스가 한 것처럼 홀짝, 목을 축였다.

칸타레스의 목소리가 조금 낮아졌다.

"그 낡아 빠진 양피지에 얼마 전 네가 찾아낸 문양이 있었어. 그리고 그 아래에 짧은 문구가 새겨져 있더군. 부서진 심장의 검이라고."

"……"

아렌트는 묵묵히 주스를 마시기만 했다.

칸타레스의 음성이 이어졌다.

"아마 그들의 이름인 모양이지. 이 정보는 아직 공표하지 않았어. 작업에 참여한 이들과 나만 아는 사실이지. 너도 당분간은 함구하도록."

"어째서죠?"

"이 일이 쉽게 끝날 리는 없을 테니까."

칸타레스가 그렇게 단정했다.

아렌트는 입을 다물었다.

지금껏 황궁 구석에 처박힌 채 아무도 존재조차 모르던 양피지 꾸러미. 오직 거기에서만 나온 정보.

그것들이 뜻하는 바는 딱 하나였다.

"부서진 심장의 검…… 그 이름을 처음 들은 건 아냐. 내가 황태자가 되던 날, 아버지께서 아주 오래된 책 한 권을 주셨지. 반드시 그 내용을 숙지하고, 나 다음으로 황실을 이끌게 될 자에게도 전달해야 한다는 말씀을 하시면서. 대신 그 누구에게도 발설해서는 안 된다고 하셨지."

탁, 탁.

칸타레스가 손가락 끝으로 테이블을 두드렸다.

"거기에 그 이름이 나왔지. 영웅 칸에게 끝까지 굴복하지 않던 자들. 그가 황제가 되고 난 뒤에도 온 대륙을 휘젓게 만든 존재. 루체 신의 배신자이자 악신을 따르는 인간. 마족들의 하수인."

거기에서 칸타레스는 잠깐 말을 끊었다.

미처 갈무리하지 못한 심란함이 가득한 그의 시선은 아렌트를 미묘하게 비껴가 있었다.

잠깐의 뜸 뒤, 칸타레스가 차가운 웃음을 터뜨렸다.

"고대의 망령이 무덤 밖으로 기어 나온 거야. 이 평화로운 시대에."

칸타레스가 황제에게 건네받은 것은 한 권의 역사서였다. 당연히 어릴 때부터 황태자 교육을 받은 칸타레스에겐 다 아는 내용뿐이었다.

하지만 칸타레스는 그 책을 다 읽은 뒤, 그게 단순한 건국기가 아니라는 것을 알 수 있었다.

"체르니온이라는 이름을 아나?"

칸타레스가 다시 운을 뗐다.

아렌트가 고개를 내저었다.

"역시 처음 듣는 모양이군. 그럴 수밖에 없지. 그건 기록에서 지워진 악신의 이름이야."

왜 갑자기 새로운 설정이 튀어나오는 건데.

유리잔을 쥔 아렌트의 손에 힘이 들어갔다.

"세계를 위험에 빠뜨린 건 당시 악신이라 불리던 체르니온과 그를 따르는 무리였어. 그리고 영웅 칸은 루체 신의 힘을 빌려 그들을 물리친 거고."

하지만 그의 기색을 알아차리지 못한 칸타레스가 이야기를 이었다.

"전쟁이 끝난 뒤 악신의 흔적은 세상에서 철저히 지워졌어. 두 번 다시 그 비극을 되풀이하지 않기 위해서."

하지만 칸의 후손, 즉 칼리온 제국의 황실 직계 후계자만은 그들을 잊지 않도록 대대로 기록이 전해진 것이다.

"우연히 고대의 기록을 찾아낸 놈들이 그들을 흉내 내는 걸지도 모르고, 아니면 진짜로 부서진 심장의 검. 그 잔당이 있었을지도 모르지······."

칸타레스가 팔짱을 꼈다.

"좀 더 멀리 보자면, 또다시 세상이 전란에 휩싸인다는······ 무언가의 전조일지도."

"하아아······."

한숨을 푹 내쉰 아렌트는 남은 주스를 한꺼번에 들이켰다.

탁, 소리 나게 유리잔을 테이블 위에 내려놓은 그는, 일단 이런저런 복잡한 생각이나 치밀어 오르는 짜증은 밀어 둔 채 가장 먼저 떠오른 감상부터 툭 내뱉었다.

"그놈들 작명 센스가 진짜 끝내주네요."

"······할 말이 그것뿐이냐?"

"일단 제일 먼저 생각난 게 이거라."

아티팩트에 붙인 이름부터 알아봤어야 하는데.

그런 생각을 하는 아렌트를 향해 칸타레스는 뭐라 말할 수 없는, 참으로 미묘한 표정을 지었다.

그는 더 대꾸하는 대신 안을 향해 외쳤다.

"로렌스, 주스나 더 주겠어? 과자도 좀."

"처먹고 닥치라고요?"

"역시 눈치는 빠르군."

로렌스가 안쪽에서 나와 주스를 다시 채워 주고 테이블 위에 쿠키를 담은 접시를 올려 주었다.

아렌트는 쿠키 하나를 집었다.

"칸 님의 판단은 어떤데요?"

"아직 속단하기는 이르지. 정말로 그들인지 아닌지도 알 수 없는 상황이니까. 하지만 그렇다고 해서 안일하게 여길 생각은 전혀 없어."

칸타레스는 턱을 괴고 손가락을 휘적, 움직였다.

"일단 그놈들을 뿌리 뽑아야겠지. 먼지 한 톨 남기지 않을 생각이야."

"마음에 드는 결론이네요."

와작, 와작.

아렌트는 쿠키를 씹으며 대꾸했다.

"그래서 언제까지 비밀에 붙이실 생각인데요?"

"좀 더 확실한 증거가 나올 때까지. 우리 안에 녀석들의 일원이 섞여 있을지도 모르니."

"그리고 그 증거라는 걸 찾을 때 힘을 보태라는 겁니까? 황가의 비밀이란 것을 굳이 알려 주시는 걸 보니."

"그렇지."

아렌트는 쿠키를 하나 더 먹으며 생각에 잠겼다.

칸타레스가 당황할 정도로 태연한 겉모습과는 달리 그의 머릿속은 제법 복잡했다.

'스케일이 너무 커지는데.'

소설에서는 단 한 번도 언급되지 않은 내용이었다. 연재가 멈추기 직전까지, 라이오스와 그 일행이 상대하던 적들은 단순히 반군이라고 지칭됐을 뿐이었다.

라이오스가 성검의 주인이 된 시점에도 마찬가지였다. 부서진 어쩌고 하는 환장할 이름은 물론이고 체르니온이라는 신도 등장하지 않았다.

만약 정말 그놈들이 단순한 반란군이 아니라 신이라는 이름의 명분을 등에 업고 있다면, 라이오스의 어깨에 얹힐 짐은 고작 제국 정도가 아닐지도 몰랐다.

'지독한 인간이네.'

맨정신으로 그 모든 걸 버텨 낸 라이오스가 새삼 대단하게 보였다. 아렌트가 개입하기 전까지는 상황이 더 엉망진창이었으니까.

"일단은 알겠습니다. 나 참, 별일이 다 있네."

"직접 그들 틈에 섞여 들 시도도 했었잖아. 이스트 금고가 목표가 됐다는 정보는 알았으면서 정체는 제대로 못 알아낸 모양이지?"

"당연한 소릴 하시네요. 그걸 알았으면 제가 지금 칸 님이랑 이렇게 한가로이 담소나 나누고 있었겠습니까?

이길 가망 없다 싶으면 진짜 그쪽으로 달려가서 붙었든가, 아니면 진즉 단장님께 나불나불 보고했겠죠."

인상을 찌푸린 아렌트가 툴툴거렸다.

"본인들도 아직 정체를 쉽게 밝힐 생각이 없는 모양이네요. 그러니 돈으로 고용한 사람을 방패막이로 삼아서 제 흔적을 지우는 거죠."

기억을 잃은 자들은 그 핵심 세력에 좀 더 가까운 인물일 테고.

입막음에 그렇게까지 공을 들이는 모양이니, 쉽게 정체가 파악될 리 없었다.

칸타레스가 고개를 끄덕였다.

"그렇겠지. 일단 서고에서 발견된 내용은 빼고 귀족들과도 논의했어. 빵집 건으로 모종의 조직이 활동 중이라는 것은 확인했으니 그걸 중점으로 기사단에게 수사를 맡길 예정이야. 미리 알아 둬."

"네, 뭐……."

아렌트가 건성으로 대답했다.

그래도 나쁘지 않은 흐름이었다. 소설에서는 완전히 뒤통수를 맞은 구도였다면, 현재는 적어도 서로의 숨통을 조이는 형태는 만들 수 있을 테니까.

지금의 아렌트는 그게 가능했다.

"내 이야기는 여기에서 끝인데…… 나도 하나 물어도 되나?"

"뭔데요?"

"내가 너를 처음부터 끝까지 다 믿는다는 전제로, 왜 그렇게까지 위험을 감수한 거지?"

두루뭉술한 말이었지만 아렌트는 그가 뭘 이야기하는지 쉽게 알 수 있었다. 재판, 그리고 더 이전에 아렌트가 그놈들과 접촉했던 일에 대해서였다.

그건 이전의 아렌트가 제멋대로 친 사고지 그의 의지는 아니었다. 하지만 그런 건 이제 별로 중요하지 않았다.

아렌트는 잠깐 고민하다 담백하게 대꾸했다.

"뒈지기 싫으니까요. 답답한 인간들한테 맡겨 놨다간 말단인 내 목부터 날아갈 것 같아서."

"……어이가 없군."

잠깐 멍하니 있던 칸타레스가 헛웃음을 터뜨렸다. 하지만 썩 기분 나쁜 표정은 아니었다.

* * *

칸타레스와 헤어진 뒤, 아렌트는 바로 이스트 금고로 향했다.

노이만 점장의 독립은 순조롭게 준비 중인 모양이었다. 잠깐 점장과 대화를 나눈 뒤, 포르타 남작의 물건을 모조리 챙겨 다시 황궁으로 돌아온 아렌트는 곧장 제 방에 처박혀 버렸다.

그러고는 완전히 해가 지고 저녁 시간이 될 때까지 꼼짝도 하지 않았다.

칸이라는 영웅 〈313〉

하루 종일 코빼기도 보이지 않는 그가 의아해진 아서가 방문 앞을 기웃댈 때쯤, 아렌트가 바깥으로 나왔다.

"……뭐야. 왜 여기에 있어요?"

그는 문 앞에서 정면으로 마주친 아서를 보며 떨떠름하게 물었다.

아서 역시 엉거주춤하게 서서 대답했다.

"아니, 외출한다더니 종일 안 보이기에."

"한가해요?"

아렌트가 노골적으로 한심하다는 눈길을 보내며 방문을 닫고 복도로 나섰다.

"오늘은 훈련 안 할 거냐?"

"이따가 밤에 갈게요. 일단은 갈 곳이 있어서."

"또 간다고?"

아서가 인상을 찌푸리자 아렌트는 어깨를 으쓱해 보였다.

"단장님한테요. 아까 노이만 점장님을 만나고 왔거든요. 이것저것 보고할 것도 있고."

"뭐?"

황당하게 되묻는 아서를 뒤로하고 제 할 말만 마친 아렌트는 휘적휘적, 단장 집무실을 향해 걸음을 옮겼다.

똑똑, 두어 번 문을 두드리니 곧장 안에서 들어오라는 대답이 돌아왔다.

문이 벌컥 열리고 반사적으로 상대를 확인한 라이오스가 눈을 조금 크게 떴다.

"아렌트?"

"왜 그렇게 놀라십니까? 제가 못 올 곳이라도 왔나요?"

아렌트는 고개를 까닥이는 것으로 인사를 대신하며 삐딱하게 말했다.

라이오스는 퍼뜩 정신을 차리고 얼굴을 가다듬었다.

"그럴 리가. 무슨 일이지?"

"이것저것 말씀드릴 게 있어서요. 잠깐 시간 괜찮으십니까?"

"물론."

아렌트는 라이오스의 책상 앞에 섰다.

라이오스가 먼저 물었다.

"오늘 바로 외출하고 돌아왔다고 들었다."

"네."

"어땠지?"

"뭐, 나쁘지 않았습니다. 느긋하게 시간이나 보내고 싶었는데, 방해꾼이 따라붙어서요."

"방해꾼?"

라이오스가 의아하게 되물었다. 그 특유의 무표정에는 의심이나 불신이 아니라 순전한 의문만 담겨 있었다.

그를 물끄러미 보던 아렌트는 속으로 짧게 한숨을 내쉬었다.

'사람이 이렇게 좋아서야.'

아무리 황태자의 명령이 있었다지만 혼자 외출하는 것을 쉽게 허락한 것은 바로 라이오스였다. 늦은 시간에 리히트를 보내 굳이 회의 결과를 알려 준 것도 아렌트가 그

소식에 기뻐할 거라 여겼기 때문이겠지.

"어…… 일단 뭐부터 이야기해야 하나."

아렌트는 눈동자를 데굴, 굴렸다.

라이오스는 펜을 내려놓고 가만히 그의 말을 기다려 주었고, 아렌트는 그런 라이오스의 얼굴을 한 번 보고 다시 잠깐 고개를 갸웃했다가, 이내 툭 내뱉었다.

"황태자 전하랑 거래를 했는데요."

"……뭐?"

순간 라이오스의 얼굴이 멍해졌다.

어디선가에서 칸타레스가 배신자 놈이라며 욕을 쏟아내는 소리가 들리는 것 같았지만 아렌트는 깔끔하게 무시했다. 처음부터 그와 의리를 지킬 생각은 눈곱만치도 없었으니까.

"거래? 거래라고?"

"네, 이번에 전하께서 말씀하신 그 출입 허가요. 그게 조건이었습니다. 저는 대가로 전하의 심부름꾼 노릇이나 좀 하는 거고요."

기막힌 말에 라이오스는 이제 얼빠진 얼굴로 입만 뻥긋댈 뿐이었다.

아렌트가 담백하게 덧붙였다.

"제가 앞으로 어떤 기행을 벌이더라도 그건 다 전하가 시킨 일입니다. 여하튼, 제 잘못은 아닌 걸로."

"……."

이제는 골까지 지끈대는지 라이오스는 관자놀이를 꾹

꾹 누르기 시작했다. 아렌트는 그가 생각을 정리할 때까지 얌전히 기다려 주었다.

한참 뒤 라이오스가 간신히 입을 열었다.

"목적은?"

"그놈들의 토벌이요. 지금까지 해 온 것처럼 가끔 사고나 좀 쳐 달라시네요. 말 잘 듣는 충신은 많지만 말썽쟁이도 한 명쯤 필요하시답니다."

라이오스는 또 한참을 침묵했다.

"일단…… 알겠다. 내가 끼어들어서는 안 되는 일이겠지."

"네, 전하께서도 단장님의 개입은 별로 원치 않으시는 모양이고. 하지만 끼어들고 싶으실 때는 끼어드셔도 괜찮아요. 그러라고 말씀드리는 거니까. 그리고……."

아렌트는 주머니를 뒤져 굵은 반지 하나를 꺼내더니, 그것을 라이오스에게 내밀었다.

"받으세요."

"이게 뭐지?"

자연스레 그걸 넘겨받으려던 라이오스가 움찔했다. 반지의 마력을 감지한 거였다.

"베첼이 가지고 있던 겁니다. 아티팩트에요. 이름은 강한 자의 그림자. 발동하면 기척을 숨길 수 있어요. 동시에 신체 강화랑 움직임 속도 향상 효과도 있는 것 같고."

"뭐?"

"전부터 넘겨 드리려고 했는데, 자꾸만 타이밍을 놓쳐서."

라이오스가 퍼뜩 고개를 들자 아렌트가 천연덕스레 어깨를 으쓱했다.

"아티팩트에 대한 건 전에 말씀드린 적 있죠? 전리품이라면 전리품이겠네요. 죽이고 빼앗은 거니까. 위험한 물건은 아니니 안심하세요."

"……오늘따라 자꾸 날 당황스럽게 만드는군."

"하루 이틀입니까?"

"……."

반박할 수 없는 말에 라이오스가 다시 입을 다물었다. 그는 심란한 눈으로 아렌트를 가만히 응시하다 이내 반지를 받았다.

"이걸 왜 나한테 주는 거지? 네가 직접 사용할 수도 있었을 텐데."

"저한텐 별로 소용없으니까요. 그건 이름대로 강한 사람이 사용했을 때 제일 효과적인 물건입니다. 이 제국에서 가장 강한 사람은 바로 단장님이고."

아렌트가 입을 비죽였다.

거짓말은 아니었다. 이미 더 좋은 걸 챙겼다는 말을 생략했을 뿐이지.

"찜찜하면 안 쓰셔도 됩니다. 아니면 다른 사람한테 넘겨도 괜찮고. 그래도 이왕이면 단장님이 가지고 있는 게 나을걸요. 이미 저쪽에서도 그게 우리 손에 넘어왔다는 걸 알 테니까."

어쩌면 표적이 될 수도 있다는 거였다.

그 말에 라이오스는 생각을 굳히고는 드디어 반지를 받아 들었다.

"그래, 알았다."

잠깐 반지를 손안에서 굴려 보던 라이오스는 다시 아렌트를 보았다.

황금색 눈동자는 평소와 다를 바 없이 삐딱했고, 무심한 얼굴은 이런 어마어마한 말을 내놓으면서도 시큰둥하기 그지없었다.

기분이 참 묘했다.

얼핏 아렌트는 예전과 변한 것이 별로 없어 보였다. 하지만 그의 행동이 가져오는 결과는 분명히 달라졌다.

'이걸 바뀌었다고 말해야 하나······.'

아니면 그가 재판에서 말했던 것처럼 그동안 우리들이 못 미더웠을 뿐인지.

라이오스는 천천히 눈을 감았다 뜨는 것으로 심란함을 가라앉혔다.

"저는 가 보겠습니다."

단장의 이런 심정을 아는지 모르는지, 아렌트는 제 할 말을 모두 마치곤 미련 없이 몸을 빙글 돌렸다.

라이오스가 그를 불러 세웠다.

"아렌트."

"왜요?"

"고맙다."

반사적으로 뒤를 돌아본 아렌트가 동그란 눈을 끔뻑였다.

라이오스는 그저 가만히 바라볼 뿐이었다.

아렌트는 입을 비죽이고는 뺨을 긁적였다. 어떻게 대답할지 고민이라도 하는 눈치였다.

그리고 약간의 시간이 흐른 뒤, 아렌트가 씨익 입꼬리를 휘었다.

"별말씀을."

쿵.

문이 다시 닫혔다.

라이오스는 뒤통수라도 한 대 얻어맞은 것 같은 얼굴로 멍하니 문을 바라보다, 저도 모르게 소리 내어 중얼거렸다.

"웃었어?"

막 스물을 넘긴 나이대에 잘 어울리는 개구쟁이 같은 미소였다. 종종 보여 주던 비웃음이나 조소가 아니라.

침묵이 가라앉은 집무실 안.

혼자 남은 라이오스는 한참을 그대로 얼어붙어 있었다.

(배신 기사의 유쾌한 신의 2권에서 계속)